没有美，没有沉思，成就不了文明。

菩萨 唐 彩塑 敦煌三八四窟

EX—LIBRIS

因为"美",我们便可以继续前行。

美 的 沉 思

蒋勋

A Contemplation on Chinese Art

湖南美术出版社

推荐序
领路的人

生命的丰饶与深厚，其实是奠立在审美的基础之上。

蒋勋在一篇题为《自由》的近作里，写下这样的一段话：

"我梦想的自由，不仅仅是政治上的自由，也不仅仅是经济上的自由。也许，我梦想的，更是社会学上的自由，理论学上的自由，是从一切的人为规范限制里解放的自由吧！这么多年之后，我才开始领悟，我梦想的自由，其实是审美上的自由。"

是的，一个人必须得到了审美的自由，才能称得上是个独立和完整的生命。

吊诡的是，教育原本应该是帮助我们去寻求这种境界，但是，却往往会令我们陷入泥沼，种种与审美毫无关系的附加值反而成为主体，从而让我们在学习的过程里受尽了阻挠与折磨。

在日常生活里，这个社会也让"美"成为被疏离被排斥的对象。众人心中即或察觉到了生命本身对美的渴求，也不敢正视不敢声张。

一个远离了"审美上的自由"的社会，是难以生存更难以成长的。

幸好，几千年来，我们也能够遇见一些以自身全部的力量与热忱来感知美的存在，并且高高举着明亮炽热的火把来为我们领路的人。

蒋勋就是我们这个时代的领路人。

多年来，他以著作、演讲、授课以及创作的发表等种种努力，来带引我们看见并且感受到这个世界的丰饶与美丽。他为我们所开启的，不只是心中的一扇门窗，而是文化与历史长河中所有的悲喜真相。时光终将流逝，然而，美的记忆长存，一整个时代的生命以此为基础，也以此为归宿。

欣闻《美的沉思》要以新版面世，在此由衷地致上我最深的谢意与祝福。

画家、诗人 席慕蓉

目 录

作者序 / 1
引言 / 3

第一章 初民之美——岩石与泥土
　　一、形状的辨别、利用和创造 / 002
　　二、石器时代的感官经验 / 005
　　三、泥土与手——物质、技术、观念 / 007

第二章 安土敦仁——史前陶器的种种
　　一、中国史前陶器的造型与纹样 / 014
　　二、围绕图腾符号的一些问题 / 020

第三章 青铜时代
　　一、青铜器的起源 / 026
　　二、青铜器的分期 / 029
　　三、青铜器的成分 / 034
　　四、关于"饕餮" / 034

五、从巫术之美到理性人文精神的建立 / 036

第四章　民之初生——人像背后的美学观念
　　一、人像艺术的萌芽——几个古老民族的例子 / 040
　　二、人像艺术的萌芽——关于中国 / 047

第五章　龙蛇相斗的战国之美
　　一、春秋工艺的主题 / 054
　　二、工艺上的地方色彩 / 060

第六章　"水平"与"波磔"——汉代隶书与建筑上一条线的完成
　　一、关于"文化符号" / 066
　　二、"文化符号"的形成 / 066
　　三、"文化符号"的举证 / 067
　　四、汉代隶书的"水平"与"波磔" / 069
　　五、横向水平结构的强调，有没有审美上的特殊意义？ / 076
　　六、书法上的"水平""波磔"与建筑上的"反宇""重檐" / 079

第七章　天圆地方——汉代的形上美学
　　一、天圆地方——汉镜的世界 / 084
　　二、再论"方"与"圆"——基形的寻找 / 088
　　三、庶民世界 / 092

第八章　唯美的时代——魏晋名士风流
　　一、文人艺术的勃兴 / 098
　　二、书法、绘画、美学 / 106

第九章　石块里的菩萨之笑——南北朝的石雕艺术
　　一、五胡乱华 / 118
　　二、北朝石窟 / 119
　　三、云冈 / 120
　　四、石雕艺术在中国的历史 / 123
　　五、菩萨之笑 / 127

第十章　悲愿激情之美——敦煌的北朝壁画
　　一、敦煌的开窟 / 132

二、北魏壁画的特征 / 133
　　三、激情与悲愿 / 135
　　四、流动飞扬的西魏风格 / 140

第十一章　大唐世界
　　一、敦煌彩塑——菩萨、迦叶与阿难 / 148
　　二、规则与叛逆——大唐美学 / 152
　　三、色彩的迸放——唐三彩器 / 158
　　四、肖像画的高峰 / 162
　　五、奉御画家——阎立本、张萱、周昉 / 166

第十二章　山高水长
　　一、山水的初始 / 176
　　二、荆、关、董、巨 / 181
　　三、笔墨与诗意 / 185

第十三章　墨分五彩——宋代的水墨革命
　　一、绘画升高为哲学 / 190
　　二、色彩褪淡的历史 / 193
　　三、南宋绘画与墨的解放 / 196

四、前卫的水墨革命者——梁楷、牧溪、玉涧 / 198
五、无色之色 / 199

第十四章　中国艺术中的时间与空间(一)
　　　　　——长卷与立轴绘画的美学意义
一、绘画形式的省思 / 206
二、移动视点与卷轴画的发展 / 212
三、中国绘画卷收与展放中的时空意义 / 217
四、几件唐、五代长卷的形式分析 / 220

第十五章　中国艺术中的时间与空间(二)
　　　　　——"无限"与"未完成"
一、庄子哲学中的时空观 / 230
二、章回小说与戏剧的结构形式 / 234

第十六章　中国艺术中的时间与空间(三)
　　　　　——"无限"与"未完成"
一、"空白"的哲学内涵 / 240
二、建筑与舞台中的空白 / 243
三、宋元以后绘画中空白的发展 / 246

四、卷轴中的"诗堂""引首"与"跋尾" / 251

第十七章　文人画
　　　　——意境与书法
　　一、赵孟頫与元四大家 / 256
　　二、意境与书法的结合 / 262
　　三、院体与文人画的激荡 / 264

第十八章　市民绘画的迂回之路
　　一、宋代城市风俗画的发轫 / 272
　　二、明代市民绘画的曲折发展 / 278
　　三、扬州画派到海上画派 / 284

附录
　　自信与自省的起点 / 293
　　关于美的沉思 / 295
　　艺术的原始公式 / 297
　　中国美术简表与图片索引 / 304
　　参考书目 / 310

作者序

《美的沉思》最初是在台湾大学城乡研究所授课的一套讲义。以后陆续在《雄狮美术》月刊发表，到1986年结集成书出版。

《美的沉思》从第一版发行以来，十多年间，经过四版十印。在专业美术的书籍中竟然意外能够有这么庞大的销行量，隐藏在民间对美有所关心的读者似乎为数不少。

《美的沉思》是一部入门的中国美术史，从上古玉石青铜，讲到宋元书画，一直到明末清初市民美术的兴起；是可以贯穿中国美术断代的记事，也同时是作者对源远流长的美的讯息传递一点个人的沉思。

是"美"，也是"沉思"。

"美"并不只是技术，"美"是历史中漫长的心灵传递。

没有美，没有沉思，成就不了文明。

十多年前的书，编辑、图片品质都比较落后了。

曾经有许多读者建议刊行新版，替换彩色的图片，也做部分的更新。

这个建议一拖几年，多半是因为我自己的疏懒。

2003年初《雄狮美术》的编辑督促，在两三个月内，重新校订了图片，终于有了这个"新版"的出现。

这本书初版时即题赠给生育我的父母。这十年间父亲先离开了我，就在这本书决定刊行"新版"时，母亲也已辞别人间，新书的出版，只能奉在他们灵前，作为一点永远的纪念了。

借新版出书，谢谢几位朋友，夏铸九兄最初邀我去台大城乡所开课，他的督促，使我花时间整理出了一套讲义。以后每月在《雄狮美术》月刊登载，当时的执编李梅龄费心最多，校订文字，编排图片。一直到今天，李贤文及秋香夫妇仍关心这本书，"雄狮"年轻一代的编辑黄长春认真为"新版"尽力，在此都一并致意。在向"美"走去的路上，感谢许多结伴而行的朋友。

蒋勋于八里

二○○三年四月三十日

引言

这本书分段连载延续了有两年之久。

至于这本书中有关问题的思考，时间则更长了。

走到美术理论的专业上，最初只单纯是因为一些"美"的感动；那些诗歌、音乐、绘画、雕塑与建筑，在最沮丧致死的时刻，依然焕放着生命动人的光彩，使我相信，那"美"便是生命的唯一目的和意义吧。

在故宫读有关中国艺术的种种，也还只是停留在对"美"的直接的、单一的感动上。

这些莹润斑驳的玉石，这些满是锈绿的青铜器，这些夭矫蜿蜒的书法，这些缥缈空灵的山水画，却逐渐使我开始思考起它们形式的意义。

仿佛历史的渣滓去尽，从那份浮华中升举起来，这"美"才是历史真正的核心。

这"美"被一层层包裹着、伪装着，要经过一次一次时间的回流，才逐渐透露出它们真正的历史的意义。

"美"比"历史"更真实。

我所受西方艺术理论的训练，也使我在一段时间以更严格的方法来观察艺术作品——作为人类文明中最高的一种形式象征，它们，在那浮面的"美"的表层，隐含着一个时代共同的梦、共同的向往、共同的悲屈与兴奋的记忆。

我习惯于把诗歌拆散为文字、音节，把绘画解散为形状与色彩，把雕塑还原为材质的体积、重量与质感，把建筑归回，成为初始的空间……

在形式的背后，有更为本质的形式。

当一层层形式的伪装剥开之后，我们才窥探到一点点"美"的真正的本质。

西方现代艺术中一些基本"还原"的观念，从泰纳（H.Taine）到保罗·克利（Paul Klee），都使我重新缅想起古老中国哲学中对本质的深沉思考。

泰纳在19世纪末，衔接了艺术品、历史与社会三者的关系，他在《艺术哲学》（*La philosophie de L'Art*）中对"艺术品"的"还原"，还是承袭了黑格尔的观念，把艺术当成历史的一种形式来考察。

在20世纪20年代发表了一系列讨论"现代艺术理论"（*Theorie de L'Art Moderne*）文章的保罗·克利，则从纯形式思考的角度，剥开了传统艺术的伪装，直接触碰到"美"，作为一种形式更为根本的原质。

从社会学的、心理学的不同角度，结合了艺术史的、美学的观察，"美"作为一种象征时被讨论，逐渐成为这半世纪来的学术发展，荣格（Carl G. Jung）所领导的对"人及其象征"（Man and His Symbols）的一系列研究，便在60年代，对人类不同的艺术形式做了超越传统艺术史与美学的分析，使"美"更具体地被当做一种文化象征来看待，也使"美"更为真实的形式意义显露了出来，成为每一段人类历史动人的呼声。

布兰登（S. G. F.Brandon）的 *Man and God In Art and Ritual*，对形式的探讨引导到宗教仪式上，坎培尔（Joseph Campbell）的 *The Mythic Image* 把形式思考与民族的神话和宇宙观结合在一起，都属于同一类型的对"美"的再发现，也使近代的艺术史与美学研究拓展到更新的阶段。

这些，都明显地给了我多方面的观念上的影响，使我重新去排列接触过的各种中国艺术，试图从其中找出形式象征的意义。

因此，这本书不算是艺术史的论著，而是依靠着中国艺术史的资料，试图初步建立起中国美学的几个基本观念。

《周礼·考工记》中对于艺术材质的分类给予我很大的震惊，事实上，许多更为纯粹的对艺术的思考，中国古来的典籍中的记录，毫不逊色于西方现代的前卫革命。

我因此对石器、陶、青铜，以《考工记》的方式，把它们还原为石、土和铜，是中国初民对物质的最初的思考，它们便不只是断代艺术史上的石器时代、仰韶或商周，而更为重要的，是这一民族对物质特殊利用的方式所完成的形式规则。

对汉隶与汉镜的形式思考，也在于复活汉代形式中真正的美学本质。

这样的讨论方式，衔接着编年的意义，使人容易误会是中国艺术史，事实上，应当是中国艺术形式的几个基本观念的省思。

在中国近一百年混乱而彷徨的历史处境里，要留下心来，思考有关那古老中国曾信守过的，坚持过的生命理想、美的规则，有时，连自己也要不禁怀疑起来吧。

然而，那些玉石、陶器、青铜、竹简、帛画、石雕、敦煌壁画、山水画……犹历历在目，它们何尝不是通过了烽火战乱的年代，从那最暗郁的历史底层，努力地仰望着，仰望着那永恒不息的美的光华。

而这《美的沉思》的工作，便是我自己许诺给这个民族的一愿吧；我愿一百年历史的噩梦过去，在醒来的时候，这古老的民族，仍然记忆着那千万年来他们信守过的土地与山川，记忆着那千万年来，即使残破漫漶到不可辨认，依然闪耀着不朽光芒的玉石、陶器、青铜……

这《美的沉思》也只是我个人在历史的劫毁中小小的一梦，许诺给引领我的前人、师长、朋友，许诺给后来者——因为"美"，我们便可以继续前行。

蒋勋
一九八六

形状的辨别、利用和创造

石器时代的感官经验

泥土与手——物质、技术、观念

第一章 初民之美

——岩石与泥土

从岩石到泥土，我们的祖先经历了第一次物质的大更换。就像以后的从泥土改换成金属，改换成木材，改换成化学材料一样。每一次的物质改换都使人类一方面感觉着对新的材质的兴奋，而另一方面又感觉着对旧的难以割舍的情感。

一、形状的辨别、利用和创造

在动物界，已经存在着对物质特性与形状的辨认。鸟类的衔草筑巢，不能不说是一种对物质特性的认识和利用。

人类也是从这种生物的最低起点上，开始了他对物质特性的辨别和利用。

这个起点最重要的关键恐怕就在于上肢的进化了。当最初的人类，摇摇摆摆，费力地用后肢直立起来，他的不再负责行走的"前肢"——手，便准备着拉开"文明"的序幕。

人类的手，从动物的蹄、爪演变而来，这一部"手"的演进史，几乎也就是一部人类文明的演进史。

中国目前发现最早的原始人类化石是距今170万年前的"元谋猿人"（云南元谋大那乌发现）。他的时代相似于西方考古学家利基（Louis S. B. Leakey）在1960到1964年于东非坦桑尼亚发现的原始人类化石遗骸。他们共同的特点是：一、直立行走；二、使用粗糙的工具。

直立行走是上肢分化演进的重要表征。使用粗糙工具便使这上肢演进的"手"，开始有了更为敏锐的对物质的辨别与利用能力。

旧石器时代的"猿人"阶段，他们"大部分的工具都是取自天然物体：大动物的骨头、树枝、破裂或略予切割的大石块等"[1]。

同样属于"猿人"阶段的中国原始人类，目前发现的还有距今五六十万年前的"蓝田猿人"（陕西蓝田陈家窝和公王岭）和距今四五十万年前的"北京猿人"（北京周口店）。

在动物界，虽然有对物质的辨认和利用，但是改变物质形状和特性的利用，却几乎没有。中国各时代的"猿人"，留下了各种砍

[1] E. M. Burns, *Western Civilizations*, 周恃天译本，黎明书局，P.13。

砸器。到了旧石器时代中期，距今十万年左右的"马坝人"（广东曲江马坝狮子山）、"长阳人"（湖北长阳赵家堰）、"丁村人"（山西襄汾丁村）、"桐梓人"（贵州桐梓），已经有了更复杂的石器类型，用石锤直接打击石器，制造需要的工具。

在生存竞争中，"人类"辨别和利用物质的欲求越来越强烈。自然工具的利用已经不能满足。他从自然中认识的"尖锐""锋利"等等形状概念越来越确定，这种概念的累积，和手制物质的熟悉，长期互为因果，交替刺激，终于"创造"了工具。在自然生长万物之外，人类变成了唯一具备"创造能力"的力量。

《中庸》第二十二章说："唯天下至诚，为能尽其性。能尽其性，则能尽人之性。能尽人之性，则能尽物之性。能尽物之性，则可以赞天地之化育。可以赞天地之化育，则可以与天地参矣。"[2]

如果我们把"至诚"二字解释为一种生存的意志，这种生存的意志的专一和锲而不舍，正是一切生命演进发展的动力，使每一种生命的"潜能"尽量地发挥。生物界演进的极致（尽其性），产生了人类。人类潜能的开发，到了极致，是去发现和发展每一种"物质之性"。把泥土的特性发挥到极致，产生了砖瓦陶瓷；把木材的特性发展到极致，产生了梁栋舟船。这种"尽物之性"，即是"创造"，是"天地之化育"以外，唯一可以与天地动力并列的第三种创造力。

原始人类利用摔砸、碰砸，在产生碎裂的石片中选择适用的石器，到用石锤击打石器，修整改变器物的造型，是辨别造型的能力和手的技术一起进步的，而它们的动力则同样来源于"至诚"的生存意志。

人类利用泥土制陶，利用金属制作铜器，都不过是最近一万年的事。但是，人类从刚刚开始直立行走，用他的前肢——手——笨拙地去抓拿"东西"的时候，这"东西"——大部分是自然界中的树枝、动物的骨头、角和石块——竟然和人类相处了170万年之久。如果，

[2]《中庸新解》，启明书局，1984年再版，P.27。

以人类利用的物质来划分人类的文明史，"石器时代"几乎是不成比例的漫长，而陶土和青铜，比较起来，真是年轻的后起之秀呢！

第一个举起石块向侵袭而来的猛兽击出的人类，他已经体会了物质"重量"的利用。第一个抓起碎裂开来的石尖向猛兽戳刺的人，他已经体会了某种"形状"的利用。"尖""刺"和"动物的死亡"联系在一起，逐渐形成了对"尖"的形状的认识。也许，某一个部族就在漫长的生存竞争中保有偶然从大自然中得来的一个"尖状石"，成为猎获物特别丰富的部族吧！这个"尖"的形状不断重复使用，形状累积成"尖"的观念；那时，人类就不只可以在大自然中"辨认"形状、利用形状，而且，必要的时候，他可以找一个接近"尖"的石头，用自己的手，慢慢打、砸、磨，"复制"出另一个"尖状石"；这时，人类的"创造力"便大大开发了。在艺术史上的第一章，常常要接触到人类学或考古学，而大部分的造型美术也都从旧石器时代的"石斧""石刀"开始。这些看来粗糙而笨重的工具，躺在尊贵的美术馆、博物馆中，作为人类辨认造型、思考造型、创造造型的最初的纪念。这些简单的"方""圆""三角"，的确比以后任何复杂的造型更难产生，因为它花费了百万年的时间才孕育成功。塞尚（Paul Cézanne）以后，那样急切地要找回更原始也更简单的"圆""方""三角"，是人类再次去估量石器时代初民所创造的造型意义。这些"圆""方""三角"，我们可称之为"造型之因"，此后一部繁复的造型美术都是她衍生出的嫡裔吧。

二、石器时代的感官经验

在人类漫长的石器时代中,辨别和利用石器,主要开发了人的两种感官,一种是触觉,一种是视觉。基本上,在人类求生存的过程中,五种感官——听觉、味觉、嗅觉、视觉、触觉,是一起活动的。

在动物界,嗅觉和听觉,十分灵敏,是被高度开发的两种感官。许多动物,能够依靠听觉与嗅觉,辨认十分遥远的环境四周的变化。

我们假设,人类仍然生存在蛮荒之中,没有工具可以依恃,他的感官中,嗅觉与听觉也一定更为敏锐。因为这两种感官所能达到的范围要比其他三种感官大得多。

但是,一旦人类的手开始进步以后,手与物质的接触,对物质的重量、质地的检查,在拿起石块来摔砸侵袭的野兽,在用树枝或尖削的石片戳割野兽的同时,他的触觉被高度开发了出来。

许多触觉上的经验,经由手的无数试练以后,逐渐累积成一种视觉辨别的能力,人类可以单纯依凭视觉对形状的辨别,来判断某一种形状适合于刺,某一种形状适合于切割,某一种形状适合于砸……

在人类今天的五种感官中,嗅觉和味觉几乎没有发展成"艺术"。触觉隐藏在艺术创造之中,但是本身也并没有单独发展成可以独立存在的"艺术"。

目前,视觉和听觉是艺术发展上最主要的两大感官。我们注意一下,造型和音乐这两种艺术,几乎都是来源于"手"对"物质"的"辨别"。经由手对物质的接触和利用,把这种经验交给了视觉,成为造型艺术;经由手对物质的质地特性的经验,把这种经验

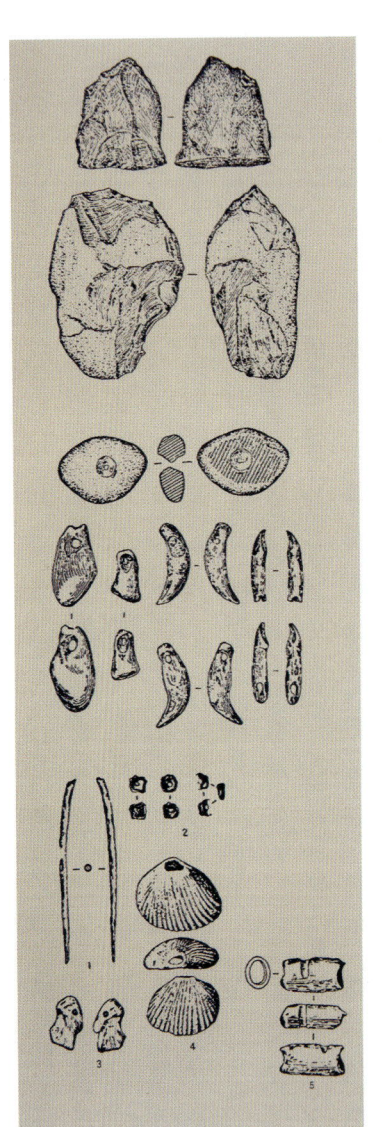

交给了听觉,成为我们今天所谓的音乐。所谓的"击石拊石,百兽率舞"(《尚书·尧典》),"击石拊石",便是实用的生产工具在听觉上造成的经验遗留吧!

旧石器时代晚期"新人"阶段的中国原始人类,最具代表性的是距今五万年左右的北京周口店发现的"山顶洞人"。山顶洞人的遗物中,除了更精致的石器之外,发现的有角骨器、钻孔石器、圆形石珠、穿孔的兽牙、涂红的石块(图1-1),在一根鹿角的短棒上有早期文字出现,据推测为甲骨文中的"族"字。

对圆形的认识,钻孔的技术,对红色色彩的辨认,更重要的是,对抽象符号的创造,揭开了人类文明新的一页。

←图1-1 旧石器时代晚期山顶洞人遗物

三、泥土与手——物质、技术、观念

从旧石器时代过渡到距今一万年左右的新石器时代，中国人的手，从对岩石的认识转变到了泥土。

新石器时代，石器制作的特点是除了旧石器的碰、砸、锤、击之外，懂得了磨光的技术。经过磨制的石器，产生了更准确的造型。而几乎，就在那更细致的辨认过程、更缓慢的制造过程中，在人类的手与视觉共同亲近石器造型的漫长时间中，除了实用的、生存竞争的努力之外，忽然产生了"情感"。一件粗糙的石器，也许经过好几万年，在一代一代的抚摸下，变得细致如玉，发出了莹润的光泽。中国人说"美石为玉"（图1-2），中国人爱玉，仿佛是对那久远而茫昧的石器时代的记忆，不但是在视觉上看它们的形制，更是用手、用脸颊去亲近这玉石的质地。仿佛那冰冷而无感的石块，经过几百万年人类的亲近，也被赋予了美丽的生命。

"美"产生了。"美"是几万年，几十万年，在辛苦而沉重的生存竞争中完成的一个典型。

当人类向新的物质过渡时，那种对陪伴了自己几十万年的旧的物质的依恋，便完成了人类最初的"美"的情感。不再发生实际作用的石斧，被供奉起来，作为对人类过去文明的纪念。石斧的作用和造型在第一代供奉人的心中，都能引起共鸣，是实际操作的经验。逐渐地，石斧的作用淡薄了，剩下的便只是单纯的造型，这造型在人们心中产生唤起远古经验的象征意义。于是，石斧变成了玉斧（图1-3），人们用更美好的质地、用更精细的手工来纪念它。"艺术"与"实用"分开了，玉斧又变成了玉圭（图1-4），代表了社会上或政治上的地位，"艺术"与"伦理"结合，原始的作用与美的欣赏一并对人发生影响。然后，伦理的因素也淡薄了，玉圭成为单纯的"美"的欣赏。在视觉和触觉上依然仿佛呼唤着远古的记忆，但是确实的记忆太模糊茫昧了，只留下一团解释不清的情感，那便是我们至今无法说明的所谓"美"吧。

从岩石到泥土，我们的祖先经历了第一次物质的大更换。就像以后的从泥土改换成金属，改换成木材，改换成化学材料一样。每一次的物质改换都使人类一方面感觉着对新的材质的兴奋，而另一方面又感觉着对旧的难以割舍的情感。

新石器时代最大的特征是农业的产生与陶器的制作，这两样文明都说明着人类对"泥土"这种物质特性的发现。

泥土特性的认识经过要比岩石复杂。岩石的认识是直接在它的质地与形状上去辨别，用击打、摩擦的方法，改变它的造型。

但是，对泥土的认识，是经过了它渗水溶化的特性、被捏塑的特性，到晒干或烘焙以后形制固定的特性，其中认识的过程需要有更复杂的记忆累积。

我们知道，最初的猿人，还是像今天看到的狗和牛马一样，口渴的时候，伏下身去，就近河面来饮水。不知道要经过多少年代手的进步，这个在制作器物中逐渐被开发出来的"手"，才具备了新的能力。当他在砍砸石器、磨制石器中，逐渐使得手更灵活、更敏捷了。终于，他可以不伏下身就河，而是用手捧起水来喝。这时，这合拢的双手形成的一个半圆凹曲的形状，便在他的脑中形成了一个造型的概念。这也许是人类文明中的第一个"碗"吧。（图1-5）映现在波光粼粼、永不停息的大河上，这凝视着自己双手的人，似乎想起了什么。他要努力把这双手形成的形状，和什么相同的东西联系在一起。也许，是那雨天时被他踩过一脚的泥坑，当天气晴了以后，水分逐渐蒸发，形成了一个固定的脚印形状的凹洞，等到再下雨时，那凹洞便聚满了水。他也许联想到更为复杂的经验，我们不知道。我们感兴趣的，是在于这个在河边凝视着自己双手的人，如何把双手合拢可以捧

[3]《周易内传》卷五《系辞》上传，夏学社出版《船山易传》，P.525。

水的这个"观念"和某种"物质"联系在一起。《易·系辞》中所说的"形而上者谓之道，形而下者谓之器"[3]便是"观念"与"物质"的并重。

当一个造型的观念和某一种物质一旦联系在一起，几乎就是生物界精子与卵子的结合，一个受精卵已经完成，剩下的只是等待它成长而已。如同一个"观念"和"物质"结合了，剩下的只是等待手努力在"技术"上去完成它。

↑图1-2　玉石器　新石器时代　瑞典远东博物馆藏
　　经过170万年人类抚爱的石器已经成了莹润的玉器

↑图1-3　玉斧　新石器时代　长13.2cm　木柄为现代所加

↑图1-4　山东龙山文化的玉圭　新石器时代晚期　器表于18世纪时加琢乾隆御制诗、款及仿古花纹

这个把双手合拢盛水的"观念"与泥土这种"物质"联系在一起的人，已经完成了一个"碗"，他剩下的工作只是努力使自己手工的试验实现这个"碗"的出现。这个捏塑、晒干、烘焙的经过，一定也经历了无数次的失败。也许当他第一次用湿润的泥土捏出了这个形状，便兴奋地跑到河边，用它去盛水，不想这"碗"便溃散溶化了。于是，他又必须把这湿润的泥土形成的"碗"与晒干、与烘焙等等泥土变硬固定的认识联系在一起。

人类是在这样的一步一步认识的过程中完成了文明的创造。是生存的意志使手进步了，手的进步又促成了许多认识能力的开发和物质特性的了解。手再回过头来，要求物质屈服于"技术"，为这个"观念"服务。

是"手"与"物质"、"观念"与"技术"互动的结果产生了我们的造型美术。

中国，和其他各个民族一样，从岩石和泥土开始了他们美的故事。

↓图1-5 彩陶人面鱼纹盆 新石器时代（半坡类型） 高16.5cm 口径39.5cm 陕西省西安半坡遗址出土 中国国家博物馆藏

有没有想过，人类第一个陶钵，正是自己双手捧水的形状

中国史前陶器的造型与纹样
围绕图腾符号的一些问题

第二章

安土敦仁

——史前陶器的种种

《易·系辞传》中说：「安土敦乎仁，故能爱。」人类从流荡游牧的生活改变成农业的定居生活，安分于一块土地上。不但利用这块土生养百谷、牲畜，也利用这块土制作了器物。陶器正是这「安土敦仁」的文明产物。

美的沉思

A Contemplation on Chinese Art

一、中国史前陶器的造型与纹样

大概没有一个民族像中国人这样爱泥土，在她文明微露的曙光中，即以大量绚烂动人的土制陶器表白了她的特性。

陶器的基本物质是泥土，是泥土与水和火的特性化合发展出来的结果，是"泥土渗水变柔软可以塑造"的特性和"遇火烘焙以后变坚硬"的特性被联系在一起的结果。

目前出土的新石器时代的陶器，大约可以分为以下几种类型：

1.半坡类型

许多人相信陶器制作是和农业生活有密切关系的，《中国的瓷器》引格拉德舍夫斯基的《原始社会史》说："使用陶器的盛行其必要前提是定居，因为陶器很笨重，并且极易破碎，不适于在游荡生活中广泛使用。另一方面，陶器的生产巩固了定居，并促使人们从到处驻屯的生活过渡到村庄的生活。向定居过渡开始后，才能够更好地从事农业。"[1]除了"定居"的解释以外，人在农业劳作中学习到对泥土性质的经验恐怕也是一项重要原因。

西安半坡遗址便是一个原始社会的农业村落。半坡类型的陶器中"圆底钵"仍是继承新石器时代早期的昂昂溪文化形制而来，是陶器造型的母形。

半坡器型中有一种"尖底瓶"（图2-1），小口、卷唇，两环耳在器腹中央偏下方，器腹表面通常有"刺剔纹"。这种器型被讨论得很多，"尖底"的作用仍是一个谜。

半坡类型的纹样上多半是动物形象，有人面、鱼、鸟、鹿……（图2-2、2-3）几何图案有带纹、三角形纹、网纹（图2-4）。

[1]《中国的瓷器》，中华书局香港版，P.12。

2.庙底沟类型

在洛阳王湾、陕县庙底沟遗址发现。器型上有曲腹小平底碗、卷唇曲腹盆。

彩陶纹饰以几何形图案花纹为主，由圆点、勾叶、弧线、三角、曲线等元素组成繁复的连续带形花纹（图2-5、2-6），也有具象蛙纹。

庙底沟遗址分布很广，数量很多，在陕西华县、扶风都有庙底沟类型陶器出土。庙底沟类型有许多"堆雕"作品，用泥土捏成立体的蜥蜴或人面，如陕西华县的黑陶鹗尊（图2-7）。

3.秦王寨类型

秦王寨类型是豫西的仰韶文化，最常见的器型是敛口侈唇深腹的彩罐。彩陶多使用白色陶衣，上旋黑彩或红彩，纹饰母题以三角纹、S纹、X纹及斜直线条（图2-8）为主。

4.马家窑类型

马家窑文化在甘肃临洮马家窑遗址发现。陶器大多用泥条盘筑法制成，少数形制较特殊的器物，则用手捏成。

器型有细长颈双耳瓶、小平底钵、卷唇盆……纹饰有绳纹、垂幛纹、平行条纹和同心圆纹（图2-9）。

有人认为马家窑文化应分为半山类型和马厂类型两种。

5.齐家文化类型

齐家文化分布在甘肃和青海东部，和马家窑文化有继承的关系。有大量单色无彩的新型陶器出现。（图2-10）

6.辛店文化类型

辛店文化晚于齐家文化,以大口双耳罐和高颈双耳罐为主要器型,纹饰有回纹、云纹、雷纹等(图2-11),已经与以后的铜器纹饰有关了。

7.大汶口文化类型

大汶口文化分布在山东、江苏一带,是黄河下游的原始文化类型。陶器纹饰与黄河上游十分不同,多尖锐的直线,封闭空间(图2-12)。以美学风格来说,黄河上游陶器的纹饰多优柔的曲线,温婉而抒情,黄河下游则强烈刚硬。

8.龙山文化类型

1928年在山东历城龙山镇发现的许多黑陶,是龙山文化的典型。这一时期广泛使用了陶轮制作,器形端正,器壁薄而均匀,器物内外都有同心轮纹。器型上,鬲和鬹(图2-13)是龙山文化的代表性器物。

龙山文化和齐家文化同时而不同地,分别代表黄河上、下游的文明发展,但都逐渐从彩陶过渡到素色陶。

↑图2-1　红陶尖底壶(半坡类型)　高54cm　口径6.5cm　1972年陕西省临潼姜寨出土　中国国家博物馆藏

↑图2-2 彩陶鹿纹盆（半坡类型） 高16.2cm 口径42cm 陕西省西安半坡遗址出土 西安半坡博物馆藏

↑图2-5 彩陶涡纹曲腹盆（庙底沟类型） 高20cm 口径33.3cm 河南省陕县庙底沟出土 西安半坡博物馆藏

↑图2-3 彩陶鱼纹盆（半坡类型） 高17cm 口径31.5cm 陕西省西安半坡遗址出土 中国国家博物馆藏

↑图2-4 彩陶船形壶（半坡类型） 高15.6cm 长24.8cm 陕西宝鸡北首岭出土 中国国家博物馆藏

↑图2-6 彩陶钵（庙底沟类型） 高18cm 口径38cm 山西省洪洞县出土

↑图2-7 黑陶鹗尊（庙底沟类型） 高36cm 1957年陕西省华县太平庄出土 中国国家博物馆藏

←图2-8 彩陶双连壶（秦王寨类型） 高20cm 河南省郑州市大河村出土 郑州市博物馆藏

↑图2-10 甘肃齐家坪红陶罐（齐家文化类型） 甘肃省宁定齐家坪出土 瑞典远东博物馆藏

↑图2-11 辛店双耳壶（辛店文化类型） 高27.5cm 甘肃临洮辛店出土 瑞典远东博物馆藏

←图2-9 彩陶漩涡纹壶（马家窑类型） 高26cm 口径7.2cm 1973年甘肃省兰州杏核台出土 甘肃省博物馆藏

↑图2-12　彩陶三角纹壶（大汶口文化类型）　高17cm　口径7.1cm　山东省泰安县大汶口出土　中国国家博物馆藏

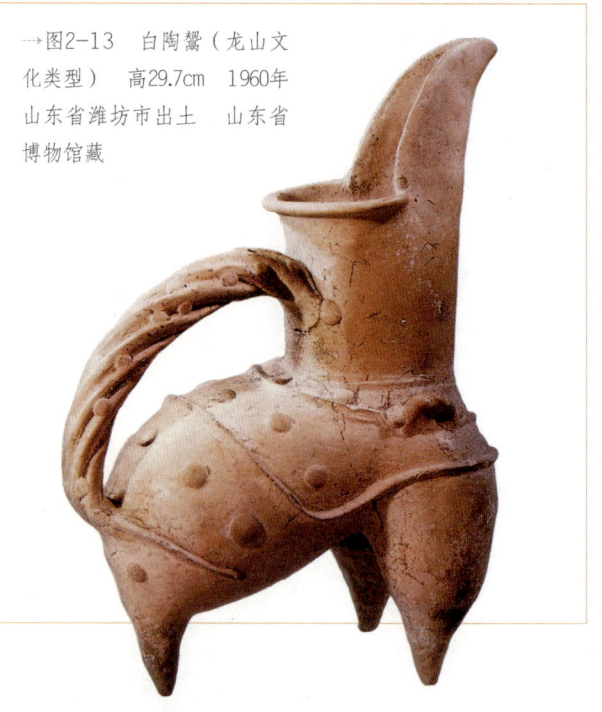

→图2-13　白陶鬶（龙山文化类型）　高29.7cm　1960年山东省潍坊市出土　山东省博物馆藏

二、围绕图腾符号的一些问题

陶器是和农业一起发展起来的，陶器又是人类大量用火以后的结果，围绕着中国的史前陶器，我国还有许多问题有待更多的资料来填补空白。器型上的演变，除了少数特例外（如尖底瓶），大部分比较容易联系上发展的过程；目前引起最多分歧的争论，恐怕是在陶器上的纹样部分。特别是中国的史前陶器，在器壁上的各式图样，多变的形式，生动的趣味，恐怕是同时代任何民族的陶器所不能比拟的。

最早的陶器上出现有绳纹或编织纹，有人认为陶器最早是附属在编织物上的，例如一只藤篮筐，为了防火耐熟，用泥糊在四周，

[2] 见《中国新石器时代陶器装饰艺术》（吴山编著），1982年5月文物出版社，P.13。

这样过火以后，就变成了早期的陶钵或陶盆，上面就留有编织物的纹样，这是一种说法。[2]

在仰韶期半坡类型的陶器上，我们看到许多具象的人面、鱼、鸟、鹿等图样。以后，几乎绝大部分的史前彩陶上，主要的纹样都是几何图形。这些图形，长期以来，受到许多人赞美，认为是人类最佳的装饰艺术。至于图形的来源，分歧非常大：有人认为马家窑文化的同心圆是太阳崇拜；有人认为半山类型的旋涡纹是模拟水波纹；有人认为交叉的方格纹是渔网；也有人认为庙底沟的三角曲面纹是植物叶脉。各种不同的说法大多从单纯的几何装饰图案观念来对待这些纹样。

近几年，围绕这些彩陶纹饰，有一种十分突破性的意见，认为这些彩陶上的纹样，既不是为了"审美"，也不是纯粹自然的"模拟"，而是"具有巫术礼仪的图腾性质"[3]。

这一类的意见一出，彩陶上的纹样可以分两条路线来探索，其一是把这些纹样当成单纯美的装饰，这是传统的研究途径。其二是从图腾符号的线索来追踪它们的演变。

第二种意见其实是19世纪发展起来的，从社会学、民族学、人类学角度来探讨美和艺术问题这一派学术的总结，在法国哲学家泰纳（H. Taine）的《艺术哲学》[4]中，已经肇始其端，把艺术活动放回到大的"环境"中去观察。

19世纪末，许多考古学家、人类学家为探讨艺术起源担任起开路先锋的角色。1900年，普列汉诺夫的《没有地址的信》用四封信

第二章 安土敦仁——史前陶器的种种

[3] 李泽厚《美的历程》，1981年文物出版社，P.18："其实，仰韶、马家窑的某些几何纹样已比较清晰地表明，它们是动物形象的写实而逐渐变为抽象化、符号化的。由再现（模拟）到表现（抽象化），由写实到符号化，这正是一个由内容到形式的积淀过程。即是说，在后世看来似乎只是'美观'、'装饰'而并无具体含义和内容的抽象几何纹样，其实在当年却是有着非常重要的内容和含义，即具有严重的原始巫术礼仪的图腾含义的。"

[4] 《艺术哲学》（LA PHILOSOPHIE de L'ART，1882年出版）中译本，由傅雷翻印，台湾有洪氏出版社及帕米尔书局本。

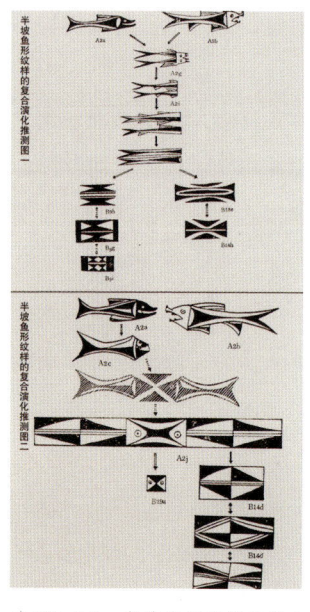

↑图2-14　半坡鱼形纹样的复合演化推测图

的形式介绍了19世纪末许多从民族学、人类学角度来探讨原始民族艺术的论文，是这一派理论的重要催生者。在第四封信牍中，普列汉诺夫介绍艾伦莱赫关于巴西辛古河的探险报告说："在土人的装饰因素上，'所有一切具有几何图形的花样，事实上都是一些非常具体的对象（大部分是动物）的简略'……例如，一根波状的线条，两边画着许多点，就表示是一条蛇，附有黑角的长菱形就表示是一条鱼……"[5]

这种对原始民族图纹的研究被移用在中国史前陶器上，也有某些相合之处。西安半坡的鱼形纹样就有类似的演变："……一个简单的规律，即头部形状越简单，鱼体越趋向图案化。相反方向的鱼纹融合而成的图案花纹，体部比较复杂，相反方向压叠融合的鱼纹，则较简单。"[6]（图2-14）

李泽厚借用了克莱夫·贝尔（Clive Bell）的理论，把这种形式符号的演变称为"有意味的形式"（Significant Form）。也就是说，这种看来是"装饰"或"审美"的几何纹样，事实上具备着如文字符号一样的作用；从写实到抽象，每一个符号都有它演变的一定过程，我们今天看来无法了解的"符号"，恰恰是原始人类从复杂中慢慢整理简化成的一个更容易复制与记忆的符号。他说："似乎是'纯'形式的几何纹样，对原始人们的感受却远不只是均衡对称的形式快感，而具有复杂的观念、想象的意义在内。"[7]因此，史前陶器上的纹饰仅仅从纯粹形式上当成装饰艺术来看待恐怕是不够的了。

[5]普列汉诺夫《论艺术》，曹葆华译，1973年2月三联书店出版。

[6]《西安半坡》，文物出版社1963年版，P.185。

[7]同注[3]。

[8] 见《神话与诗》，台湾蓝灯出版社，1975年版，P.3-P.68。

李泽厚又把这种符号和闻一多"伏羲考"[8]中有关图腾的意义联合，这个"有意味的形式"就不仅是个人的创造，并且包括着整个远古民族的符号意义了。

这种符号的理论，虽然还未成定论，也还有许多空白等待联系，但是在观察彩陶纹样上是有突破性的一项发现，也是19世纪欧洲社会学、人类学等科学知识介入艺术研究的成果。从这个系统观察下来，新石器时代后期的陶器过渡到龙山文化、辛店文化上的纹样，与早期铜器纹样的比较，连带地，使我们对遍布在商周铜器上的动物"兽面纹"（图2-15）产生了兴趣。那神秘、怖厉的图案中究竟是不是包含着图腾巫术的记忆，的确是费人寻索的问题。

《易·系辞传》中说："安土敦乎仁，故能爱。"人类从流荡游牧的生活改变成农业的定居生活，安分于一块土地上。不但利用这块土生养百谷、牲畜，也利用这块土制作了器物。陶器正是这"安土敦仁"的文明产物。远离了茫昧的渔猎社会剧烈的生存竞争，史前陶器的形制和纹饰都展现着一种进入较缓和的农业社会时的优美心情。那些延展的曲线，连绵、缠绕、勾曲，像天上的云，又像大地上的长河。因为定居了，因为从百物的生长中知道了季节的更替、生命的从死灭到复苏，中国陶器中的纹饰除了图腾符号的简化之外，又仿佛有一种静下来观察万物的心情。是坐在田垄边"子兴视夜，明星有烂"的农业的初民吧，那陶器中浑朴、厚重的精神一直延续到今天而不衰，那"安土敦乎仁，故能爱"的精神想必也是中国农业传统的重心吧。

第二章 安土敦仁——史前陶器的种种

↑图2-15 商周的兽面纹

青铜器的起源 ＼ 青铜器的分期

青铜器的成分 ＼ 关于「饕餮」

从巫术之美到理性人文精神的建立

第三章 青铜时代

『商』代和『周』代的青铜器，在本质上分别代表了两种艺术倾向。商近于『浪漫』，而周近于『古典』。『商』风格中充满了神秘的幻想，大胆而热烈，那些厚重华丽的饕餮，仿佛透过久远的年代，仍然能够传达给我们那巫的文化中迷狂暴烈的血质性格。『周』风格简朴端庄，传达的是理性人文精神的均衡、安定，平复了商的巫术之美中过分繁丽激情的部分。

美的沉思
A Contemplation on Chinese Art

一、青铜器的起源

《左传·宣公三年》载:"昔夏之方有德也,远方图物,贡金九牧。铸鼎象物,百物而为之备。使民知神奸,故民入川泽山林,不逢不若,螭魅罔两,莫能逢之,用能协于上下,以承天休。"[1]

这是经常被引用的有关铜器制作的文字。夏的铜器至今仍然存疑,"夏禹铸九鼎"的故事也依然停留在传说阶段。

人类对岩石,动物的角、骨、齿的利用,都仅停留在外部造型的观察上。旧石器时代的人类,利用石头制成斧、刀,利用树枝来架构或编结,都只是对物质形状的改变而已。在这个阶段,人类的视觉直接和形状接触,并且,在手的工作过程中,视觉也可以从头到尾观察形状在手的动作下一步一步地改变。从旧石器时代的砍砸到新石器时代的磨润,170万年中,人类的视觉和手共同经验了石头形状的改变,也建立起人类造型美术的第一章。

新石器时代晚期所发生的巨大的美术革命,是人类开始经验另一种新的物质——泥土。

作为造型美术的新主角,泥土,它的造型变化不像岩石那样单纯。从"岩石"到"石器",只是形状改变;从"泥土"到"陶器",形状塑造的过程中引进了新的媒体——水与火。人类在塑造陶器的过程中,必须要有更复杂的对物质特性的记忆,诸如:水和泥土掺和的比例,火的大小或时间长短的控制等等。这些因素参加到陶的完成中,使人类美术史的第二章越趋复杂,也证明了借助美的形式的传达,人类的思维能力在突飞猛进地往前进展。

铜器的出现,和石器与陶器都有关系。

在石器时代,人类找到一块矿石,把它当成普通的石块来打

[1]《左传读本》文馨出版社,P.96。

砸，企图造成所要的器具；但是，这块矿石并没有像一般的石块那样在击打下碎裂或破损，却是逐渐凹陷下去。这种特殊的性质被人发现、利用了，就形成了最初完全经由打击而完成的原始红铜器。这种铜器，不经由提炼，纯粹把制作石器的方式应用在铜器制作上，是铜的利用的第一步。

到了陶器时代，在烧陶的过程中，提高了对于火温的控制，附着于陶器上的铜熔解了。经过冷却，模印了陶器的形状或上面刻画的纹饰，于是，铜的另一种性质被发现了。这种性质的被发现才使铜真正发挥了它积极的效用，展开了灿烂的铜器时代。而早期的铜器，也因为附着于陶，用陶范来铸模，模仿陶器的造型与纹饰，还和陶器发生了亲密的关系。

真正的青铜时代因此和陶窑的广泛使用有不可分割的关系。

铜器的起源，从《左传》上记录的文字来印证考古上的发现，时间相差并不远。河南偃师二里头发现的一件"爵"（图3-1），是目前所见最早的青铜器。

河南偃师二里头是发掘夏文化的重点遗址。这件爵的出土证明了《左传》所录"夏禹铸九鼎"的夏代与青铜起源的特殊意义。[2]

这件爵通体无纹饰，非常素朴。造型上显得简洁大方。平底、三足，向两端近于水平张开的流口和口沿造成了流利的线条，向下收束的器腹也十分细致轻盈，在造型上给人准确成熟的印象，应不是铜器刚刚发生时的粗拙之作。

[2] 阎丽川《中国美术史略》，人民出版社，P.22："二里头一期有个蚌片的碳素测定相当于公元前1620±95年，树轮校正年代范围是公元前1690－2080年。这是探索夏文化的部分科学根据。"

第三章 青铜时代

↑图3-1 乳丁纹爵（商前期） 高22.5cm 重0.45kg 河南偃师二里头出土

二、青铜器的分期

河南偃师二里头遗址中的铜器可以作为目前中国铜器的第一个阶段；虽然出土形制种类还很少，但是，的确把青铜历史往前提到了夏代。二里头除了上述的爵之外，还发现了镞、凿、刀、锥、铃、鱼钩等小件青铜工具和制造青铜器用的坩埚片以及铜渣。

一般被称为"郑州文化期"的青铜器时代指的是商代前期，盘庚迁殷以前的风格。这一类型的青铜器以郑州二里岗为主，包括河南辉县、长江中游湖北黄陂盘龙城等遗址，都有铸铜遗迹发现。

郑州期的铜器一般说来仍不脱离素朴的原则。大多只在器腹的中央偏上的部位有一带"兽面纹"。兽面纹已可看到以后"饕餮"的前身；但是，在表现上，郑州期的兽面纹除了眼部较为浮凸外，大部分的纹饰是以阴纹或阳纹细线构成，比较接近于浅浮雕的效果。

一件湖北黄陂县盘龙城出土的鼎（图3-2）是郑州期铜器的典型[3]。这件鼎以三块陶范铸成，器腹上留有明显接模的痕迹。鼎耳在鼎唇上，与后期鼎耳移至器腹上不同。而值得注意的是鼎足的形制仍然保留早期的尖锥状，是陶器时代炊器的遗留形状。

同一个时期的盉形器出土很多，一带兽面纹的浮雕效果都与上件鼎形器类似。

这一时期的许多铜器，在器形上都还保留陶器的痕迹。鼎的尖锥足在龙山文化的黑陶鼎（图3-3）中可以见到，盉的中空裆袋足是陶鬲的演变，至于爵形器特别夸张的流口与口沿，是不是牛角为杯的造型衍变，是值得再发掘的问题。

接续郑州期之后，是目前被广泛讨论的安阳期青铜时代。郭沫

● [3]《中华艺术大观·铜器》，新夏出版社，P.43内容认为此器为夏代作品。

若在《青铜时代》中把铜器分为四期：一、滥觞期，二、勃古期，三、开放期，四、新式期。[4]

他所说的"滥觞期"相当于二里头、郑州期的铜器。而所谓"勃古期"，以他的说法为"殷商后期至周成康昭穆之世"，也正当目前一般分期上的"安阳期"。安阳期的铜器一直是铜器史上最受人瞩目的青铜器物，诚如郭老所说的："为向来嗜古者所宝重。其器多鼎……形制率厚重，其有纹缋者，刻镂率深沉，多于全身雷纹之中，施以饕餮纹、夔纹、夔龙、象纹次之……"[5]

安阳期的青铜器以造型的华丽丰缛闻名于世，许多器型逐步脱离前期实用功能的素朴风格，开始在造型上附丽了更多的宗教神秘色彩和宗族图腾崇拜的观念，成就了典型的商代铜器的艺术之美。

以鼎来做例子，从郑州期的尖锥足过渡为圆柱足，又逐渐向兽蹄足发展，都明显地是从实用功能往美的要求过渡的结果。

爵形器由平底变为圜底，柱向中央移动；盉形器的裆袋足变为圈足；觚由矮胖变为瘦长[6]（图3-4、3-5），都说明着造型美的被重视。

在纹饰上更明显地有了变化，原来郑州期的细线被强调夸张成立体雕塑的效果。作为容器、酒器的实用部分常常被遗忘了，而作为装饰的纹塑部分被强烈夸张。一件湖南宁乡出土的"四羊方尊"是安阳期的典型器（图3-6）。作为纹饰部分的四个羊头，完全独立于作为"尊"的器形之外，这种缛丽华美的风格，大胆强烈的造型观念至今仍使人眩惑；而在欣赏美的同时，我们大概也不能遗忘隐含在其中的商代特有的巫的文化特质。

郭沫若所分的"开放期"、"新式期"相当于西周中期以后到战国时代的铜器风格。他说这一时期的铜器"形制率较前期简便"，"饕餮失其权威，多缩小而降低于附庸地位"。

西周中期以后的青铜器如毛公鼎（图3-7），的确失去了商代的华丽风格，而代之以端庄素朴的面貌出现。但是，我们并不同意这

[4]《郭沫若全集·青铜器时代》又分为1.鼎盛期，2.颓败期，3.中兴期，4.衰落期，见全集P.606。

[5] 郭沫若《青铜时代》，1945年文治出版社，P.272。

[6] 参考袁德星《中华历史文物》P.89。

类青铜器"较前期简便"的说法。在艺术风格上，周代所标榜的理性人文精神和商代充满神秘符号的特质十分不同。周代在它自己的文化基础上自然应当有其特殊的美学，而不能一概以缛丽为美。西周中晚期的一件青铜壶（图3-8），以蟠龙环带构造成壮大充实的美学风格，脱离了殷商卜辞尚鬼时代的神秘迷狂的精神状态。西周文质彬彬的艺术风格的确说明着人文精神的初露曙光。

春秋以后，中央王权的崩溃，宗法制度的解体，导致了工艺技术的大解放。各种新观念、新技术毫无拘束地自由发展，失去了西周统一性的端庄风格，却形成多元性的地方色彩；也由于社会权力的分散，铜器逐渐丧失了它作为"国之重器"的价值。楚庄王的"问鼎轻重"不但是对王权的一种挑战，也说明了青铜器从典礼祭祀宠物逐渐下降为装饰珍品的过程；工艺的巧思达于极致，而青铜器的华丽性与庄重性也一并消失了。

↑图3-2 铜鼎（夏 郑州文化期）高54cm 重153.5kg 1974年湖北黄陂县盘龙城出土

↑图3-3 黑陶鼎（龙山文化） 高15cm 山东省潍坊市姚官庄出土

↑图3-4 商早期的兽面纹觚

→图3-5 商晚期的兽面纹觚 觚由商早期的矮胖变为晚期的瘦长

↑图3-7 青铜毛公鼎（西周晚期） 高53.8cm 口径47.9cm 深27.8cm 腹围145cm 重34.705kg 传陕西岐山出土 台北"故宫博物院"藏

↑图3-8 浮雕蟠龙环带纹壶（西周晚期） 高51.7cm 中国国家博物馆藏

↓图3-6 青铜四羊方尊（商晚期） 高58.3cm 径52.4cm 重34.5kg 1938年湖南宁乡出土 中国国家博物馆藏

三、青铜器的成分

《周礼·冬官考工记》记载："攻金之工，筑氏执下齐，冶氏执上齐。"[7]

所谓"齐"是指铜锡的比例，锡多为"下齐"，锡少为"上齐"。

商周青铜器在铜锡的比例上已经有相当精密的配置。以《考工记》的资料来看，依照不同的器物性质，铜锡的比例也是不同的，如"六分其金（铜），而锡居一，谓之钟鼎之齐。五分其金，而锡居一，谓之斧斤之齐。四分其金，而锡居一，谓之戈戟之齐。三分其金，而锡居一，谓之大刃之齐。五分其金，而锡居二，谓之削杀矢之齐。金锡半，谓之鉴燧之齐"[8]。

经由现代科学的方法来分析，商代早期和晚期青铜器的铜锡比例有所差异："晚期对铜锡的比例，有了更好的把握，大体合于后世《考工记》所总结的'六分其金，而锡居一'的所谓钟鼎之齐。"[9]

- [7] 林尹《周礼今注今释》，商务版 P.439。
- [8] 同注[6]。
- [9] 谭旦冏《中华艺术史纲》第一册，文星版，P.50。

四、关于"饕餮"

《吕氏春秋》云："周鼎著饕餮，有首无身，食人未咽，害及

[10] 谭旦冏《铜器概述》，"台北故宫"版，P.56－P.72。

其身。"这是铜器上的兽面纹被称为"饕餮"的来源。

饕餮是正面的兽面纹，把兽面平展，左右对称，如果有身躯，也是左右各一个，很可能是在平面上表现立体的效果，把动物的身体以鼻为中心向两边展开；只是我们习惯了透视观念，把它们当做两个身体罢了。（图3-9）

饕餮在形象上十分图案化，从中可以看到彩陶中对动物造型的几何性归纳在铜器上的沿用。谭旦冏的《饕餮纹的构成》一文，把饕餮分成七个部分，即：一、冠饰与鼻纹，二、眉纹，三、目纹，四、角纹，五、身纹，六、口纹，七、足纹与身纹。[10]

我们如果把饕餮看做是中国文字的性质，就可以了解这些动物几何性的各部位装饰纹，其实很像是部首，是文字构成的几何基本元素。只要具备这些元素，至于组合的方式倒很自由；所以常常依照不同的器物造型所给予的空间限制，使纹饰有千变万化的表现可能。然而，目纹常常是最被突出的，在繁复的纹饰中有统一视觉的效果。

↑图3-9 商周兽面纹

第三章 青铜时代

五、从巫术之美到理性人文精神的建立

如果说商代的铜器风格与周代不同,并不是指历史朝代的断代;更确切地说,是两个文化阶段的不同,这两个文化阶段,并不等同于历史的朝代。商的典型期在盘庚迁殷以后,一直延续到西周初期;周的典型期在西周中期建立,到西周末已经式微。

这两种典型,在本质上分别代表了两种艺术倾向,用西方艺术上的术语来比较,商近于"浪漫",而周近于"古典"。商风格中充满了神秘的幻想,大胆而热烈,那些厚重华丽的饕餮,仿佛透过久远的年代,仍然能够传达给我们那巫的文化中迷狂暴烈的血质性格,是"有虔秉钺,如火烈烈"(《商颂》)的年代,是仍然未脱原始的野性的年代。它以狂暴的生命原始冲力创造着诡异而华丽的器物,纠结着繁复炫目的纹饰,纠结着神秘、恐惧、庄敬、奇想的热烈情绪,是对大自然的力量怀抱着崇拜与畏惧之情的初民,在如狂的祭礼中对一切未知因敬畏与好奇而发出的符咒似的颂歌。

西周中期以后,典型的如陕西扶风出土的铜器,那种简朴端庄的造型,充实而壮大的环带纹,在简朴中传达的是理性人文精神的均衡、安定。好像《易·系辞传》用各种文明史理性的解释来批注卦爻的神秘一样,西周的人文主义,用那样均衡冷静的气质,平复了商的巫术之美中过分繁丽激情的部分。

商的文明据说一直往南去,有人认为春秋以后楚的文化是商的衍脉。的确,我们在《楚辞》中,仍可以看见那热烈的激情,荡溢着神秘的浪漫精神。然而,西周的理性精神的确替代了伟大的商帝国,成为中国文明的基础,从这一条线传承下去,归结先秦的儒家哲学,"郁郁乎文哉!吾从周"。中国人建立了一套理性而均衡的

文明，进退揖让都不失法度。然而，那潜藏着的商的血液，似乎还不时要出来，在理性得丧失了原始生命力量的时候，以外表看来十分狂烈的姿态复活了古老的中国。

从巫的美，到理性的文明，从精神的激情，到知性的平衡，"浪漫的"与"古典的"，也构成了中国艺术风格交互不断的两个主题。

人像艺术的萌芽——几个古老民族的例子

人像艺术的萌芽——关于中国

第四章 民之初生

——人像背后的美学观念

中国人乐观、朴素而现世的美学，在春秋萌芽，体现在最早的人像艺术上。经过战国前后各种地方色彩的激荡，在理性与感性、纪律与浪漫各个极端中摆荡，到了汉代，完成了一种庶民文化的典型。不同于埃及、不同于希腊，不同于印度，是现世而朴素的，是平凡而广泛的，成为中国以后文化符号最重要的基础。

美 的 沉 思

A Contemplation on Chinese Art

一、人像艺术的萌芽——几个古老民族的例子

在几个古老民族的早期艺术中，人像一直是非常重要的主题。

埃及在公元前两千年前后的艺术，无论雕塑或壁画，都是以人作为主题。壁画中描绘的常常是全体人的生活，如狩猎、农耕等等；雕塑的人像，则明显地表示着它们的纪念性。

埃及人的大量人像石雕，为"雕塑"与"纪念性"做了不可分割的联系，西方大约从此系统一直发展，要到19世纪末罗丹以后，雕塑中才叛逆了这一传统，人像雕塑和纪念性意义分离，甚至在雕塑中赋予了幽默、讽刺的含义。

雕塑和人像结合，有几点理由可以思索：

1.用物质的不朽来代替肉体生命的结束。

2.复制人的形象。

3.夸大人的能力。

所以，在古埃及的人像雕塑中，我们发现，越来越趋向于选择最坚硬的花岗岩来做材料，人像的对象绝大部分是政教的领袖、法老王和贵族；并且，许多巨大的人像雕塑，甚至有真人的十倍大。

埃及的人像雕塑，其实是王权无所不在的具体表现。在那个统治着尼罗河上下游的大帝国中，如同巍巍的金字塔一样，埃及的人像雕塑，是这个庞大而阶级严密、纪律一丝不苟的大帝国精神的表征。

如果说，埃及人创造了金字塔，毋宁说，埃及人选择了金字塔。当一个艺术上的造型不再只是实际生活中的对象，而具备了代表一个共同生活的民族更内在的精神时，这个造型，已经是一个文化上的符号，蕴涵了复杂的民族历史共同的记忆和情感。所以，我

们在平坦的地平线上看到了一个巨大而准确的三角形，也似乎看见了一个从下至上层层叠压，逐步趋向服从于最高的唯一的一个顶尖的归属过程。

一个符号，事实上是一个民族政治的、经济的、社会的、文化的共同缩影。

埃及归属于几何的造型倾向几乎遍布在他们的艺术之中。他们的人像雕塑也树立了独一无二的冷峻、稳定、准确的姿态，具有无限权威地高踞在台基上。（图4-1）

埃及的人像雕塑，甚至把复杂柔软的人体也尝试简化成更简单准确的几何形。那种对准确的几何强调，在古代的印度、希腊、中国，都不曾见到。

希腊也是以大量人像艺术开启了他们文明的序幕。希腊的人像雕塑，可以明显见到埃及系列的影响，那种僵直硬板的身体，紧贴在股侧的双手，直立平分重心的双脚，常常是一前一后，形成一个矗立的三角形。（图4-2）

在公元前800年左右，我们看到希腊本土的造型在内部运动，仿佛爱琴海暖洋洋的微风，城邦小市民的自由闲适，地中海荡漾的波浪，逐步松动了僵直紧张的双腿，溶化了埃及纪律紧张的肌肉与姿态。好像希腊人终于发现"稍息"比"立正"要美好，把重心落在一只脚上，另一只脚弯曲了，胯部倾侧，双手自由了，一个典型希腊的Ｓ造型出现了。这个Ｓ，是在埃及的直线上略做的修正。公元前470年前后，希腊的人像雕塑完成了至今西方人奉为典范的形式，是在埃及的理智上辅以情感的曲线，是在埃及的准确稳定上加了微微的律动，是在绝对王权的威吓和庄严上，润饰了城邦市民相对的和谐与从容。（图4-3）

在造型符号上，希腊人没有选择巨大、整体、稳重的统一性，而是在微微的律动中平均分散了力的重压，金字塔的沉重、封闭，在巴特农神殿中便变成了均衡的柱列的力的布置。（图4-4）

印度，常常在我们的概念中，很容易与佛教相联。它的人像雕塑，也往往被我们误以为是后期的端正和平。有趣的是，印度，作为一个热带地区，它的文明的确也像繁密而多姿的植物，伸展着滋蔓的枝叶，在潮湿而炎热的空气中展现着热带植物特有的慵懒和妩媚。

我们在公元前的印度人像雕塑中看到的是丰肥而冶艳的神祇，极尽夸张地扭曲他们的肢体（图4-5）。如果说，埃及是在不动的基础上，树立了重心永不移动的造型典范，希腊是在平均的力的布置上求重心的相互谐和，那么，印度的人像雕刻，一开始即以惊心动魄的姿态夸张了这重心的不稳定性。比较起埃及的直线三角，希腊的微微曲线，印度更喜爱夸张的曲折和线的盘旋。

印度舞蹈中肢体的曲线恐怕没有一个民族能够比拟，整个东南亚，包括中国的戏剧都受到了影响。和他们的人像雕塑一样，他们的肢体，以腰部为中心，常常错离了上身和下身的关系，产生不平衡和强烈律动的视觉经验。这种错离的效果，几乎发生在每一部分的关节，包括了纤细的手指，整个东方民族手指在表演艺术中的强调莫不源于这个热带的恒河民族。（图4-6）

佛教并没有抑压印度民族原始的对夸张与曲线的爱，我们在印度人像雕塑中（包括佛像在内）一直看到那种妩媚的、肉欲的、被中国人称为"曼妙"的姿态成为一种典型。（图4-7）

和埃及相反，印度似乎要追求片刻的感官享乐，酣醉徜徉在欲乐中的人体，剩下的只是轻飘迷软的灵魂，游荡在不清楚的热带氤氲中。他们重复着一次又一次单调的旋律，重复着一层又一层繁复的起翘的曲线，仿佛催眠一样，使你进入感官模糊的世界。

没有比埃及干燥的大地上更准确的金字塔的造型了；同样，也没有一个民族比得上印度在潮湿多雨、热气氤氲的藤蔓丛林中视觉经验的朦胧。他们接触的是自然界的繁茂、缠曲、丰硕，是热带丛林旺盛的原始生命。

印度造型上的曲线，装饰的繁丽，五色缤纷，使人目眩的旋转

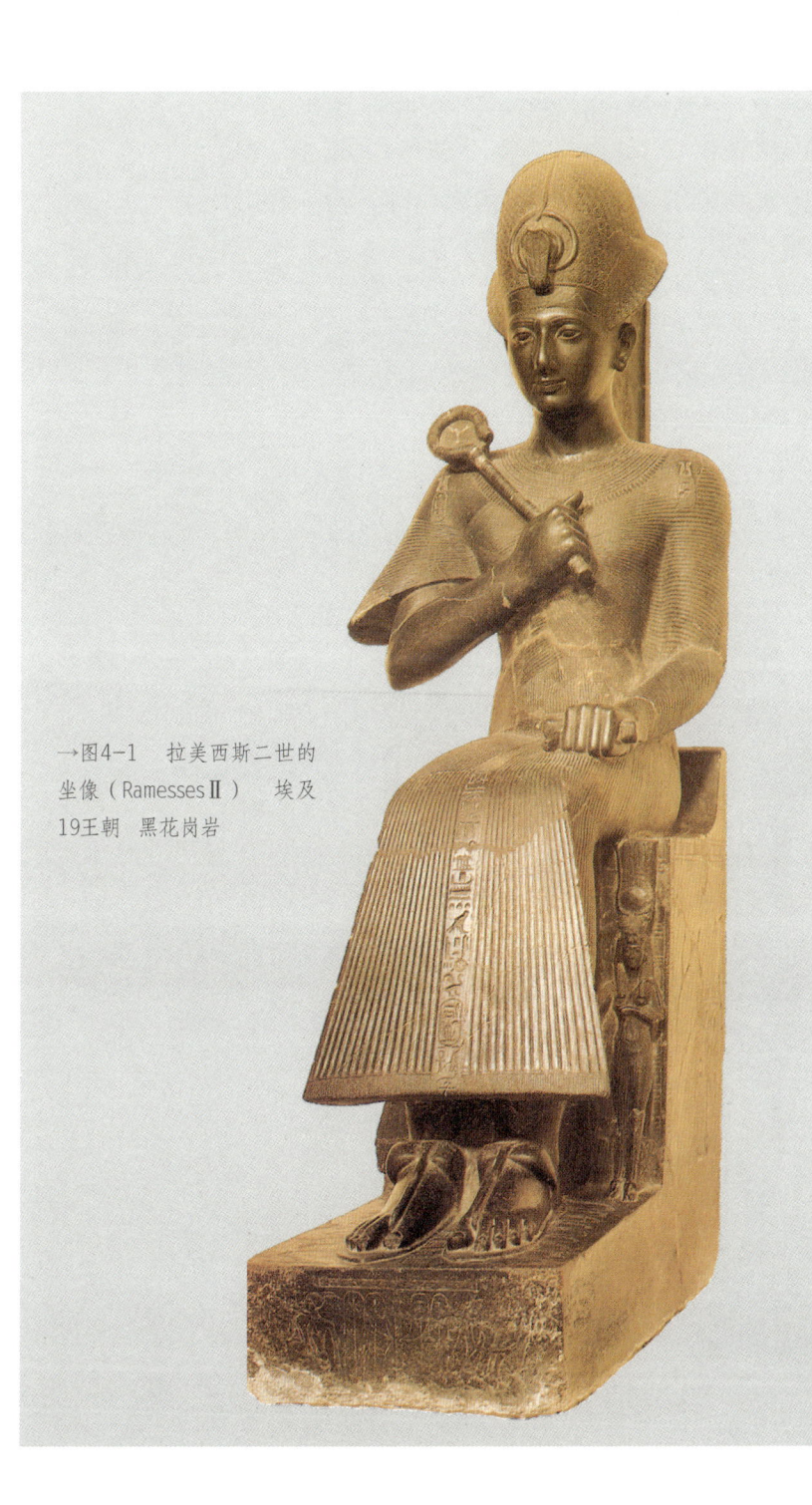

→图4-1 拉美西斯二世的坐像（Ramesses Ⅱ） 埃及 19王朝 黑花岗岩

效果，和他们舞蹈上的婀娜多姿，不停地扭动，和他们音乐上近于呢喃的梵唱的催眠效果，都是同一个系统，是审美上的选择。原来在实用生活中产生的形状、声音，一旦被选择了，便具备了文化符号的意义，是整个民族共同记忆和情感的母题。

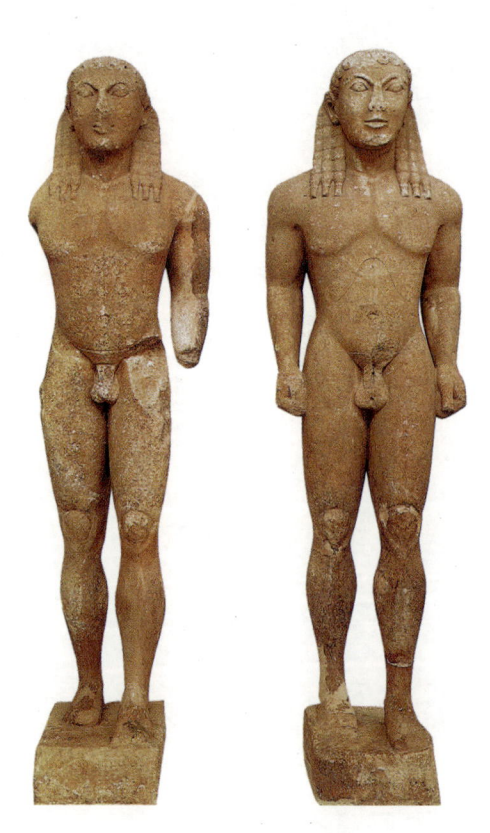

↑图4-2 希腊早期人像

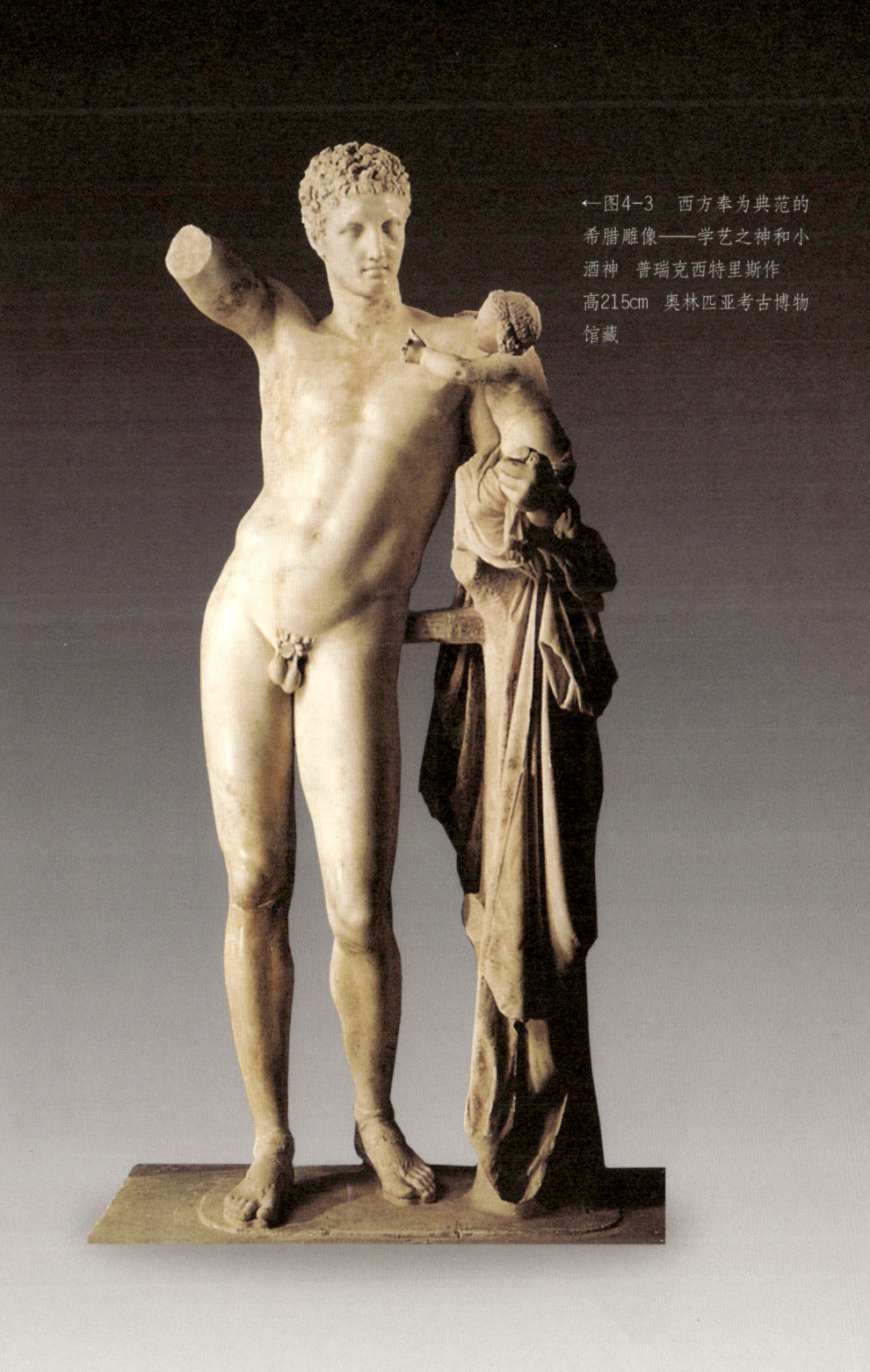

←图4-3 西方奉为典范的希腊雕像——学艺之神和小酒神 普瑞克西特里斯作 高215cm 奥林匹亚考古博物馆藏

↑图4-4　巴特农神殿　建于公元前447-前432年
位于希腊的雅典卫城（Acropolis）

↑图4-5　印度神像

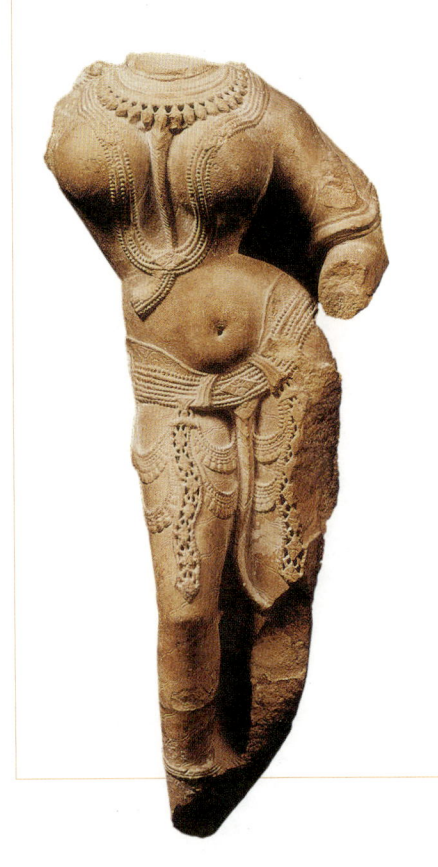

↑图4-6　泰国Sukhotta佛手　长152.4cm

←图4-7　印度神像的妙曼

美的沉思　●　A Contemplation on Chinese Art

二、人像艺术的萌芽——关于中国

中国的人像艺术，和其他几个古老民族比较起来，以目前出土资料来看，是十分逊色的。在西周以前，少数的人像，如半山彩陶罐上的人首器盖（图4-8），头上长了脚，脸上纹身，下面是蛇身，似乎还介于半人半兽之间。商代铜器中的人面杯（图4-9）、人面器盖（图4-10）、错金铜像（图4-11），以及西周的玉人（图4-12），夹杂在多彩多姿的各种动物兽面之中，不仅数量孤单得可怜，在造型上，也十分简陋粗略，比例极小，实在不能和埃及巨大威严的人像雕塑相比。

西奥多·鲍伊（Theodore Bowie）说："人像艺术在西方远比东方要蓬勃发展，主要是源于西方对于个人的重视。"[1]如果商周铜器上作为图腾的兽面之说可以成立，我们的确发现，至少在西周以前，中国人是以部族的共同符号（图腾）作为崇拜的对象，而不把"伟大"的概念与个人结合的。人，在死亡以后，统统归回到一个共同的图腾符号上去，是巨大的龙或凤的种族，强调的只是龙的符号，而不是某一个个人。

这种部族共同符号的经验，会不会使得中国漫长的上古时代，没有留下重要的人像艺术，而是以千变万化的兽面符号代替了每一个个人？

至少，我们发现，一直到相当晚近的时代，中国人并不喜欢替自己立像，立像留影仿佛是人死后的事，这自然和中国俑的历史有密切的关系。

[1] Theodore Bowie, *Confrontations & Far-Eastern Anticipation*, 见*East-West in ART*, P.32, Indiana University Press, 1966.

"俑"的起源目前还有争论，有人认为殷商安阳墓中出土的玉石带枷人雕，一男一女，即是人俑的起源[2]。但是，一般数据仍以春秋战国前后为中国"俑"的重要发展时期。

《史记·秦本纪》记录秦穆公三十九年（公元前621年）活人陪葬的事："穆父卒，葬雍。从死者百七十七人。秦之良臣子舆氏三人，名曰奄息、仲行、针虎，亦在从死之中。"[3]

这件事，《诗经·黄鸟》[4]之中也有反映，表示了春秋时代一般人对这种活人陪葬的反感。这可以说明，文化水平较高于秦的其他中原国家，在春秋时代，恐怕已经普遍以俑来代替活人陪葬了。

这个俑的历史构成了中国人像艺术的主流，一直到宋，改木雕、陶塑、金属为纸扎人像，才结束了俑与人像艺术密切的关系。

从这一线索思考可知：中国最早的人像艺术是俑，俑是活人陪葬的代替品，活人陪葬在早期大部分是俘虏和地位低卑的奴隶，所以，中国早期的人像艺术，和其他几个民族不同，并不具备"崇拜"或"纪念性"的意义。

除了秦始皇墓出土的秦战士俑比较高大外（通常是180厘米左右）（图4-13、4-14），大部分的中国以俑为性质的人像雕塑都十分小，只是代替活人的符号，并不具备崇拜和纪念的性质。

除了俑以外，春秋以后，中国人像艺术化逐渐在器物上代替了商周的兽面，成为新的纹饰；但是，这些人像，仍是"人群"，而不是英雄式的个人。我们在春秋时代的许多镶嵌的铜器表面，看到狩猎、采桑、宴乐、农耕、征战……各种生活的主题被表现出来（图4-15）。人，脱离了以兽为符号的图腾时代。人，认识到了自己的能力、生活的尊严，脱离了对自然的神秘的恐惧，完成了西周以来便努力建立的理性的人文精神。但是，这里的人，绝不同于埃及至尊的王，不同于希腊完美的神和城邦贵族，也不同于印度神秘的巫神，中国最早出现的人，的确是"人群"，是延续了远古的部族共存的观念的"人群"。这里面并不强调个人的英雄式的威严和

● [2] 李京华《陶俑读后感》（见《文物》）。

● [3]《史记·秦本纪》，鼎文版，P.194。

● [4]《诗经·秦风》，新文丰版《诗经新译》，P.197。

奇迹似的能力，而更看重的是现实生活中最平凡的共同活动的每一个人，采桑、狩猎、征战……都是部族的共同生存经验。

扬弃了兽的图腾，中国人并没有放弃部族共存的观念，只是把它更理想化、现实化了。落实在最普通不过的生活百态上，肯定了现世中的人。对自然没有畏惧，对神没有向往，是"日出而作，日入而息，凿井而饮，帝力于我何有哉"的中国人。这种乐观、朴素而现世的美学，在春秋萌芽，体现在最早的人像艺术上。经过战国前后各种地方色彩的激荡，在理性与感性、纪律与浪漫各个极端中摆荡，到了汉代，完成了一种庶民文化的典型。不同于埃及，不同于希腊，不同于印度，是现世而朴素的，是平凡而广泛的，成为中国以后文化符号最重要的基础。

←图4-8　人首形陶器盖（新石器时代马家窑文化半山类型）　高13cm　瑞典国立东方博物馆藏

↑图4-9　人面杯（商晚期）　高18.5cm　宽21cm　美国华盛顿弗里尔美术馆藏

↑图4-10　青铜人面器盖（商晚期）河南安阳出土　"中央研究院"史语所藏

←图4-11 青铜错金人像

←图4-12 玉人（西周） 高7.62cm 美国哈佛大学弗格美术馆藏

→图4-13 武士俑（秦） 高180cm 陕西临潼秦始皇陵兵马俑一号坑出土 秦始皇兵马俑博物馆藏

←图4-14 武士跪射俑（秦） 高120cm 陕西临潼秦始皇陵兵马俑一号坑出土 秦始皇兵马俑博物馆藏

↑图4-15 春秋青铜壶（左）的狩猎纹摹本（右） （春秋晚期） 高31.7cm 口径11cm

春秋工艺的主题
工艺上的地方色彩

第五章 龙蛇相斗的战国之美

美的沉思

A Contemplation on Chinese Art

这是一个剧烈变动的时代，它在工艺上强调的不是体积的巨大与庄严，而是流动性的线纹。颇具侵略性的线如相斗的龙蛇，夭矫蜿蜒，组合成活泼而热烈的战国之美。

一、春秋工艺的主题

在汉帝国成立以前，我们称当时的中原民族为"汉民族"自然是不恰当的，流行于春秋战国时代的比较正确的名称倒是"诸夏"，《论语·八佾篇》云："夷狄之有君，不如诸夏之亡也。"就是最好的例子。所谓的"诸夏"显然暗示着不同的部族之间的联合。这些部族内部有摩擦、矛盾；但是，在更大的共同生存目标下（譬如"攘夷"），暂时完成了一个并不那么严密的会盟形式。

我们曾经尝试用商代不同图腾的部族兼并来解释盘庚迁殷以后青铜器的"复合动物纹饰"。"血流漂杵"的部族兼并战争变成了青铜器上繁缛华丽的神奇兽类，仿佛仍然记忆着那交织着惨烈、辉煌、血污与欢呼的历史年代。

周公东征以后，在西周接近中期时，青铜器上繁缛华丽的动物纹样逐渐减少了。代之而起的是简洁有力的"环带纹"，一般说来，仍然是蛇形的衍变，只是把蛇形的屈变夸张简化为扭折的山形曲带，成就了一种端庄、正大而且劲峭有力的典范。

这种"环带纹"以及类似毛公鼎上简单的一圈"环纹"（有称为"鳞纹"，见谭旦冏《铜器概述》）[1]，几乎统摄了西周中期大部分青铜器的纹饰，只有少部分吴越一带（如安徽出土之簋形器）（图5-1）的青铜器作风比较不与中原相似，保有强烈的地方色彩。

西周以典型的农业生产建立了嫡长子的宗法制度，用这一套严密的亲族关系完成了帝国的封建形式。我们相信，这时的"诸夏"比商代以前具备了更紧密的内在联合。诸夏与夷狄的对立也更为明显了。西周中期以后在青铜器上出现的十分统一的"环带纹"是西周封建形态完成的具体表征。

[1] 谭旦冏《铜器概述》P.27："西周晚期，另一带状环纹也颇发达。这种环纹，早期是被装饰在龙、螭身上的鳞，故又名鳞纹。"台北"故宫博物院"1970年9月初版。

↑图5-1　青铜乳雷纹簋　西周晚期　高19.7cm　口径27.2cm　安徽屯溪出土

许多人从"艺术审美"的角度认为西周中期以后是青铜艺术的衰颓期，大多是以纹饰的减少为判定的标准。抱持这种观点的人，立刻会发现，西周末期，宗法制度一崩溃，封建诸侯各自据地为王，青铜器又恢复了它的活泼性，各种颇具地方特色的造型纷纷崛起。工艺上的百家争鸣毫不逊色于学术思想的活跃，造型观念的突破，新物质的应用（如漆器、玻璃、铁……），新技术的创造，手工的精巧，呈现了空前的繁荣景象。

有趣的是，春秋战国当时的许多思想家，面对这种工艺上的大突破，看到各种新奇的造型纷纷出现，很少觉得兴奋，却似乎怀着无限的忧虑。孔子的慨叹"觚不觚，觚哉？觚哉？"（《论语·雍也》）大概代表了最普遍的面对这巨大的工艺革命时一般知识分子的态度吧。"恶衣服，而致美乎黻冕，卑宫室，而尽力乎沟洫"（《论语·泰伯》），这种近于实用功能主义的艺术观以儒家为中心，奠立了中国以后美学的基础。有趣的是，这种思想的产生恰恰是在工艺技术最多样发展，地方审美经验最多彩多姿的春秋战国时代。

由于中央王权的下降，地方分封侯国力量的上升，春秋至战国，是不断对不可动摇的权威挑战的时代。

"君君，臣臣，父父，子子"的严密宗法制度在现实功利的目的下瓦解无存，而春秋战国各种形制的特色便反映了这一秩序更迭的动乱时代的特殊精神。

拿祭祀的商周礼器来看，一旦中央的权力受到了挑战，礼器中原有的庄重、权威的特质立刻减低，代之而起的是纯粹审美的、工艺上的巧思。礼天的玉璧，变成君侯间馈赠的礼物，宗教性的礼器，降低为人间的器物，造型与纹饰上的固定性与统一性自然逐渐被轻视了。

春秋早期的鼎，承继西周中期的形式，一般说来素朴无文，但是造型上发生了变化。鼎的"兽蹄足"明显完成，鼎耳附在鼎壁外缘，向外撇张，鼎大部分加了盖子，盖子似乎翻过来可以当盘，所以附加了各式可以站立的足，这种变化，从根本上否定了鼎的庄重性，增加了实用、方便的效能。许多容器，甚至下部容器与上面的盖完全一样，使人觉得可以随便颠倒使用。这种造型上对稳定、秩序、庄重的破坏，使大部分器物中甚至蕴涵了幽默与讽刺的效果。（图5-2）

造型上奇突的变化，也远非西周匠人所能想象，把鼎身拉长，变成横的椭圆状，加上细而短的鼎足，鼎，完全丧失了原有作为国之重器的"庄重"之感，反而产生了相反的诙谐可爱的感觉。（图5-3）

鼎足变细是一般春秋鼎形器的特色，更重视实用功能，而忽略视觉经验上传统习惯的庄重稳定，鼎这种器物反映得最明显了。

许多从商周继承下来的动物纹，失去了作为图腾符号的神秘性与威吓性，蜕变成一种工艺上的精巧。类似青铜立鹤方壶上的"鹤"是具体写实的作品，四周镂空的花瓣形饰物，用重瓣的镂空效果来衬托展翅欲飞的鹤鸟，在工艺设计及铸造技术上都是上上之作。（图5-4）

春秋时代的纹饰多半集中在现实生活百态的描写，农耕、狩猎、采桑、宴乐等等，和新起的镶嵌工艺结合，布满了青铜器物的表面。

镶嵌工艺到了战国，变得华丽多彩，不但继续了春秋的赤铜、金、银镶嵌，各种玉石宝石的镶嵌也争奇斗艳，使人觉得置身于一个努力自我表现的时代，各种强烈律动的色彩与线条一扫西周的素朴典雅，使人目眩。

各种大胆而不谐调的图案设计，产生新奇又有点尴尬的造型，而整个纹饰设计集中去表现"动"的经验，则是一般的倾向。

商周的动物纹被简化成以曲线和直线为主的各种勾连，在既均衡又不断暗示律动的粗细线条与圆点的交替中形成了一种交响乐的气势，使人的视觉不能安定和停留，常常在线与线的似断而连、若连实断的无限组合中进入印象冥想的世界。（图5-5）战国的许多图案效果非常像19世纪后期"印象主义"的作风，只是前者是以线做主题，后者则选择了色彩与光。

战国的工艺，集中地以线的律动表现了那一时代的气质。围绕着龙、蛟、夔、螭、虺……各种线条形的动物所构成的各式图案，一方面延续了动物的图腾符号，另一方面，为这些动物转化成中国美术新的主人——"线"打下了基础。

这是一个剧烈变动的时代，它在工艺上强调的不是体积的巨大与庄严，而是流动性的线纹。颇具侵略性的线，如相斗的龙蛇，夭矫蜿蜒，组合成活泼而热烈的战国之美。

←图5-2 敦 春秋战国 高16cm
失去了西周青铜器的庄重性，春秋以后的青铜器造型表现了幽默与谐谑。

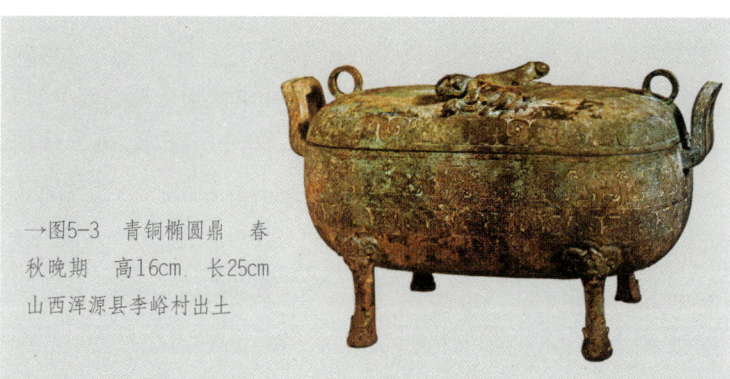

→图5-3 青铜椭圆鼎 春秋晚期 高16cm，长25cm 山西浑源县李峪村出土

←图5-5 青铜嵌银云纹扁壶 战国时代 高31.2cm，宽30.5cm 美国华盛顿弗里尔美术馆藏
商周的动物图像，到了春秋战国，被简化成曲线和直线为主的各种勾连，在均衡又不断律动的线条与圆点的交替中形成一种视觉的交响，这些线似断而连，若连实断，如相斗的龙蛇，夭矫蜿蜒，组合成活泼而热烈的战国之美。

←图5-4 青铜立鹤方壶 春秋早期 高125.7cm 1923年河南省新郑县李家楼出土 北京故宫博物院藏

二、工艺上的地方色彩

对于商周以前中国的各个部族，我们已经很难了解了，只有一些神秘的图腾提醒着我们的回忆。

春秋到战国，从部族为主的兼并（张荫麟《中国上古史纲》认为春秋时灭国六十，大部分仍是以夷灭夏，或以夏灭夷）[2]到诸夏内部甚至同姬姓封国的相兼并，中国逐渐形成了一个由不同地理条件、不同历史渊源、不同政治形态等复杂因素所构成的战国七雄。这在长期兼并战争中所形成的最后划分，基本上构成了以后中国范围内几个各具特色的地方力量。

学术思想以战国时的地方来分派已经有先例。工艺方面，要逐渐借助于出土的数据，划定每一区域中特殊的风格，也将是战国这一段艺术史研究的重点。以目前的数据，我们至少可以发现，战国时期，秦与楚的工艺风格十分对立。

楚器中多木器，许多的容器和人俑都是木制，特别是木制的漆器，更是楚文化的典范。顾颉刚认为："楚之古文为檖，可见他们是在林中建国。"[3]也许恰好可以说明战国时代地方色彩的工艺与地方自然环境的关系，楚的多木，也恰恰使他们发展了木制工艺。

楚国的工艺造型，一般来说，倾向于抽象的变化，线条刻意夸张，造成飞动轻盈的效果。漆器的彩绘以黑红二色为主，造成强烈对比，常常是在黑底上施以鲜红的云纹勾连，流动与速度的感觉特别强烈。（图5-6）有人认为这种地方色彩的楚式云纹逐渐影响了中原各地，成为统一的格式。（见袁德星《中华历史文物》上册）

我们在北方黄淮平原一带看到的工艺风格，有些则完全与楚不同，强调的是朴拙厚重的造型，特别在人像艺术上。河南一带出土

- [2] 张荫麟《中国上古史纲》，P.63，1953年初版，《中华文化丛书》系列。

- [3] 顾颉刚《古史辩》第一册。

的几件，多半为铜制，形象上与楚的纤细流丽相反。

近年出土的战国时代中山王国的器物，则呈现复杂的面貌，一方面有朴拙的巨大山形载器，充满厚重权威之感（图5-7），另一方面，黑陶鸭尊（图5-8），那种大腹便便的姿态，完全是卡通人的幽默。最有趣的是，同时出土的又有像十五连盏烛台那样精巧细致使人赞叹的作品（图5-9、5-10）。夹在燕和赵之间，中山国虽然是白狄族建立的国家，却似乎呈现中央平原各种文化交相汇集的特色，各种地方工艺的风格都在这里发生了影响。

地处西北的秦是以绝对严格的写实主义做他们工艺风格的基础的。秦地出土的犀尊（陕西兴平）（图5-11），那种对动物体态忠实的描摹，包括细部肌肉筋骨折皱的刻画，大概是上古中国写实雕塑的典型了。

近年秦始皇陵的挖掘更证明了秦地工艺风格的特色。大量战士俑与马匹的出土，不但用模范做出了面目写实的战士，而且连细部的发式也以手工做出，这种写实的严格，在战国的其他地区还看不到可以相比拟的。（图5-12）

我们可以推测，战国前后，各地区争生存的方式，已经从原始的自然形式逐步提高到政治形态。一个地方侯国，为了争霸，强调的是经济、社会、文化上整体的配合，工艺便在这种情况下纳入了全面图强争霸的系统。我们因此也可以说，战国时代的工艺地方色彩，不只是自然环境的地方色彩，更蕴含了复杂的政治、经济、人文上的主观意图。举例来看，秦的写实风格是法家政治下一定的产物；楚的浪漫、激情，与《楚辞》中的章句如出一辙。这样说来，美学思想，一方面逐步从过去的各部族工艺形式中归纳完成，另一方面，也以强大的主导姿态，回过头来指导艺术的发展。因此，在战国前后，随着工艺美术的百家争鸣，中国最初的美学思想也一起产生了。

↑图5-6 楚国木制彩漆耳杯

↑图5-7 中山国山形戟

→图5-9 中山王十五连盏烛台 战国中晚期 青铜 高82.9cm 河北省平山县中山王墓出土 河北省文物研究所藏

↑图5-8 黑陶鸭尊 战国中晚期 高27.8cm 长36cm 1977年河北省平山县中山王墓出土 河北省文物研究所藏

↑图5-10 中山王十五连盏烛台（局部）　　↑图5-12 秦始皇陵兵马俑（局部）

↑图5-11 青铜金银镶嵌云纹犀尊　战国　高34.1cm　长58.1cm　重13.3kg　陕西兴平出土

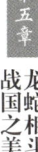

第五章 龙蛇相斗的战国之美

关于「文化符号」、「文化符号」的形成

「文化符号」的举证／汉代隶书的「水平」与「波磔」

横向水平结构的强调，有没有审美上的特殊意义？

书法上的「水平」「波磔」与建筑上的「反宇」「重檐」

第六章 "水平"与"波磔"

——汉代隶书与建筑上一条线的完成

汉代,在建筑、器物、书法上出现的"水平"与"波磔"不仅仅是一种艺术上的偶然,而且是有着日积月累的情感背景的。建筑上的反宇、起翘,几乎是和隶书上的波磔一起发展出来的,在那种稳定的水平两端加以微微的上扬,不仅是出于"上反宇以盖戴,激日景而纳光"这样实用的目的,更包容了汉民族独特的审美意愿。

美的沉思

A Contemplation on Chinese Art

一、关于"文化符号"

人类最早在旧石器时代完成的造型，大多是从实际需要中产生的，如石斧的"扁平""锋利"，石锥的"尖"……积累在这些造型上的"意识"，大概是脱离不了"切割""刺戳""击打"等等概念的。这一类的造型和我们下面要讨论的具备"文化符号"意义的造型不同。

一个造型，对一群共同生活的人（部族、民族……），有了超乎实用以外的"意识上"的引导作用，除了实用性质以外（有时连实用性也消失了），能具备精神层面的归纳认同作用，引发情感上或"崇高"或"端庄"或"永恒"或"优美"的心理活动，这便是我所谓的"文化符号"。

二、"文化符号"的形成

近代类似"文化符号"的讨论，往往被归属在心理学的范围，如心理学家荣格（Carl G. Jung）编的 *Man and His Symbols*[1] 收了连他自己在内五位心理学者对形象的分析论文。特别是 Aniela Jaffé 的 *Symbolism in the Visual Arts* 一篇与此处所讨论的"文化符号"十分类似。

在这些研究中，一切的形象，都像是神奇的灵媒，借着一些单

[1] Carl G. Jung, *Man and His Symbols*, Aldus Books Limited, London1964年出版（此书国内好时年出版社已有译本）。

[2] 同注[1]，P.232。

[3] 参考《美的沉思·民之初生》《雄狮美术》1984年12月号。

纯的符号，开启了人们沉睡的内在世界。

Jaffé把具有象征意义的符号分成三类：一、自然物（石头、植物、动物、人、山、谷、日、月、风、水、火……），二、人造物（房屋、船、车……），三、抽象形状（数字、三角、四方、圆……）。[2]

我所谓的"文化符号"，不完全是心理学者所探讨的神秘心灵世界的活动；"文化符号"的意义，更强调的是文化漫长的累积，许多复杂的部族（或民族）共同的经验，逐步凝聚在一些非常简单的形式符号上，这些形式符号不但不神秘，相反地，如果我们追溯源头，可以一步一步找回它成形的历史足迹。这些形式符号如果是一种心理活动，并不是个人特有的现象，而是部族或民族共同心理的情感记忆。

"文化符号"因为是一个部族在漫长历史中最后归并成的一种记忆形式，所以比较接近于Jaffé所说的第三种符号，即抽象形状（abstract forms）。

三、"文化符号"的举证

埃及在公元前两千年左右成形的三角形（金字塔或人体的几何趋向），希腊在公元前五世纪左右成形的S形人体姿态及建筑上力的平均布置，以及印度早期极度重心不平稳的造型，都可以从"文化符号"的角度来观察，是不同的民族最主要的造型象征。[3]

一个民族最具代表性的"文化符号"，常常是这个民族在生存中，与大自然抗争，抵抗洪水、风暴、野兽、战争……陆续累积下来的成果。所以，这一类的"文化符号"常常是建筑物，是一群人共同的"家"的象征。这个"家"，是安全、保障、爱与生命延续的地方，长期地把这个物质构成的"家"与形上的意念、情感、精神活动组合在一起，这个"家"便有了"文化符号"的意义。

金字塔，作为古埃及民族的"文化符号"，以它的高耸、坚固、巨大、稳定、准确，抵抗着亘古以来时间的风砂。这个"文化符号"如果存在着，是象征着这个民族在抵抗"时间"这个巨大的灾难。"时间"击败了每一个人——富贵的、尊荣的、受苦的和低卑的；但是，体现在文明中的符号，却试图以共同的生命来抵抗这时间的灾害。"文化符号"如果一直活着，对这一民族继续产生安慰和鼓舞的作用，时间便只战胜了个人，而并没有战胜人类。

有许多民族是死亡了，他们的文明泯没了，他们的文化符号消失了，或虽然存在却不再发生作用，也没有再创新的文明，便被时间压伏，成了失败者。

中国，关于它最重要的文化符号，大概是长城吧！这个文化符号，奇怪地，不是以高耸、巨大来抵抗时间。你截出它的一段，不过是普通的墙。它以那么低卑的姿势爬在大地上，它的高，是随着山峰而高，它的低，是随着谷凹而低。它只是不断延伸出去，两千年来，用不断的延续来和时间比赛。使人觉得，这个"文化符号"的秘密，不是以伟大的姿态来树立永恒的形象，却是"缠"住时间，它的不断延续使它将自己变成了时间。这在广漠的大地上永不终止、蜿蜒不断的一条线，是视觉造型上唯一化身为时间的"文化符号"，它以无数相同的片断不断延续，它的伟大不在于任何一个片断的特殊，而在于那强韧的延续。

四、
汉代隶书的"水平"与"波磔"

秦变篆为隶，隶书成为谈论书法史一个重要的阶段，中国今日通行文字的主要构成，隶书是最重要的关键。

隶书在一般谈论书法的书籍中常用的名称有"秦隶""汉隶""古隶""八分"……争论颇多，都不是此处所要讨论的重点。[4]

以"文化符号"的角度来观察，隶书的形式，除了实用的快捷之外，逐渐在造型上出现了两个有趣的倾向：一、结构上倾向于扁平，强调水平线条。二、每一字中夸张一条水平线，以毛笔"逆入、平出、挑起"造成一般人熟知的隶书的"波磔"。

在传统研究书法的著作中，大都认为西汉以前，隶书没有"波磔"。如康有为《广艺舟双楫·分变第五》云："盖西汉以前，无熹平隶体，和帝以前皆有篆意。"[5]这种说法的由来，大概是依据传世的石刻汉隶来断定，几种著名的隶书范本都成形于东汉，如《石门颂》（图6-1）（东汉桓帝建和二年，公元148年）、《礼器碑》（图6-2）（东汉桓帝永寿二年，公元156年）、《孔庙碑》（图6-3）（东汉桓帝延熹七年，公元164年）、《华山庙碑》（图6-4）（延熹八年，公元165年）、《史晨碑》（图6-5）（东汉灵帝建宁二年，公元169年）、《熹平石经》（图6-6）（东汉灵帝熹平四年至光和六年，公元175年～183年）、《曹全碑》（图6-7）（东汉灵帝中平二年，公元185年）、《张迁碑》（图6-8）（东汉献帝中平三年，公元186年）……这些东汉末期的隶书典范，波势宕跌，抑扬多姿，使一般人一直以为隶书波磔的成熟在东汉末，而称西汉以前隶书为"古隶"，也就是无波势带篆意的隶书。

一直到近代，如果只从碑刻上来研究依然会有这种误解。如

[4] 参看（a）康有为《广艺舟双楫》卷二《分变第五》，商务版P3；（b）王壮为《书法研究》P.16，学生书局；（c）周汝昌《书法艺术问答》P.11，木铎出版社；（d）陈其铨《中国书法概要》P.80。

[5] 同注[4]（a）。

1981年7月《文物》刊物上"秦公"的《谈东汉乙瑛碑拓本及其它》中说："西汉晚期字体点画渐生波尾，发展到东汉，特别是中叶以后，篆意脱尽，笔画间出现了明显的波磔，形成纯粹的隶书。"[6]

但是从出土实物，如竹简及木简上西汉人的书写资料上来看，隶书的波磔远在西汉已经成熟。下面我们按照时间排列来检查几件数据：

1.四川青川县出土秦更修田律木牍（图6-9）

"牍文为用笔墨书之秦隶，其用笔精细，书法流畅，没有'点画俯仰势'，当属古隶。"[7]

2.武帝太始三年简（94B.C.）（图6-10）

（平凡社《书道全集》卷二"敦煌出土汉简9"）

3.江苏邗江胡场五号汉墓文告牍（71B.C.）（图6-11）

"墓主的亡卒日期为宣帝本始三年十二月十六日，其下葬日期……即宣帝本始四年夏。"[8]

4.宣帝地节二年简（68B.C.）

（平凡社《书道全集》卷二"居延汉简11"）

5.宣帝元康四年简（62 B.C.）

（平凡社《书道全集》卷二"居延汉简51"）

6.宣帝元康四年简（62 B.C.）

（平凡社《书道全集》卷二"居延出土公文书"，P.28）

7.元帝初元五年简（44 B.C.）（图6-12）

（平凡社《书道全集》卷二"居延汉简57"）

8.成帝河平元年简（28 B.C.）

（平凡社《书道全集》"楼兰汉简68"）

9.成帝阳朔元年简（24 B.C.）

（平凡社《书道全集》"楼兰汉简69"）

10.河北定县四十号汉墓竹简（西汉中期）

"以实物说明我国隶书的成熟时期应由习传的东汉中晚期，提

[6]《文物》1981年7月号，P.78，秦公《谈东汉乙瑛碑拓本及其它》。

[7]《文物》1981年1月号，P.27，李昭和《青川出土木牍文字简考》。

[8]《文物》1981年11月号，P.18，《江苏邗江胡场五号汉墓》。

[9]《文物》1981年8月号，P.23，王东明等《从定县汉墓看西汉隶书》。

[10]《文物》1981年2月号，P.21。

前到西汉中晚期。"[9]

11.青海大通县上孙家寨115号西汉末墓出土汉简

"字体扁平，有明显波磔。"[10]

从以上出土实物来看，敦煌出土武帝太始三年的汉简（西汉前期）上隶书已经颇具波磔之势。马王堆汉墓出土漆耳杯上的"君幸食"（图6-13）、"君幸酒"（图6-14）铭文（西汉初年），还具有篆意，如"君"的横笔向下，但水平结构及"酒"字的波磔已经可以明显看出。

宣帝以后，波磔的形式流畅纵逸，的确是成熟的隶书。我们拿定县西汉中期竹简上的隶书与东汉各种隶书模板比较，便可以证明。（图6-15）

↑图6-1 石门颂 东汉建和二年（148A.D.） ↑图6-2 礼器碑 东汉永寿二年（156A.D.）

↑图6-3　孔庙碑　东汉延熹七年（164A.D.）

↑图6-4　西岳华山庙碑　东汉延熹八年（165A.D.）

↑图6-5　史晨碑　东汉建宁二年（169A.D.）

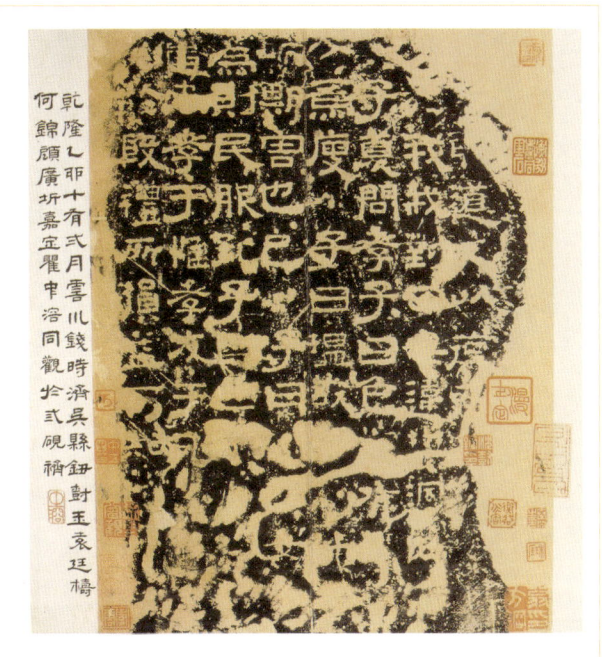

→图6-6 熹平石经 东汉熹平四年（175A.D.）

↑图6-7 曹全碑 东汉中平二年（185A.D.）　↑图6-8 张迁碑 东汉中平三年（186A.D.）

↑图6-9 四川青川县出土秦代隶书木牍　　↑图6-10 汉武帝太始三年隶书简

↑图6-11 江苏邗江胡场五号汉墓出土隶书木牍（摹本）　　↑图6-12 元帝初元五年竹简隶书

↑图6-13 马王堆汉墓出土漆耳杯上的书法（君幸食）（西汉）

↑图6-14 马王堆汉墓出土漆耳杯上的书法（君幸酒）（西汉）

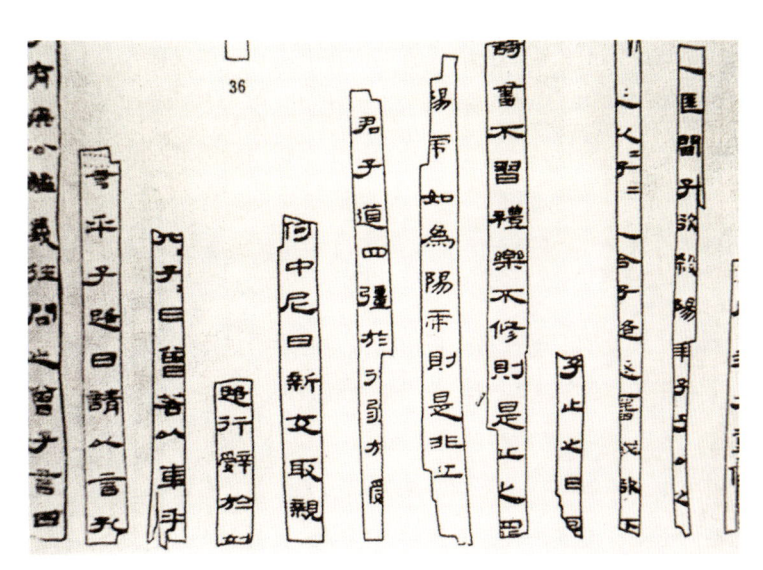

↑图6-15 河北定县四十号汉墓竹简（西汉）摹本

五、横向水平结构的强调，有没有审美上的特殊意义？

中国文字的结构并非只有向水平归纳一种可能，陕西凤翔高王寺出土的一件战国铜器上的铭文，就十分夸张直线的修长效果。（图6-16）

一般说来，文字书写的原貌被保留在秦汉以后才大量普遍起来；早期书写的文字，只是做铸刻的蓝本，本身保留的机会不大。书写本身的审美要求，在竹简木牍普遍化以后就会相对地提高。秦代毛笔的改革，也使线条表现的可能性更大。

我们从各种物质的改变来解释汉代隶书的"水平"与"波磔"，依然难有完备的答案。

一种"文化符号"的形成，往往包含了更为复杂的生活经验的积累，心理与情感的活动。我们在殷代青铜刀背上看到类似汉代水平波磔的线条。（图6-17）自然，这刀子上的优美，事实上是很残酷的经验，是刀子刺杀野兽或人，在漫长经验中累积出来的形状，它不是为了审美而产生的，但是"美"如果是一种长久的习惯，是感官上的熟悉，那么这刀子上的曲线可不可能是汉隶波磔的来源呢？

行走在竹简木片上的毛笔，每一根横向线条必须抵抗许多垂直的粗纤维，水平线条在竹简上特别粗重，垂直线条因为破竹木纹影响反而不明显，结笔的一竖常常故意处理成弧状。

在汉代隶书中，不但每一个字的笔画强调水平线条，在通篇的行路上也是横向密集，连成一行，而直行的间隔反而上下疏离，与后代强调直行效果不同。

隶书中强调的波磔，其实是水平线条的延续，使这水平的去势向左右荡开，似乎扩展了无限的空间。

写过隶书的人大概都有一个感觉，当执笔写那个横向的波磔时，笔尖从右往左逆入，往下一按，再往上提笔造成"蚕头"，逐渐收笔，以中锋平出构成中段，再渐渐转笔下力，到与左边蚕头相平衡的部位，又渐渐收笔成尖扬之势，造成"雁尾"。这个过程极复杂而细微的水平线，其实只是"一"，如果我们要完成一个"平"的感觉，何不用尺来画呢？事实上，这条线，在视觉上并不是平的，它不是物理世界的平，而是在努力完成一种平，那种在各种偏离中努力维持的"平"是心理上真正的"平"，也才是艺术的"平"，而不是科学的"平"。

居延汉代烽燧遗址出土的木简约两万片，时间从元朔元年（128B.C.）到建武八年（32 A.D.），历武、昭、宣、元、成、王莽及光武帝，都是字体扁平，有波磔，在那样狭长的窄木条上完成了何其辽阔雄健的水平线。把这些字一一放大来看，真感觉是中国的建筑，那种飞张而昂扬的气度，落在均衡稳重的结构上，是端正的方与曲动的圆的综合（图6-18、6-19、6-20）。

→图6-16 陕西凤翔出土战国铜器铭文（拓本）

↑ 图6-17 殷代青铜刀

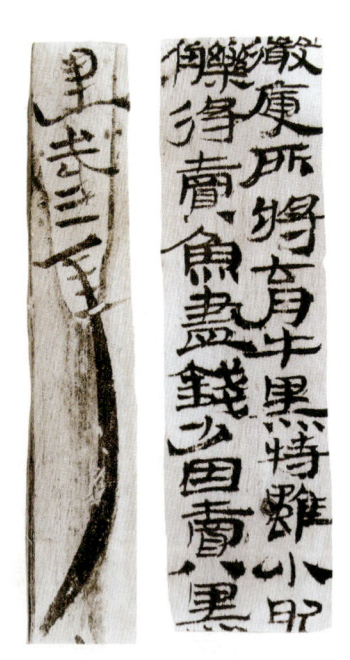

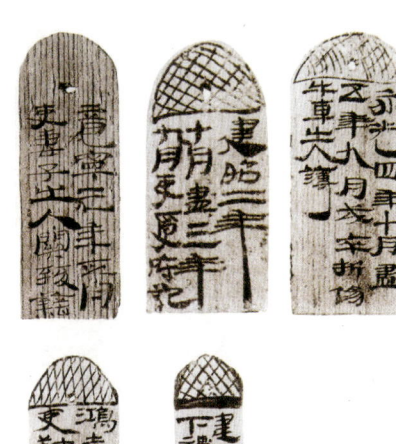

↑ 图6-18 西汉居延汉简　　↑ 图6-19 西汉居延汉简

↑图6-20 西汉居延汉简

[11] 杨鸿勋《中国古典建筑凹曲屋面发生、发展问题初探》,《科技史文集》二, P.107 - P.119。

[12] 刘敦桢《中国古代建筑史》, 明文出版社, P.79。

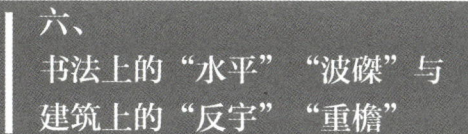

六、书法上的"水平""波磔"与建筑上的"反宇""重檐"

在目前建筑史的讨论上大都认为汉代有"反宇"出现,即"脊部坡度大,檐部坡度小,即檐部上反"。[11]

刘敦桢的《中国古代建筑史》认为:"这时期文献虽有'反宇'记载,广州出土的明器也有屋檐反翘的例子,但汉阙与绝大多数明器、画像石所表示的屋面和檐口都是平直的,还没有反宇与翘曲的屋角。不过正脊和截脊的尽端微微翘起,用筒瓦与瓦当予以强调,并在脊上用凤凰及其他动物做装饰,这是汉朝建筑和后代建筑在形象方面一个重要的差别。"[12]

关于屋檐各角的起翘与"反宇"及"凹曲屋面"的本质都不尽相同，但是大概说明了中国建筑的屋檐部分在物质材料及技术的一定条件下必然发展的一个过程。

从"文化符号"的角度来看，我所重视的是这个屋顶在檐口部位连成的水平，以及在出檐部位所造成的飞张的感觉。

《中国古代建筑史》说："瓦的代用到东周春秋才逐渐普遍，屋顶坡度由草屋顶的一比三，降至瓦屋顶的一比四"。[13]

屋顶坡度由陡直转为平张，加上出檐的效果，在视觉上（人大多由下仰视屋角）一定会造成横向飞张的印象（图6-21）。《小雅·斯干》中的"如鸟斯革，如翚斯飞"是形容建筑的，《大雅·绵》中的"缩版以载，作庙翼翼"也是形容建筑的，如果没有屋檐飞张的事实，如何会产生这一类的文字描写呢？以鸟的"飞"、鸟的"翼"来形容建筑，的确是中华民族和东方民族的特色（图6-22），这里面所蕴涵的内在情感亦非一日两日造成的。

如果我们以"文化符号"的角度，把汉代前后的视觉因素加以分析，这个在建筑、器物、书法上出现的"水平"与"波磔"或许不仅仅是一种艺术上的偶然，而的确有着日积月累的情感背景。我们也可以说，建筑上的反宇、起翘，几乎是和隶书上的波磔一起发展出来的，在那种稳定的水平两端加以微微的上扬，不仅是出于"上反宇以盖戴，激日景而纳光"（班固《西都赋》）这样实用的目的，更包容了汉民族独特的审美意愿吧。

● [13] 同注 [12]，P.39。

↑图6-21　汉代明器中的斜面"出檐"

↑图6-22　日本奈良法隆寺的屋檐

天圆地方——汉镜的世界

再论「方」与「圆」——墓形的寻找

庶民世界

第七章 天圆地方

——汉代的形上美学

如果说汉代儒家的美学有一个秘密，那恰恰是兼容并蓄地包容了先秦各派的观点，而立足在自己方正规矩的人伦世界，以这稳定的人伦秩序与人情之常去调整宇宙万象，汉代的艺术世界中才完全实践了「万物并育而不相害，道并行而不相悖」的理想。

一、天圆地方——汉镜的世界

从旧石器时代开始，人类不断在发现和创造各种形状。形状的概念越来越强，便逐渐累积成"文化符号"。"文化符号"使造型成为一种典范，包含了复杂的民族或部族共同的情感记忆。我们曾经从汉代隶书的波磔与水平线条及建筑上飞檐的成形几方面讨论过"文化符号"的问题。

汉代，在许多方面，对应于一个政治上统一的大帝国，在文化上也逐步延续秦的政策，使春秋以来分裂的地方色彩归并成一种一统性的文化，并且有计划地从形而下的物质世界到形而上的精神世界，建立起一套完整的哲学系统。冯友兰在《中国哲学史》中说："盖中国早期之哲学家，皆多较注意于人事，故中国哲学中之宇宙论亦至汉初始有较多完整之规模。"[1] 这个"宇宙论"的形成，在造型美术上，即显现为圆的因素与方的因素的密切结合。

我们从新石器时代的玉瑗到商周的璧，可以看到圆的观念与天的形上意象结合已初步完成。商周时祭地的玉器"琮"已明显有"方"的因素介入，只是还不十分完备。[2]（图7-1）在造型上，一直到战国的璧、铜镜等等圆形的工艺制作上，还很难发现有"方"的因素成为主体的。战国的铜镜，是在圆的范围内处理流动纠缠的曲线，弗里尔美术馆藏的"金银错蟠龙镜"，是曲线在圆中律动的极致（图7-2）。大英博物馆藏"蟠螭纹镜"，在四组纠缠曲动的螭纹中，以四组V形角连接，构成了一个并不完整的圆中的"方"，已是战国铜镜中处理方圆结合的特例，接近于"琮"的造型中圆与方的关系。（图7-3）

大量传世的汉镜，最有趣的特征是在圆的结构上完成了"方"

● [1] 冯友兰《中国哲学史》，P.478。

● [2] 琮的"方形"是从"圆"本身发展出来的"四角形"，许多的"琮"，"四角"并不连接，如下图：

的设计，使纷乱夭矫、纠缠腾扬的战国铜镜造型忽然被一个内在的"方"固定住。一种人世的秩序与安定重新被找到了；在这秩序与安定之外，有回环运行的天。这是儒家的人间秩序与道家的天命宇宙奇妙的结合，是造型上最基本的"规"与"矩"的结合。[3]

　　日本天理参考馆藏的一件"涂金方格规矩四神镜"是典型的汉镜模式。中央的方格，斜角长度大约是圆径的三分之一，方格四周从正北方向顺时针排列十二地支（《史记·律书》中十二地支为"十二子"）[4]。"子"在正北，"午"在正南，"卯"在正东，"酉"在正西。各有一T形突出物，与四个方向相对。紧靠内缘的圆形边缘则有四组L形布置，在四组L形间隔中则是内缘圆的V形符号。这件汉镜内缘的铭文是："尚方御镜大毋伤，巧工刻镂成文章，左龙右虎辟不祥，朱鸟玄武调阴阳，子孙备具居中央，长保二亲乐富昌，寿敝金石如侯王。"春秋战国时期阴阳家的五行学说与儒家的人伦秩序结合，汉代铜镜的造型，其实是这一大一统帝国归纳宇宙万物最后完成的"符号"。

　　董仲舒的《春秋繁露》，从"五行相生"到"五行相胜"（卷十三），木、火、土、金、水，五种因子，"比相生""间相胜"，在相反相成之间，推动了从宇宙运行到人事谐和的共同秩序，中国第一次组合了这样庞大而完整的哲学体系，大到宇宙自然，小到音律的调和，人体器官的配合，全部纳入这一体系，是两千年来影响中国人生活最基本的框架。

　　我们可以说，汉代是春秋战国各种试验的总集成，汉儒解经之中，实在已与先秦孔学不完全相同，其中掺杂的各家学说，已使"儒家"真正包容了从宇宙到人事的各种先秦诸子的长处。

　　汉镜的造型特征是这一理念世界的具体反映，是先有了清楚的意识之后，再把这意识和观念表现在具体造型中。我们在先秦以前，多半看到的是观念、物质、技术三者的互动，到了汉代，当一套完整的经学系统建立以后，观念在强而有力地指导造型。我们可

●[3] 汉代对"规"与"矩"——画"圆"的圆规与画"方"的矩尺——产生了极大的兴趣。"规"与"矩"从工具爬升为形上的象征意义。除了汉镜上的"圆"与"方"之外，汉画像石中常见的"伏羲女娲图"亦一手执"规"一手执"矩"，代表了宇宙文明的创始，具备特别深邃的形上意义。

●[4] 参看《史记·律书》第三，宏业版，P.440。

以说，"天圆地方"的观念在汉代明确化了。[5] 汉镜归纳了造型上的基本要素"圆"与"方"，与宇宙观念的"天"与"地"相合。这里的"天"与"地"又是"时间"与"空间"，是"天道"与"人世"，更清楚地说，这个"方"来源于"房子"的概念，是人世的代表，是空间的范围，是中国建筑的符号，是汉代经师所说的"明堂"。

我们看到王莽时代的一件汉镜（图7-4）。这件方格流云镜，基本造型仍是汉镜的特征，外圆内方，方形四面各有T形突出物。这件镜的内缘铭文特别使我们有兴趣："新兴辟雍建明堂，然于举土列侯王，将军令尹民所行，诸生万舍在北方，乐未央。"[6]

我们相信，某一形上的抽象观念与具体造型的结合有一定联想的基础，铜镜上圆的内缘常有三角形的刻度，似乎是日晷一类的符号，是否与时间、天文的计算有关？至于图中之方，也不只是简单的方，方形四面的T形，外缘的L和V，都使我们感觉着是一种特殊的布置，而并非偶然的设计。

这件"方格流云镜"直接提到了汉代建筑上的两个名称——"明堂"和"辟雍"，我们不妨从史籍中把它们的意义了解一下：

《汉书·平帝纪》云："安汉公奏立明堂、辟雍。"[7]。

颜师古注引应劭文："明堂所以正四时，出教化。明堂上圆下方，八窗四达，布政之宫，在国之阳。上八窗法八风，四达法四时，九室法九州，十二重法十二月，三十六户法三十六旬，七十二牖法七十二条。……辟雍者，象璧圆，雍之以水，象教化流行。"[8]

这段记载，使我们知道了汉代把包括建筑各部分纳入经学系统的意图，这种"归纳"一旦完成，经学本身会回过头来指导造型的发展，铜镜上的"圆"与"方"便成了非常具有象征意义的符号。

[5] 参看《淮南子·天文训》，世界书局版，P.35。

[6]《书道全集》卷二，日本平凡社出版，P.172。

[7]《汉书·平帝纪》，宏业版，P.357。

[8] 同注 [7]。

↑图7-1 玉琮 西周

↑图7-2 金银错蟠龙镜 战国

→图7-3 战国 蟠螭纹镜 青铜 直径14.8cm

→图7-4 汉镜 王莽时代

二、再论"方"与"圆"——基形的寻找

"不以规矩不能成方圆",从先秦总结下来,"规"与"矩",两件与造型设计发生最密切关系的仪器被经常拿来引申为事物的典范。汉代的铜镜,不从形上的象征意义(天与地)来探讨,它们仍然是形象的典范,有些像塞尚(Paul Cézanne)所寻找的"圆球""圆锥"等等形象的母体,有些像蒙德里安(Piet Mondrian)寻找的水平和垂直(图7-5)是要披沙拣金地在纷繁的形象世界寻找最基本永恒的元素。正如克利(Paul Klee)在《现代艺术理论》(*Theorie de L'Art Moderne*)中说的:

"……立体派的思维,本质上着眼于对所有比例关系的简化,和掌握最原始有无限可能的造型,如三角形、圆形、四方形……"[9]

大概比较不同的是克利在这本书后面所强调的是个人的寻找,汉代在工艺上出现的却是民族共同的意识。这个"方"与"圆"不是任何个人的发现,而是宇宙间的基本道理。汉代的经学,把五行、四时、四方、色彩、音律、医药……全部纳入一个系统中,是宇宙基本的道理和秩序,是一个完美象征符号的完成,也是一个造型母体寻找的完成。是在人世稳定的秩序中有天道不息的循回,是在人间的方正之外有四时的圜动,是在人世的限制与范围外有无限的优游和余地……

汉,的确完成了中华民族最完备的文明世界。

这种造型的"方"与"圆",反映在现实人生里,是树立最基础平凡的生活的典型。在汉镜的方格四围经常看到一些表达吉祥愿望的句子,如"结心相思""幸母见忘""千秋万岁""长乐未

[9] Paul Klee, *Theorie de L'Art Moderne*,法国Gonhier出版,P.12。

央"（图7-6），如"乐无事""日有喜""宜酒食""长富贵"。在这个"方"里，是人世的安分和肯定，我们很少看到一个民族在这样日常的生活上建立他们的理想世界。我们在出土的汉代明器中看到一个再平凡不过的农业社会。商周狞厉威严的兽——变成了可亲可爱的家畜——犬、羊、牛、鸡、鸭（图7-7、7-8、7-9），城堡、水井、水田、陶屋（图7-10、7-11、7-12、7-13）。农业社会最基础的生活变成了典型，是以平凡为伟大，以普遍为典型，汉代在最深最广的民间放下了它文明的基石，两千年来，似乎上面如何动摇，这块基石总是稳定不移。

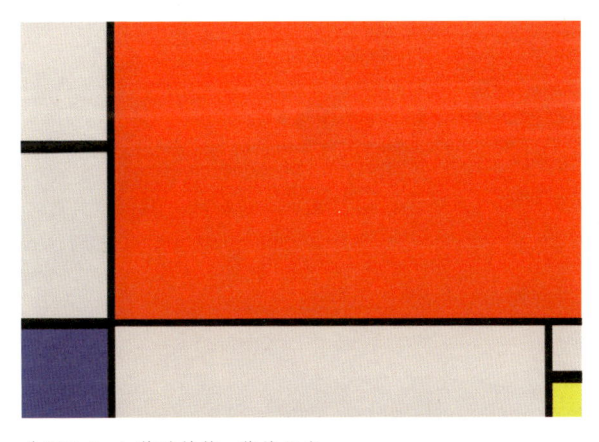

↑图7-5　红黄蓝结构　蒙德里安

↑图7-6　汉镜铭纹

↑图7-8 陶羊 东汉

↑图7-7 陶狗 东汉

↑图7-9 绿釉鸭池 东汉 高10.6cm
直径30.2cm 日本东京国立博物馆藏

←图7-10 灰陶城堡 东汉
高29.6cm 广州出土

→图7-11 陶井 西汉

→图7-12 陶水田（附船） 东汉

←图7-13 带圈陶屋 东汉

三、庶民世界

汉代的石刻、壁画、明器，一贯地表达了一个平凡而普遍的庶民世界。四川石刻中的渔猎、弋射、采桑、宴乐……都是日常庶民生活（图7-14、7-15），他们不以生活中的特殊来做歌咏的对象，而是以广大普遍的庶民为文明的主人，和以后任何一个时代比起来，汉代艺术中朴拙平实的个性都成为永世不移的典范。

我们在先秦诸子中看到，孔子所勾画出来的人伦世界，的确是在平凡与普遍上建立了他的美学基础。汉的艺术中，没有特殊，没有伟大，是每一日每一月每一年不断的生活，是必须肯定、安分而自得其乐的世界。内蒙古和林格尔发现的汉代壁画，从庄园的生产（图7-16）到畜牧，从百戏宴乐到出行的车马队（图7-17），恰恰如汉乐府《陌上桑》一诗里的世界：

"日出东南隅，照我秦氏楼；秦氏有好女，自名为罗敷。罗敷善蚕桑，采桑城南隅；青丝为笼系，桂枝为笼钩。头上倭堕髻，耳中明月珠；缃绮为下裙，紫绮为上襦。行者见罗敷，下担捋髭须；少年见罗敷，脱帽着帩头。耕者忘其犁，锄者忘其锄；来归相怨怒，但坐观罗敷……"

这样平和的叙事，只是因为那样肯定"人情之常"，是在《诗经》的方正平稳和《楚辞》的曲动飞扬中调和出来的情感的极致，是北方文学"二"的基数与南方文学"三"的基数合成的一个黄金律。五言诗在东汉完成，隶书的波磔在东汉完美化，飞檐的曲线在东汉成形……一个系统化的经学时代在艺术上互应的各点都一齐构架成功了。

《墨子·鲁问》有一段有趣的记载：

[10]《墨子·鲁问》，大夏出版社，P.302。

"公输子削竹木以为鹊，成而飞之，三日不下，公输子自以为至巧。子墨子谓公输子曰：'子之为鹊也，不如匠之为车辖，须臾刘三寸之木而任五十石之重。故所为巧：利于人，谓之巧；不利于人，谓之拙。'"[10]

墨子是从纯粹"社会功能"的立场来谈论艺术，他的艺术观已受到荀子的批评。有趣的是，先秦时有许多极端对立的对工艺的态度逐渐归纳在儒家的系统中，把实用和幻想结合，把器物和观念结合，把造型与美结合，把动与静结合……如果说汉代儒家的美学有一个秘密，那恰恰是兼容并蓄地包容了先秦各派的观点，而立足在自己方正规矩的人伦世界，以这稳定的人伦秩序与人情之常去调整宇宙万象，汉代的艺术世界中才完全实践了"万物并育而不相害，道并行而不相悖"的理想。

↑图7-14 春播画像砖 东汉

↑图7-15 收获画像砖 汉

↓图7-16　庄园图壁画（摹本）　东汉　高191cm　宽300cm　1972年内蒙古呼和浩特南，和林格尔东南四十公里的新店子出土

↑图7-17 出行图壁画（摹本）
东汉 高132cm 宽260cm 1972年
内蒙古呼和浩特南，和林格尔东南
四十公里的新店子出土

文人艺术的勃兴

书法、绘画、美学

第八章 唯美的时代
——魏晋名士风流

面对生命的变灭，流行于魏晋名士间的虚无放诞，便对汉代群体生活架构起的伦理产生了彻底的怀疑。魏晋的名士风流，不是轻薄的佯狂，而是从生命底层呼叫出的痛贯心肝的哀号。在弥漫着政治诬陷、战乱、道德虚伪的人世唱出了他们不屑、激愤的高亢之音。

美的沉思

A Contemplation on Chinese Art

一、文人艺术的勃兴

汉代是一个延续了四百年的帝国，帝国的范围又极其辽阔。近年在云南古滇国出土的青铜器，如川江的"青铜牛虎祭盘"（图8-1），晋宁石寨山的"四牛饰铜贮贝器"（图8-2），那种对动物的写实，以及犹有狩猎习俗的野性之美，都与中原工艺风俗不同。

我们相信，在汉代四百年间，不同的地区也一定有各种不同的工艺风尚。但是，当我们要追寻一条历史发展的主流线索时，往往不得不做一些去除枝节的工作，从纷繁杂乱中理出一条主干。一种"发展"的，或"史"的介绍，便不得避免每一个断代特色的强调，因为，所谓的"发展"，所谓的"史"，正是一个断代过渡到另一个断代的联结关系，它内在有一个隐秘在层层文物史料之下的有机生命。我们把"历史"看做一个有机的生命，正是因为它每一个段落都在生长和发展，它不只是一堆无生命的资料，而是要剥开这些数据复活了这本体的生命。

我们在汉代艺术中，去除了一些特例，的确可以发现在绝大多数艺术作品中，一种以农业经济为基础，以儒家稳定的伦理秩序与人情之常为基础的美学观，在艺术上呈现了与其他时代不同的"朴厚"的特色。这个朴厚的主流在书法、绘画、画像石、诗歌中都可以见到一贯的表现。

汉代的乐府诗中常见的"上言加餐饭，下言长相忆"、"努力加餐饭"，是用质朴到近于"平凡"的方式来表达对于亲人的恩爱和祝福。然而，也只有把这些"平凡"放回到一个不尚奢华、安分为人的时代，我们才能理解那些句子中有着多么一字千金的厚重之情吧！

[1]见《汉魏六朝文》，1975年9月河洛出版社初版，P.32。

汉代的美，正是美在这日日月月的人情之常。在平凡到不能再平凡的一碗白饭中寄托着对生活的爱与肯定。

从西汉开始，类似贾谊的《论积贮疏》，晁错的《论贵粟疏》，都说明着一个刚建立的大帝国，如何战战兢兢地稳定着农业经济，是把先秦以来，在不断动荡中被破坏的生民基础——土地，重新一点一点整合起来。

晁错在《论贵粟疏》中说：

"……民贫则奸邪生，贪生于不足，不足生于不农。不农则不地着，不地着则离乡轻家，民如鸟兽，虽有高城深池，敬法重刑，犹不能禁也。"[1]

"不地着"的提出，正是要使百姓安分在土地上的警告与建议。汉代律法中许多对商人的限制，也都明显地说明着这一个新帝国，一方面在努力建立农业经济式的伦理秩序，另一方面有意地在抑压先秦时期工商业奇巧的暴富发展，使百姓安分于土地之上，使百姓安分于伦常秩序之中，对人生没有妄想，没有奇迹式的憧憬，也没有巨大的变动和幻灭。这种日日月月年年的人情之常，便成了"以农立国"的中国人艺术上最牢固的磐石，从汉迄今，在广大的民间没有太大的动摇。

汉代画像石最常见的主题"农耕""捕鱼""狩猎""采桑""取盐"，正是使百姓安分于土地的具体表现，这一类汉代艺术的特色，在其他朝代的确是很少见的。

大约到东汉末，从类似《古诗十九首》一类的作品中，我们忽然感觉到一种"变"。似乎有一种不安的声音起来，逐渐突破了人情之常的和音，高亢而激烈地要占据历史的主流。一般说来，是从原来比较落实在生活事实的描述，转到了更多对内心本质的感叹，从原来百姓的人情之常转到了更多个人特殊心情的哀怜。

马茂元的《古诗十九首探索》序中说：

"……从西汉中期武帝刘彻扩大乐府组织，广泛地采诗合乐以来，以至东汉末年《古诗十九首》的出现，这四百年间，中国诗歌是由民间文艺发展到文人创作的黄金时代的一个过渡时期。"[2]

"民间文艺"发展到"文人创作"，以这样的观点来理解"魏晋"艺术的变局，特别会发现这两百年间（220-420），虽然不是一般人所乐道的"盛世"，却在文化与艺术发展上扮演了十分关键的角色。

专业化的文人，借助于长期土地兼并形成的庄园，大多脱离了一般大众的生产生活，得以更专注于形式技巧的追求，也产生了更细致敏感的对自然与生活的情思。表现于艺术上，大概也就是我们所谓"魏晋名士"的风潮。时代的主流不再是流布在广大土地上的民间歌谣与画像石上的农渔之乐，不再是帝王借以表示"民生乐利"的耕织景象，而是猖狂自傲，放任不羁的"名士"。"名士"自然不是"生民"，他们尽管从庄园往阀阅过渡，品貌、才情、教养、家世都煊赫四射，毕竟还是"不地着"的一群"精英"，以他们纤细的情感和精致的技术在艺术上唱出了"离群"的哀歌。

我们看一看《古诗十九首》中的句子：

"愁多知夜长，仰观众星列。"（《孟冬寒气至》）

"徒倚怀感伤，垂涕沾双扉。"（《凛凛岁云暮》）

"终日不成章，泣涕零如雨。"（《迢迢牵牛星》）

"忧愁不能寐，揽衣起徘徊。"（《明月何皎皎》）

"出户独彷徨，愁思当告谁？"（《明月何皎皎》）

这种种细致的情思，那样多愁善感，那样没有缘由的失眠和落泪，在汉代民间的乐府中真是难得一见。

一种脱离了大众生活的个人，在悠闲中正视生命的无奈与感伤，在东汉末年发生了[3]。"生年不满百，常怀千岁忧"（《生年不满百》），"年命如朝露，人生忽如寄"（《驱车上东门》），"人生非金石，岂能长寿考"（《回车驾言迈》），"人生寄一世，奄忽若飘尘"（《今日良宴会》）；仅仅是东汉末的战乱恐怕

● [2] 马茂元《古诗十九首》，1978年5月河洛出版社初版，P.10。

● [3] 梁启超在《中国之美文及其历史中》说："……十九首之年代，大概在西纪一二〇至一七〇约五十年间，比建安黄初略先一期，而紧相衔接，所以风格和建安体格相近。"（中华书局，P.112）

[4]《三国会要》卷二十，杨家骆主编，世界书局1960年11月初版，P.362。

都无法解释这种种对生的哀音吧。我们只能说这些文人艺术家是更精细了。在生的战斗中，精细只是无奈与挫败，只是感伤与退避，不再是昂扬的奋战，但是，在艺术专业的形式与技巧上，魏晋却是空前的丰收期，一种真正"为艺术而艺术"的专业理论的探讨、提高、到完成都在魏晋达于空前的高潮。

我们可以说，魏晋时期是中国各类专业化艺术家大量出现的时代。所谓的"艺术家"一方面是说专业技术更精致的提高；另一方面，更明确地说，是指从事艺术工作的人从"工匠"逐渐转移到"文人"身上，也就是从事艺术工作的人在社会上有了更被承认与肯定的地位。

《晋书·傅玄传》说："魏武好法术而天下贵刑名，魏文慕通达而天下贱守节；其后纲维不摄，而虚无放诞之论盈于朝野。"[4]从三国魏的曹操父子开始，彻底改变了汉代建立在儒家伦理上的社会基础。"虚无放诞之论盈于朝野"，正说明着"建安七子""竹林七贤"的时代来临了。是离开了土地之后，世族文人子弟的佯狂放肆。他们都是一时的才俊之士，聪敏灵秀到了极致，似乎一眼便看穿了生命的虚妄，他们不再相信任何传统的价值。他们反讽嘲弄，他们以对礼法规矩的叛逆为乐。看来他们的确"虚无放诞"，连曹操这样一个在政治上有抱负有野心的枭雄，在他生命的底层，也孕育着"对酒当歌，人生几何？譬如朝露，去日苦多"（《短歌行》）这样既伤痛又虚无的哀歌之情啊！

魏晋是名士风流的年代，连谋图霸业的曹氏父子也感觉着生命的虚妄和变灭。汉的瓦解便不只是大帝国的瓦解，而是生命价值的瓦解。在魏晋名士的眼中回看董仲舒所架构的伟大体系，怕是要纵肆嘲笑的罢？然而那纵肆的狂笑之后却又时时透露着无所归依的大怆痛！在战乱灾难的年月，这些华胄的世家才俊之士感觉着一切的不可把持。富贵、权力、人世的恩爱……在流转离徙的岁月中，都不可信赖、不可依恃。王羲之留下的著名书帖，满纸都是哀痛的呼号：

"义之顿首，丧乱之极，先墓再离荼毒，追惟酷甚，号慕摧绝，痛贯心肝，痛当奈何……"（《丧乱帖》，图8-3）

"频有哀祸，悲摧切割，不能自胜，奈何，奈何……"（《频有哀祸帖》，图8-4）

面对生命的变灭，这流行于魏晋名士间的虚无放诞，便对汉代群体生活架构起的伦理产生了彻底的怀疑。愤世的高音，长啸而起。阮籍穷途而哭，刘伶的沉醉于酒，嵇康的怀抱《广陵散》受刑于法场……魏晋的名士风流，不是轻薄的佯狂，而是从生命底层呼叫出的痛贯心肝的哀号。在弥漫着政治诬陷、战乱、道德虚伪的人世唱出了他们不屑、激愤的高亢之音。

嵇康的《与山巨源绝交书》和《与吕长悌绝交书》，看来是那样不近人情，然而正是因为汉代的"人情之常"已经完全崩溃了，嵇康的"非汤武而薄同孔"[5]才道出了时代的真貌。当一切价值只是野心家阴谋利用的诡计，这些悲怆的魏晋名士，便宁愿以佯狂、败坏道德的姿态来揭露这黑暗时代的假面。他们颓废、虚无，唱着末世的挽歌，他们又以无比纯真的赤子之情，歌唱着人间最后一点点可以执着的美的赞颂。

嵇康的《声无哀乐论》是美学上向传统艺术观发难的先声。中国的美学首次离开了其他因素的牵绊，而独立纯粹地被嵇康提出了。

"声之于心，殊途异轨，不相经纬；焉得染太和于欢戚，缀虚名于哀乐哉？"[6]

艺术脱离了道德善恶、甚至情绪的哀乐，纯粹就"艺术"本身来讨论。这些魏晋的名士，怀抱着对人世的大虚无大怆痛，却似乎唯独在美的世界、在艺术的世界找到了可以相信、倚恃的价值。"美"从"道德"的范畴中被解放了出来，艺术的各种媒体——声音、色彩、线条、文字，也都从"意义"的桎梏中解放了出来；这些美丽的声音、色彩、线条、文字，可以离开"意义"的控制，自

[5]《嵇中散集》，台湾中华书局，卷二，P.7。

[6] 同注5，卷五，P.9。

由地翱翔发展了。

魏晋的名士造就了一次中国艺术史上空前的"唯美时期",他们有些像19世纪末西方的"Les Décadents"一派的艺术家,在对人世的一切失望之后,转而专注于美的事业。他们所找到的生命的理想便是这美与死亡的结合。嵇康最后怀抱着绝世之音《广陵散》在刑场上环顾那千人的求教时,大概既是不屑自负、又是荒谬自苦的罢?他的"殉美"也便成了那一荒谬颓唐的年月唯一供人传唱的不朽佳话了。

↑图8-1　青铜牛虎祭盘　西汉　高43cm　1972年　云南省博物馆藏

↑图8-2 四牛饰铜贮贝器 西汉 高50cm 口径25.3cm 底径21cm 1972年云南省江川县李家山谷墓群出土 云南省博物馆藏

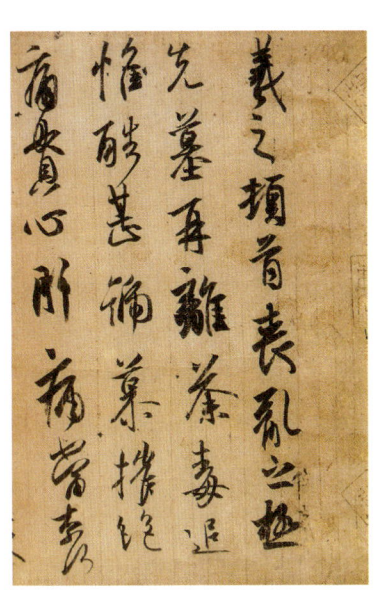

↑图8-3 丧乱帖 东晋 王羲之

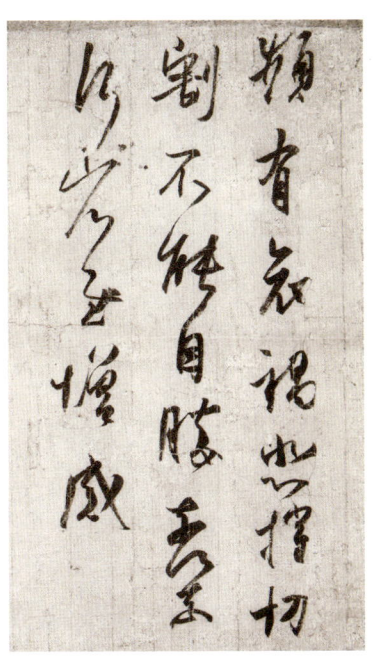

↑图8-4 频有哀祸帖 东晋 王羲之

二、书法、绘画、美学

顾恺之和王羲之分别代表了魏晋时期绘画与书法的典型。绘画与书法，不再是不知名的"匠"的工作，而开始与在社会上地位极高的门阀世族的子弟结合了。绘画与书法也不再追求一般的普遍法则，却十分强调个人的特性。个人的风流倜傥、个人的婉转情思，在儒家架构的秩序世界松动之后，挣脱了人情之常的规矩，纵逸恣肆地力求大胆表现了。

魏晋艺术的专业化，使艺术得以离开政治、道德、哲学……单独以形式美来讨论，这是中国美学独立的一个关键。

曹丕的《典论论文》，陆机的《文赋》、王羲之的《自论书》，都是把文学与书法独立讨论的开端。艺术有它独立的地位，不是附属在其他东西上的一种譬喻。从此而下，中国最早的文学专论的批评著作，钟嵘的《诗品》，刘勰的《文心雕龙》，最早的文学欣赏总集《昭明文选》，都出现了。同样的，在绘画上，南齐谢赫的《古画品录》，也是最早一本绘画理论的专书，他所定的"六法"："气韵生动""骨法用笔""应物象形""随类赋彩""经营位置""传移摹写"，是纯粹针对绘画本身的形式与技法所做的讨论，不但分类精细，而且含容广大，影响后世千年之久。

在魏晋以前，我们看到散在先秦诸子或汉代学者著作（如王充《论衡》）中有关艺术的讨论，很少是单独针对艺术本身来讨论的，至于把形式技巧（如线条、色彩）抽离出来所做的研究更是没有，魏晋艺术在专业上提高之后，直接导引出南朝各代在文艺美学上的大整理，也奠定了中国各类艺术理论的基础。

例如流传至今的"永字八法"，便明显是从晋卫夫人的《笔

[7] 杨家骆主编《艺术丛编第一集》第一册，世界书局1981年11月5版，P.3。

[8] 唐张彦远《法书要录》卷一，世界书局艺术丛书第一集第一册，P.4。

阵图》中脱胎而出。《笔阵图》对书法线条所做的归类和分析，明显地说明了魏晋艺术的特点：一、艺术专业化，二、形式美受到重视，三、理论研究成为风尚。

卫夫人的《笔阵图》把文字构造分成七部：[7]

一　　如千里阵云隐隐然其实有形

、　　如高峰坠石磕磕然实如崩也

丿　　陆断犀象

乚　　百钧弩发

丨　　万岁枯藤

乁　　崩浪雷奔

𠄌　　劲弩筋节

（见《唐·张彦远集·法书要录》）

这就是以后归纳成"永字八法"的"侧、勒、努、趯、策、掠、啄、磔"的基础来源。

从书史上的记载来看，王羲之的书法是与卫夫人的《笔阵图》有密切关系的。他《题卫夫人笔阵图后》一篇文字中的意见亦脱胎于《笔阵图》。如："每作一波，常三过折笔；每作一点，常隐锋而为之；每作一横画，如列阵之排云；每作一戈，如百钧之弩发；每作一点，如高峰坠石，屈折如钢钩；每作一牵，如万岁枯藤；每作一放纵，如足行之趣骤……"[8] 把文字拆散开来做纯粹形象美的分析，使中国的书法正式进入了艺术的层次。文字不只是表意的工具，而同时，脱离了文字符号的意义，还可以具备本身结构的、线条的、视觉上的美的感动。这样把文字所具有的点、横、竖、捺……各部分独立拆散来做美的联想，从现代艺术的角度来看也是先进的观念，中国的文字终于发展成世界上唯一高度发展的一种造型艺术。王珣的《伯远帖》（图8-5），王羲之的《平安帖》《何如帖》（图8-6A）、《奉橘帖》（图8-6B），王献之的《鸭头丸帖》（图8-7），都不过是文人间往来的书信而已，但是在点捺撇挑之间，已经使线条这项因素达到了饱和的发挥。这线条中有疾徐快慢，有轻重滑涩，有宛转连绵，有刚烈劲险；虽然只是寥寥几个字，却使人想见了魏晋名士的风神气度，是那爱美的时代潇洒不羁、自在坦荡的文人的游走顾盼。

这种书法线条的大开发，自然而然成为绘画的有力帮手，使魏晋以后的绘画因得力于书法而有了非凡的成就。线条这项元素，不仅是书法的基础，也同时是绘画的基础。从某一个角度来看，中国书法可说是中国绘画的"素描"。

以近年出土的数据来看，内蒙古和林格尔东汉墓的《乐舞百戏图》（图8-8）及嘉峪关魏晋墓的壁画（图8-9、8-10），都已看到隶书笔法成熟以后在绘画上的影响。笔势线条的流丽表现，常常有离开形体单独发展的倾向。这种线条的成熟，在顾恺之的"春蚕吐丝"笔法中终于总结完成。《女史箴图卷》（图8-11）除了人物造型结构比前代绘画更注意连续性与统一性之外，线条本身也常常溢于形象之外，似乎可以单独成为一种美声的连续。张彦远形容顾恺之的画"紧劲连绵，循环超忽。网格逸易，风趋电疾，意存笔先"[9]也完全是针对线条的讨论。是透过线条，完成了画面风格的统一，是连绵不断的线的流转，形成了另一种超乎形象以外的心灵的流动。中国的绘画至此，已经从形象的模拟中解脱了。了解了这一点，才知道为什么书法在此后，地位往往高于绘画。因为，书法是更自由的线，是彻底解放的线。

因为有这样专业的美的研究，美才能认真被思考，美学的观念、美术的技巧也才能被单独当成一个对象来考虑。谢赫的"六法"就是魏晋唯美时代在南朝的延续和总结。

谢赫"六法"讨论之多，几乎形成中国绘画理论的一大主流。由于它所架构的几个要点十分周备，便似乎可以适应各时代的各种说法，纳入每一时代新的观念和想法。我们也可以说"六法"所提出的架构是一种包容至大的总纲，所以适应力也特强。

● [9] 唐张彦远《历代名画记》卷二，世界书局艺术丛编第一集第八册，P.68。

[10] 同注［9］，P.7。

"气韵生动"最众说纷纭，因为它原本指的便是活泼的生命，是艺术创作中最需要体会的精神，而不是技法部分。"骨法用笔"应当是线条的练习，也即是建立在书法上的"素描"。（宋元以后一直迄今，中国绘画中所谓"笔墨"中的"笔"即从此发展而出。）"应物象形"是指写生，"随类赋彩"是指色彩的运用，"经营位置"是指结构布局，"传移摹写"是指对传统前人技法的临摹练习。这样完整的绘画学习过程，从最初的技法上至最高的境界的追求，在一个艺术专业化、精致化的时代总结成功，影响达一千数百年之久，的确是魏晋唯美时代的最佳明证罢！

魏晋是中国文人艺术从民间艺术分支出来的开始。

1962年5月在南京西善桥官山北麓东晋墓中发现的"竹林七贤与荣启期"砖画（图8-12），那种线条的婉转流熟，构图的讲究，都使我们相信，经由专业化的艺术提高，文人艺术的成就已经回过头来在影响民间百工的作品。谢赫《古画品录》中说晋代画家戴逵"善图圣贤，百工所范"[10]，已经证明文人画家在吸收了民间技法，加以提高之后，成为百工模仿对象的事实。

技术形式的整理提高，精致情感的发挥，美学理论的建立都是魏晋艺术上的贡献；但是，类似"竹林七贤"的砖画，在题材的广阔上似乎已远不能与汉画像石中的生活内容相比。专业化艺术家们细致的情思，一方面把汉代艺术带到了唯美精致的高度上，另一方面在情感上，却失去了原有的平坦与宽阔了。

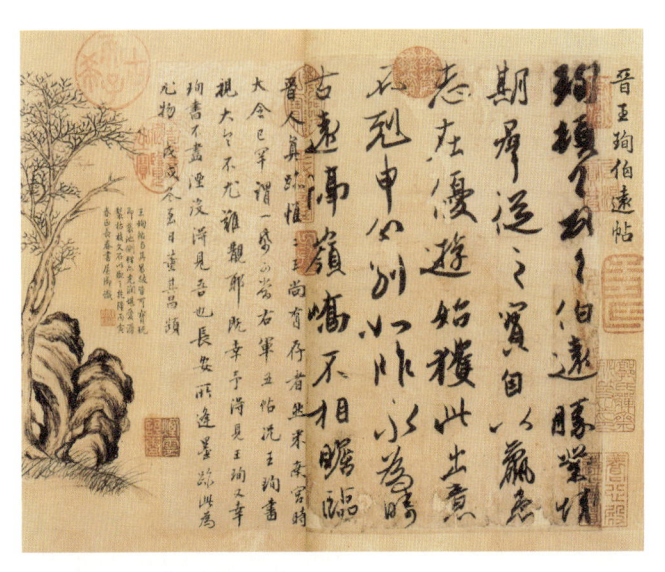

↑图8-5 伯远帖　东晋　王珣

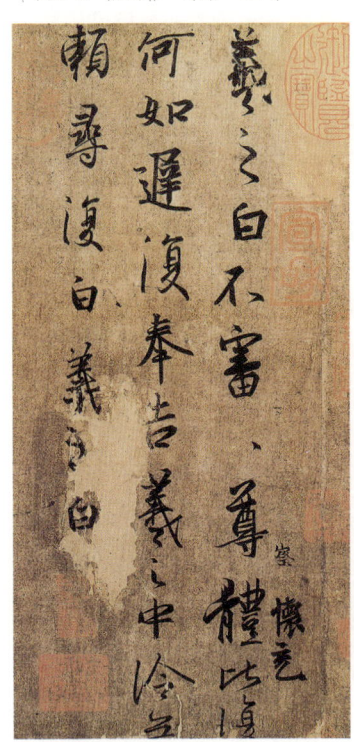

↑图8-6A 何如帖　东晋　王羲之　　↑图8-6B 奉橘帖　东晋　王羲之

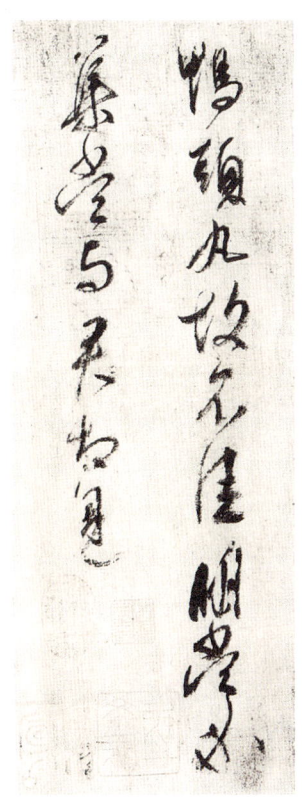

↑图8-7 鸭头丸帖 东晋 王献之 ↑图8-8 乐舞百戏图（壁画） 东汉 88cm×260cm
1972年内蒙古呼和浩特南，和林格尔东南四十公里的
新店子出土

↑图8-9 持锤杀牛图砖画 魏晋 嘉峪关墓壁画 17cm×36cm

↑图8-10 扬场 魏晋 嘉峪关壁画 17cm×36cm 1972年甘肃省嘉峪关戈壁滩出土

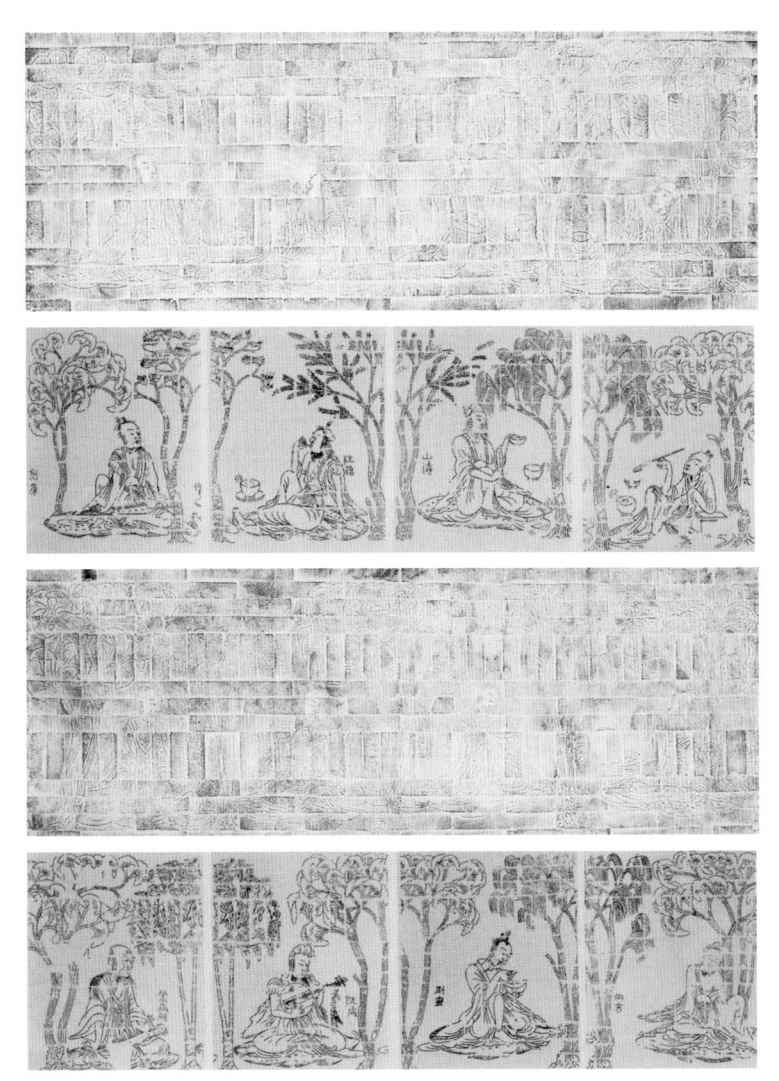

↑图8-12 竹林七贤与荣启期图 东晋 80cm×240cm 江苏南京西善桥晋墓摹印砖画与拓本 南京博物院藏

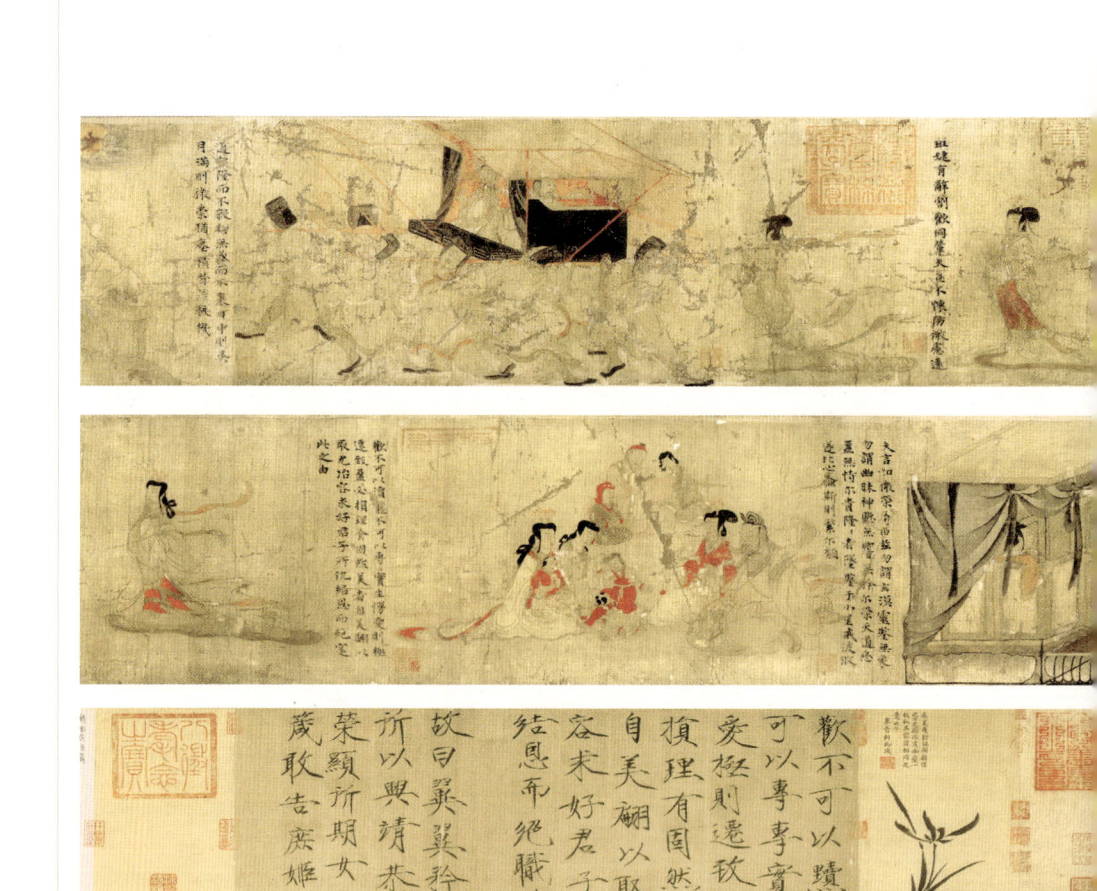

↑图8-11 女史箴图卷 东晋 顾恺之 绢本 设色 24.8cm×348.2cm 大英博物馆藏

茍其凡昌十斯莫之苟愛斯X
闕象化

父歲如俯其容知莫知其性
不飾其麗性之既以禮以榮之尤瑩

女史司箴敢告厥姒

歡不可以瀆寵不可以專

五胡乱华＼北朝石窟

云冈＼石雕艺术在中国的历史

菩萨之笑

第九章

石块里的菩萨之笑

——南北朝的石雕艺术

身体可以受苦役，精神可以被屈辱，但是，那藏在内里的对生命真挚的爱，仍使佛像脸上有了笑容。让我们知道无论是什么阻难，生命都要往光明、善良、美好的世界升去。这些驮负着沉苦发愿的佛像，一尊一尊被竖立在中国的大地之上，仿佛是苦难中万民的发愿。

美的沉思

A Contemplation on Chinese Art

一、五胡乱华

魏晋以后，中国美术在南方寻到了一个安静的处所，把汉以前的书法、绘画、美学，提高至更为专业化、更为精致化的层次。反观北方，汉族丧失了政治上的主导地位，许多外来的部族接踵而来，构成一般史书上所谓的"五胡乱华"时期。这一长达三百多年的"五胡乱华"，意外地，却为中国美术带来了新的震撼与兴奋。

这新的震撼与兴奋主要来源于印度佛教在中国的流传与发扬。

塔（Stūpa）（图9-1）在建筑上首先成为印度艺术在中国立足的标志[1]。最早从印度移入中国的塔虽然在形式上、外观上仍然借用了汉代的"楼"和"阙"，附加了檐、鸱吻、斗拱等旧有中国建筑的符号，但是，塔是从内在精神上要在中国土地上耸立起一个全新的里程碑了。木架构的线条结构逐渐让位给石块的体积与重量；水平展开的檐逐渐成为向上追求的直线，许多新的技法颤颤巍巍地随着这往上的直线一点一点发展起来了。新的观念，新的美术风格，也附属在宗教的后面发展了起来，各种佛、菩萨、佛弟子、供养人的造像，充满在这一时期的雕塑、壁画之中，成为南北朝艺术的一大主流。

↑ 图9-1 山西应县 佛宫寺 释迦塔

[1] 见 Micheal Sullivan, *The Arts of China* P.98, 1987 third ed., University of California Press.

[2] 参考Laurence Sickman与Alexander Soper合著 *The Art and Architecture of China*, P.86, 1978年, Penguin Books Ltd.出版。

[3] 金维诺《中国美术史论集》，P.109，人民美术出版社。

[4] 阎丽川《中国美术史略》，P.81，人民美术出版社。

[5] 《孔望山摩崖造像的年代考察》，《文物》，1981年7月。

二、北朝石窟

佛教艺术传入中土，一般说来有两个不同的路线，其一是大家所熟知的印度北方经西域诸国抵达今日新疆、甘肃的所谓"丝路"；其二是由印度中南部经东南亚诸国，由海道入中国南方。

南北朝时期，中国南北方的佛像艺术风格不尽相同，这两条路线的探索，到目前为止虽不能完全脉络分明，仍是艺术史上许多人感兴趣的焦点[2]。

北方摩崖石窟，巨大的石雕造像成为北朝佛教艺术的特征之一。金维诺的《僧佑与南朝石窟》一文虽然指出南方的六朝"除铜佛的铸造以外，还有石窟的凿造"[3]。但是，以目前发现资料来看，最主要的石窟群遍布在"新疆的高昌、库车、拜城，甘肃的敦煌、凉州、永靖、天水，山西大同的云冈，太原的天龙山，河南洛阳的龙门，河北峰峰矿区的南北响堂山，山东济南的千佛崖，南京的栖霞山，辽宁义县的万佛堂，四川的广元、大足、巴江、通县、乐山等等"[4]，仍然明显地以北朝的石窟占绝大多数。

石窟在中国的最早记录，以往大多以云冈为标志。1980年6月，连云港市孔望山发现新的摩崖石窟，有人认为是东汉末桓帝、灵帝时代的佛教造像。这一说法若能成立，佛教在中国开窟立像的艺术要提早两三百年。而且，根据调查，这组石窟摩崖造像是"用中国汉代传统的画像石技法，表现外来的佛教题材"[5]。与云冈石雕的由外来形式发展逐渐华化的演变大不相同。因此，连云港孔望山摩崖的佛教造像无论从年代（东汉）、地点（东边海岸线上）及风格上（传统民族形式）都提出了与以往研究佛教艺术在中国发展完全不同的论点。

三、云冈

云冈自然仍旧是早期中国佛教石雕艺术数量最大、质量最精的石窟群之一。

云冈石窟的开凿一般可以分为三个时期：

第一期：北魏文成帝和平初年（公元460年）到和平六年（公元465年）。

这一期包括目前编号的十六至二十窟。

《魏书释老志》："和平初，……昙曜白帝，于京城西武州塞，凿山石壁，开窟五所，镌建佛像各一，高者七十尺，次六十尺，雕饰奇伟，冠于一世。"[6]这段记载中，沙门统（佛教领袖）昙曜领导下所开的五窟就是最早的云冈作品。

第一期的石窟，窟形大抵模拟草庐式样马蹄形的圆顶洞，用以容纳大佛。造像主要是三世佛（过去、未来和现在佛）。主佛形体高大，占据窟内主要位置。佛像面相方圆，深目高鼻。服装或右袒，或通肩。菩萨戴宝冠，着璎珞，臂上戴钏，下着羊肠大裙。（图9-2）雕刻线条干净锐利，显示出雄健朴厚的气度。

第二期：和平六年（公元465年）到孝文帝太和十八年（公元494年）。

第二期包括目前编号的五至十三窟和一、二、三窟的主要部分。

这一期窟室平面改为方形，有前后室，有的窟中部立塔柱。窟顶多雕平棊，显然是汉族木结构建筑式样的移入（图9-3）。窟式规模多为双窟，两窟一组，如七、八窟一组，九、十窟为一组，五、六窟为一组。龛式也上下重层，左右对称。

[6]《魏书·释老志》，开明书局版，P.298，1934年9月出版。

第三期：孝文帝太和十八年（公元494年）到孝明帝正光五年（公元524年）。

包括目前编号二十窟以西，四、十四、十五窟，以及十一窟以西，四至六窟间的小窟。

第三期多为不成组的中、小窟，补刻的小龛。窟洞门崖面上出现雕饰，越晚越缛丽。弥勒像与释迦像并重，面形清瘦，长颈、削肩，全部汉族褒衣博带装束。菩萨衣裙下摆呈锯齿状。飞天不露足，腰成V形。供养人头戴笼冠，着褒衣博带。女像高发髻，身着宽博袖大衣。（图9-4、9-5）

云冈石窟群在山西大同城西8公里的武州山崖壁上，依山开窟，连绵约一公里长。现有洞窟53个，旧编的主要窟为21个；总计造像51000躯，可谓世界雕刻史上的奇迹之一。

↑图9-2 释迦本尊及东胁侍菩萨 云冈昙曜五窟（第二十窟）

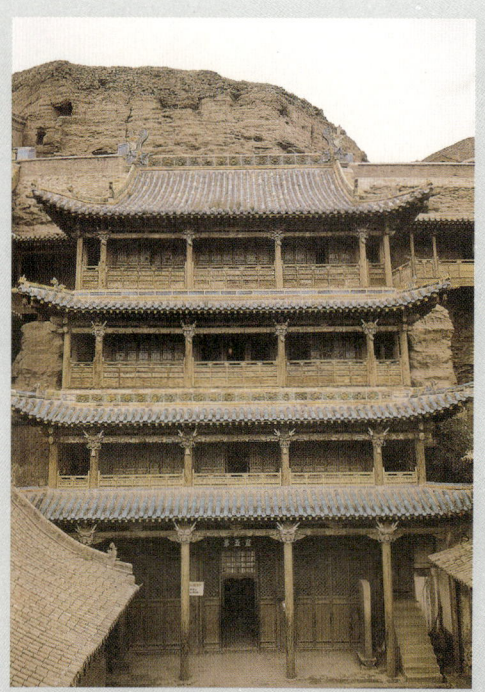

←图9-3 第五窟外景 其主体工程完成于北魏迁都洛阳前，窟前木结构重檐楼阁为清顺治年间重建

↑图9-4 已经汉化的佛教造像 云冈第五窟

↑图9-5 已经汉化的佛教造像 云冈第五窟

四、石雕艺术在中国的历史

石刻的人像艺术在中国一直并未发展，与埃及、希腊、印度相比，中国早期的石刻人像几乎是一片空白。古代明器中的"俑"大多不是泥塑即属木雕，石刻是少见的。

"石头"这种材质的利用，脱离石器时代之后就被转化成祭祀的"玉"了，中国因此在建筑与雕刻上都并不利用石材。

除了石雕人像之外，中国以石材来雕刻的作品有商代的石虎、石枭（图9-6、9-7）；一方面利用了石材浑厚的体积感，另一方面也在石材的表面以细密的纹饰构成中国雕刻中特有的线的特征。殷商以后，我们很少再看到大型的石刻作品，中国所谓的"石雕艺术"一直到汉，也就停留在小件的玩赏玉石器之间。

石雕艺术在中国的复活应当归功于外来文化的刺激。早在云冈石窟的雕像普遍起来之前，流行于汉代陵墓前的"石兽"（天禄辟邪），来源于波斯中亚一带，已经使中国美术中的石雕一项重新有了崭新而精彩的表现。

石雕在中国不发达的原因十分复杂，大概有几个线索是可供思考的：第一，石器时代以后中国人对石材的崇拜，转而使"石"为"玉"，石材脱离现实的应用而成为礼器。第二，中国在书法上"线"的高度发展，障蔽了对"体积"或"重量"在艺术上的成长。

从以上两个线索来看，汉以后外来的"石兽"和"佛像"恰恰重新复活了中国人对石头的体积与重量感的兴趣。石材不再是小件镂空的玩赏之物，也不再是汉代画像石里与绘画没有太多分别的平面浮雕，只强调线刻的流动。石头，在云冈，是以巨大的、浑圆的体积，以雷霆万钧的重量的压迫君临着中国的大地（图9-8）。

中国汉代画像石中在平面上微凹或微凸的阴阳刻法，受到了新的挑战，是在十几公尺高的巨大人像上掌握结构的严谨性。在观念上，中国的人像第一次和"巨大""坚硬""崇高""不朽""权威"等等概念相结合，构成了中古世纪中国艺术上的异彩。

早期云冈佛像中的端正严重、雄浑无畏的巨力，仿佛再次唤醒了中国内在阳刚而威猛的精神。这些在埃及、希腊古代艺术中是常见的精神质素。在汉代的四百年中，由于没有狂飙的宗教刺激，人安分于平凡的农业生活太久，养成了谦和、顺时的气质！而后来的"五胡乱华"正是以非理性的、超人力的悲壮之情横扫了北方大地；人仰马翻、鬼哭神嚎的战争构成了北朝惨烈动荡的历史，然而，同时却也锻炼了中国人的骨骼体魄，他们在准备着一个全新的、灿烂夺目的大唐世界了。

云冈石窟巨大的本尊大佛高达15米左右，成为这一时期审美的新精神。这种巨大的石刻作品，接连着大自然的山脉石壁，在岁月中斑驳漫漶，成为人抵抗时间灾难的一种悲壮之情的暗示。原来汉族文明中并不高度发扬的宗教的浪漫情绪终于在外来的宗教艺术中在本土生根滋长了。

宗教艺术为了渲染超自然的巨力，常常运用单元重复的技法，使人的感官进入超理性的状况。是用近于迷狂的催眠，使人产生精神上从现世的游离与超升。我们看到云冈石窟中就常常有在一个佛龛壁面上遍布上千上万同样佛像的单元重复做法，使视觉上产生一种单音连续的合唱，进入宗教吟诵般的升华境界（图9-9）。

这种对现世的否定，对心灵静定世界的向往；这种对自身劫难的悲苦意识，以及在漫漫的时间苦海上心灵的彷徨无告，原来都并不是中国美术的主题，却在一次战乱连年的世代，寄托在异国的宗教下成为中国人心灵上审视的对象。

石头这种材质重新被思考，关于它的坚硬、不朽、沉重、体积……完成了中国历史上空前的石雕艺术。而另一方面，传统汉族对于石材的认识还是被继承了。我们看到在云冈接受外来造型的同时，汉代画像石中的许多形式与技法也被应用了。在第十八洞北壁上一具佛弟子（迦叶？）的头部石雕（图9-10），可以明显看到纯粹从西方来的对体积、量感、客观的视觉观察所得来的雕刻观念；但是，在同一个时期第十九洞左壁上的一尊胁侍菩萨像（图9-11），却是以半浮雕的方式，微微浮凸于壁面的佛龛之间。这种介于圆雕与浮雕之间的处理方式，在中国一向是雕塑上惯用的方法，也就使中国的雕刻艺术不只是注重材质的体积重量，也更能表达自由的线的流动与平面空间的巧妙性。这尊胁侍菩萨身上浮刻的披帛与衣褶的处理纯粹是"线"的，更接近于汉代画像石的技法。

↑图9-6　大理石虎形立雕　商晚期　高37.1cm　宽21.4cm　河南安阳出土　"中央研究院"史语所藏

←图9-7　大理石立枭　商晚期　高15.7cm　河南安阳出土　"中央研究院"史语所藏

↑图9-8 云冈第二十窟一景

↑图9-9 单元重复技法的运用 云冈第十五窟西壁

↑图9-10 佛弟子头像 云冈第十八窟北壁

↑图9-11 胁侍菩萨 云冈第十九窟左壁

五、菩萨之笑

在中国的雕刻中似乎有一个欲望是要改变材质的坚硬、沉重。以石雕人像来说，云冈本尊大佛的体积、量感的巨大或沉重权威逐渐被淡化了，代之而起的是更多面带微笑的交脚菩萨与思维菩萨（图9-12）。它们不是以巨大、崇高、权威，对生命的颐指气使来建立姿态；相反地，却是以更多向内心的自省、更多对生命喜悦的自觉，更多的慈悲与谦逊来形成另一种动人的力量。这种石雕比例上较小，不再强调体积感，却反而强调线的流动，仿佛要暗示那精神内在的喜悦可以解脱石头的沉重与负担，化成一缕微笑而去。藏在瑞士苏黎世RIETBERG博物馆的一件西魏文帝大统二年（公元536年）的石刻造像，明显地可以看出浮雕的精神性大于对客观现象的圆雕模拟（图9-13）。盘膝跏趺的菩萨在层层折叠的衣襞线条暗示下，特别拉长了上身的比例，使菩萨面部的微笑仿佛成为一种不断往上升起的印象，这些，都使虽然源自西方的石雕艺术在中国有了不同的表现。

石雕在艺术中原来是比较客观而且实质的，世界各国的石雕，从埃及到希腊，从犍陀罗到文艺复兴，从米开朗基罗到罗丹，基本上仍然大多依靠着对石材物理性的利用，在中国，石雕却特别不往体积、重量等物理性发展，而以平面绘画的方式来对待石材。在西方，石材是彻底被人类征服了，成为巨大的殿宇，成为哥特式教堂动人的镂花柱塔，成为雕刻家手下沉重坚实的人体；但是，在中国，石材却常常以它本原的面貌出现，是璧或琮那样简单的造型，是云冈石雕中那菩萨面容淡到几乎没有太多刻痕的微笑，使我们误以为那是从石中生长出来的人体和五官，是一种超乎物质存在以外的精神表情。

从历史上来看,汉帝国崩溃以后,整个中原陷在混乱争霸的动荡之中,人命如草芥,伦常败坏。此后的三百多年间,是中国空前价值沦亡的时期,失落了精神的重心,在南方,最优秀的知识分子也只能佯狂玩世,一般的百姓更是彷徨无主。

石窟的开凿,动辄数十万人,这些"奴工",他们身体所受的苦役,恐怕是今日的艺术家难以想象的罢。然而类似云冈的作品,使人惊讶,不知是什么力量、是什么信念,使经受最大苦难与屈辱的生命,从内心里升起那样真心的欢喜。

身体可以受苦役,精神可以被屈辱,但是,那藏在内里的对生命真挚的爱,仍使脸上有了笑容。是令人惊动的笑容,知道无论是什么阻难,这生命都要往光明、善良、美好的世界升去。我们可以想起龙门牛橛造像背后所刻的铭记:

"若存托生,生于天上诸佛之所。若生世界,妙乐自在之处。若有苦累,即令解脱。"

这些驮负着这种沉苦发愿的佛像,一尊一尊被竖立在中国的大地之上,仿佛是苦难中万民的发愿。

魏晋南北朝,中国仿佛渡着一条历史的黑河,一切的价值和意义都被玩弄、践踏、嘲笑。三四百年间,却在那玩弄人命、践踏道德、嘲弄理想的黑暗滓秽中升起了这澄明如泪的生命的发愿。是在黑暗中的忍辱,是在即使最昏暗的时日中,依然相信着,这么点滴微细的泪光,可以安慰和鼓舞苦难中的生灵。

那南北朝石块中动人的菩萨之笑当作如是想,那历史黑河的世代也才有了可以审美的点滴星光罢。

↑图9-12 交脚菩萨与思维菩萨 云冈第十七窟南壁

↑图9-13 石刻造像 西魏文帝大统二年

敦煌的开窟＼北魏壁画的特征＼激情与悲愿＼流动飞扬的西魏风格

第十章 悲愿激情之美

——敦煌的北朝壁画

北魏的壁画中有一种犷悍悲烈与静定之美的矛盾组合。一方面是人体处理的公式化,使画面产生静定与肃穆的效果,另一方面隐藏在那静定之下,经变故事本身的悲剧激情,掺杂着强烈煽情的色彩视觉,使中国的艺术经历了一次悲剧性浪漫风格的洗礼。

美的沉思

A Contemplation on Chinese Art

一、敦煌的开窟

敦煌开窟的年代目前一般所用的资料大都依据唐武周圣历元年（公元698年）的"李怀让重修莫高窟碑"，开窟的时间在前秦建元二年（公元366年）。[1]

目前整理出的洞窟最早可以追溯到北凉，此后历北魏、西魏、北周、隋、唐、宋、西夏、元、明，延续了一千年，是规模最大，历时最久的佛窟台，也是中国中古美术史最重要的数据荟萃之地。

莫高窟在敦煌市南约16公里的鸣沙山下，现已清理出的洞窟有480多个，计魏窟20，隋窟95，唐窟213，五代窟33，宋窟98，西夏窟3，元窟9，时代不明者7；保存壁画，尚有45000余平方米，彩塑2500多件。

敦煌的发现丰富了中国的中古美术，以灿烂多彩的壁画泥塑、云冈的石雕、南朝的书法与绘画，共同构架起中古美术鼎足而三的重镇。

中国的中古美术围绕着外来的佛教美术作为中心。云冈等地的石雕是较纯粹的外来经验，敦煌的壁画和彩塑在技术上可以承接部分的本土传统。

[1] 也有认为莫高窟建于西晋，所依据的资料是《莫高窟记》所录：敦煌名士晋司空索靖在莫高窟题壁号"仙岩寺"。

二、北魏壁画的特征

从目前保留较早的北魏壁画来看，与中土魏晋以前的绘画传统有几点不同，可堪重视：

1. 背景的涂满处理法：

传统中国绘画无论是战国楚的帛画，汉和林格尔墓的壁画，或魏晋嘉峪关的壁画，背景皆为留白，并不涂满。

2. 对于色彩的重视：

魏晋以前的中国绘画仍以线条为主，并且由于线条的高度成熟发展，色彩常常成为线条的附属。色彩的斑斓强烈成为敦煌美术提供给中土的一项珍贵献礼。

3. 对于体积与光影的兴趣：

中国的绘画由于线条（即画论中之"笔"）的高度发展，线代替了对体积的表达。光影的暗示在敦煌壁画中十分明显，亦即当时所谓的凹凸画法或晕染画法。

中国原有飞扬流动、顿挫疾徐的线条，忽然在北魏的敦煌壁画中遇到了静定沉稳的笔触。第二七二窟的供养菩萨壁画（图10-1），虽然各个姿态殊异，却是在同一种近于公式化的轮廓配置上完成了一种静定统一的感觉。由于年代久远，原来硫化汞及碳酸铅的部分氧化变黑，看来仿佛是粗犷的黑线，事实上仔细辨认仍可看出晕染的层次差别，是为了处理体积的光影。

图10-1 供养菩萨 北凉 壁画 敦煌二七二窟

三、激情与悲愿

北魏的壁画中有一种犷悍悲烈与静定之美的矛盾组合。一方面是人体处理的公式化，使画面产生静定与肃穆的效果，另一方面隐藏在那静定之下，经变故事本身的悲剧激情，掺杂着强烈煽情的色彩视觉，使中国的艺术经历了一次悲剧性浪漫风格的洗礼。

这种绘画上强烈的浪漫风格自然导源于原始佛教的性格。

我们目前想到的佛教，一般说来倾向于内修的、静定的、沉思默想的精神状态；但是，原始佛传故事及本生经变故事中其实充满了对生命极悲惨强烈的叙述与描写。有些部分十分近似于希伯来的《旧约》，借助着非理性的忍辱、牺牲，来完成宗教的崇高之感；而这种为绝对信仰受苦到非人地步的强调，确实是原来中国本土所没有的。

从北魏的壁画来看，主题就集中在表现释迦牟尼佛传故事。如二七五窟的"出游四门"，及本生故事中的"尸毗王本生"（二七五窟），"鹿王本生"（二五七窟）及"萨埵那太子本生"（二五四窟）都是敦煌前期壁画最常见的主题。

二七五窟的"出游四门"描写释迦牟尼少年时走出城门，一门见"生"，一门见"老"，一门见"病"，一门见"死"（图10-2）。静定公式化的人体，背后饱含着对生命的悲苦之情，一种独生的残酷现状所产生的人的静定，与汉魏美术中汉族在儒学影响下产生的对生活喜悦的歌颂是大大不同的了。

"尸毗王本生"是流通甚广的本生故事的一部分。描写尸毗王端坐宫中，飞鹰啄鸽，鸽子躲入尸毗王怀中，战栗恐惧。尸毗王心生怜悯，愿以自身与白鸽等重的一块肉来替换白鸽的生命。侍者取来天秤，一端置鸽，尸毗王从腿股上割下一块肉放置秤之另一端。但是，直到尸毗王割到臀股皆尽，一身鲜血淋漓，却仍无法达到与白鸽同等的重量，尸毗王于是领悟，大喝一声，全身投于天秤之上，大地震动，鹰鸽皆不见了。二七五窟的这幅壁画，把一段极其悲怆锥心的生之惨苦画面，用静定公式的方法处理出来。侍者一旁割肉，尸毗王却保持着恒定的姿态（图10-3、10-3-1），仿佛在生命的惨痛悲苦之中，这静定是唯一救国的机会了。在北朝前期战祸频仍，人命如草的年代，佛教艺术便以这样的方式出现在中国土地之上，安慰和鼓励着那黑暗年代苦难的百姓。

二五七窟的"鹿王本生"是中国最早的横卷式故事连环画。构图的方式十分特别，是由两端发展到中央结束。印度经变故事对中国的长卷性绘画的影响，虽然没有对戏剧、小说的影响明显，但是从这件作品来看，应当也是可以重视的课题。"鹿王本生变相图"中对鹿和马的描写非常生动，混杂了外来的强调光影画法及类似汉画像砖的优美造型，是本土艺术与外来艺术并行的例证。而背景部分的山水描写也已经具备了早期山水画的雏形了（图10-4）。

北魏诸窟中最值一提的是二五四窟的"萨埵那太子本生"壁画。萨埵那太子本生也是当时流传最广的壁画主题之一[2]。二五四窟以集中的效果使时间在同一画面上重叠，造成了极为强烈的印象。正中央是萨埵那太子与两位哥哥出游，站在悬崖边，下方是一只饿到奄奄一息的母虎与七只甫出世嗷嗷待哺的小虎。萨埵那太子心生舍身之情，图的右方，萨埵那太子连续三个动作，从发愿舍身、投崖，到横身崖底（图10-5、10-6），在同一个画面上大胆地重复同一人物，造成惊心动魄的悲剧的压力，实在是中国绘画史上数一数二的杰作，可以媲美于晚它一千年的米开朗基罗的壁画《最后审判》。

北朝壁画中浪漫与悲剧混杂的激情之美在二五四窟的"萨埵那本生图"中达到了最强的高音。那种在视觉上动用各种色彩与造型来引发人的宗教悲愿的艺术风格，在汉魏以前，在隋唐之后都不多

[2] 据贺世哲《敦煌莫高窟北朝石窟与禅观》一文统计北朝诸窟以"萨埵那太子本生故事"为主题的壁画有254窟（北魏）、428窟、299窟、301窟（北周）四处。见《敦煌研究文集》P.132，甘肃人民出版社出版，1980。

见，是中古北朝美术的最大特色。

中国本土经过这样一次心灵上的大震撼，经历了空前的忍辱、牺牲、悲苦，甚至自我残虐的过程，来认识生命要怖惧、颠倒、非理性的部分，产生了北朝壁画激情壮烈的画面。而中国原来太过人间现世的生命哲学，也自此染上了仿佛地狱炼火的血质，要经由这惨苦的锻炼，升华出隋唐的华丽、灿烂与崇高。

"舍身救鸽""投身饲虎"，北朝的壁画，描写了又痛厉怖惧又崇高庄严的生命情态。人不再只是放在人的世界里讨论，而是放在"生物的""动物的"世界来讨论。这里哀悯的人生，不再是汉代在儒家人情之常中的人生，而是与虎、鹰、鸽、鹿并列，等同看待的"众生"。儒家的人伦世界被扩大了，人被放置在所有的生命中来重新考察，老庄的逍遥与豁达受到了阻碍，生命不再是肯定与喜悦，而是随伴着无尽的灾难、痛苦。这些形彩斑斓的壁画，是用最惨厉的方法直指生命的有无，是在大悲哀与大伤痛中要人顿悟生命的空无与幻灭。

中国原有的艺术中很少有这样对生命不安的表达，汉代的美术中大多洋溢着现世的安乐，五代以后，中国的艺术又逍遥于山水之间去了，唯有北朝的壁画，给我们不安、使我们战栗发抖，戟刺我们生命最困暗的底层，要我们迸发生命最惨烈又最华丽的光焰。

←图10-2　出游四门
北凉　敦煌二七五窟

↑图10-3-1　尸毗王割肉救鸽（局部）

←图10-3　尸毗王割肉救鸽　北凉　敦煌二七五窟

↓图10-4　鹿王救溺者　北魏　敦煌二五七窟

↑图10-5 萨埵那太子投身饲虎 北魏 壁画 敦煌二五四窟

↑图10-6 萨埵那太子投身饲虎（局部）

四、
流动飞扬的西魏风格

西魏壁画明显地流动起来了。

二八五窟与二四九窟的窟顶，在覆斗一般的顶壁四面绘制了本土及佛经的各种神异传说。明度及彩度皆极亮丽的蓝紫色，构成几乎不附着于形体的飘带、块状、流云，间歇在朱红的色调之中，仿佛一种兴奋与欢乐的合唱（图10-7）。是外来民族年轻而新鲜的血液，在感官的亢奋欢快下的合唱。伏羲、女娲、西王母与佛经的阿修罗、天龙八部，加上"山海经"的九头雄虺，一同飞翔于中国的灵异世界，原始佛教的惨苦与凝重被冲破了，单一印度西域式的佛教艺术被混乱了，一个新的、混杂着各民族异彩的神话构架了西魏的壁画。

二四九窟的一头野牛，用极流畅的线勾出活泼的动态神情（图10-8），是汉代壁画一脉相承的传统。二八五窟的伎乐天也不再是北魏前期呆板木讷的V字形，夸张了飘带，扭曲着身肢，与背后的流云、散花纠缠，构成极为流动飞扬的优美画面。这些伎乐天已不再是印度的天女，而是中国美术新的宠儿，怀抱了月琴、箜篌（图10-9），流荡飞翔于石窟四周。

西魏敦煌是壁画转变的关键时期。"北魏晚期：特别是西魏时代，出现了民族传统神话题材等新的内容也进入了石窟，突破了土红涂地所形成的浓重淳厚的色调和静的境界，出现了爽朗明快、生机勃勃的生动意趣。"[3]

这种"民族传统"的复活，在二八五窟一件供养菩萨像上可明显看出。供养菩萨已不再是原来公式化的静定形貌，而成为眉目清秀，褒衣博带，潇洒自在的南朝文士（图10-10）了。汉族吸收外来

[3] 段文杰《十六国、北朝时期的敦煌石窟艺术》，见《敦煌研究文集》P.29–P.30。

美术，融合、消化，再创民族风格，敦煌壁画提供了中国美术史强韧的生命力。

西魏到北周，造型色彩愈趋华丽。北周到隋，稍稍抑敛了西魏近于眩晕流动的视觉效果，代之以另一种犷烈的色块处理。北周四二八窟的"涅槃变"，犷烈的笔触构成凝重悲哀的气氛（图10-11），佛弟子表情各异，十分像意大利乔托（Giotto）的《圣芳济之死》一幅壁画。（图10-12）

四〇四窟隋代的飞天，以俯身下翔的身姿，拖带着如火焰一般的飘带，红蓝与金色强烈耀眼（图10-13），已经预示了大唐光辉灿烂的佛画新的变局了。

北朝的敦煌壁画为中国美术提供了一崭新的异族经验，通过这次从内容到技法，从色彩到造型全新的洗礼，隋唐美术有了扩展视野的机会。北朝的壁画一直未受合理的重视，中国近代的美术也总在隋唐宋元的圈子中围绕。宋元的山水已成熟到近于定型，因是北朝的壁画，原始拙朴中还有无限发展的可能，无论从艺术思想的研究角度，或是对新的中国现代绘画的创作上，相信都能提供更丰富的灵感。

↑图10-7 流动飞扬的神话世界 西魏 壁画 敦煌二四九窟

↑图10-8 白描野牛 西魏 壁画 敦煌二四九窟

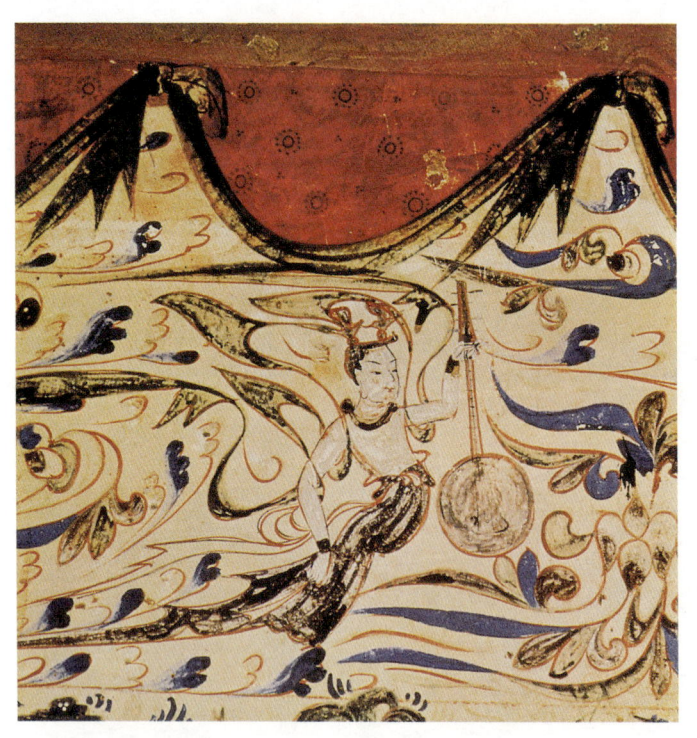

↑图10-9 伎乐天与箜篌 西魏 壁画 敦煌二八五窟

↑图10-10 供养菩萨的文人化 西魏 壁画 敦煌二八五窟

↑图10-11 涅槃变 北周 壁画 敦煌四二八窟

↑10-12 圣芳济之死 1319~1328 乔托 湿壁画

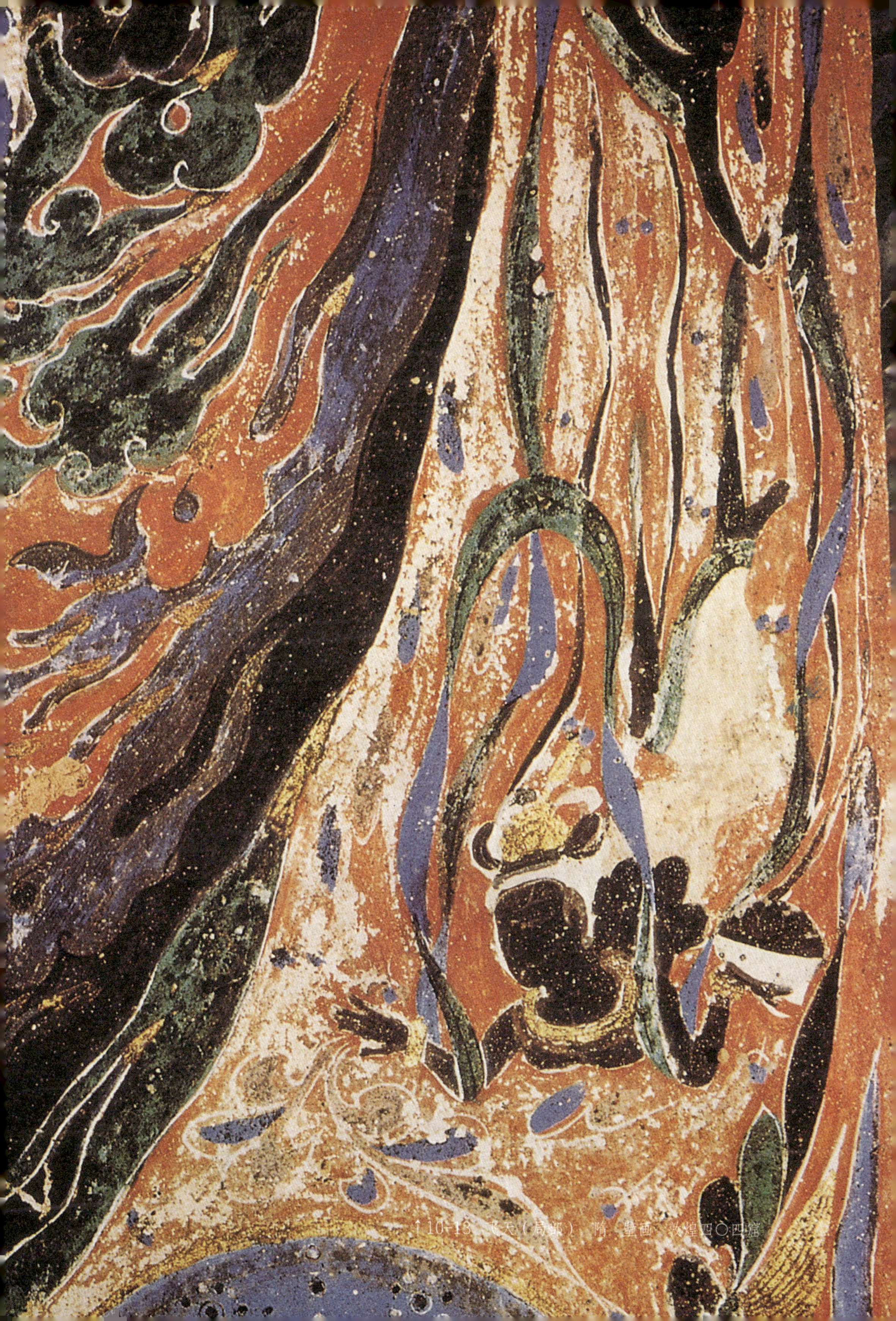

↑10-13 飞天（局部） 隋 壁画 敦煌四〇四窟

敦煌彩塑——菩萨、迦叶与阿难＼规则与叛逆——大唐美学

色彩的迸放——唐三彩器＼肖像画的高峰

奉御画家——阎立本、张萱、周昉

第十一章 大唐世界

美的沉思

A Contemplation on Chinese Art

三百多年的南北分裂中，北方的辽阔粗犷、狂放的生命激情，与南方发展得纤细精致、缛丽委婉的情思，忽然得以合流，把南北方最优秀的文明之精华加以糅合，产生了盛大的盛唐之音。大唐是难以用一种美学规范的，它太庞大、太纷杂，呈现了太多不同的面貌。

一、敦煌彩塑——菩萨、迦叶与阿难

如果拿敦煌来做中古美术史的观察，从早期的北凉壁画一路看下来，一入隋唐，大约在公元7世纪前后，立刻可以感觉到艺术风格上极大的变化。北朝前期的阴暗惨厉作风，忽然一变而为明亮鲜丽。早期佛传故事画中崇高的悲愿与激情，也逐渐稳定下来，转化为现世的喜乐；光彩夺目，神情怡悦的菩萨、飞天，以及金碧辉煌、装饰华丽的殿宇台阁，展现着一个文明盛美的大唐世界。

以敦煌的彩塑菩萨来看，唐代的确塑造了最完美的"人"的典型，使外来的宗教形象与本土美学结合，达到了雕塑史上的高峰。敦煌的彩塑，稍稍抑压了北朝时期悲剧性的宗教情操，升高了沉思默想、内省与喜悦的表情。那为中国人此后千千万万人供奉向往的"菩萨"，其实是多样人间特质的组合，它不仅呈现了神性的庄严，也同时具备着人间的自在与从容；不仅有父性的威严与刚健，也有母性的慈爱与宽坦；不仅是对天界幸福喜乐的祈愿，也是对苦难人生无尽的忧心与悲悯；既是儒者的端正与无畏，又是老庄世界任情的逍遥与洒脱……（图11-1、11-2）在世界雕塑史上也已得到了独一无二的地位。

敦煌的彩塑，脱离了早期佛教宗教性的影响，往世俗化过渡，在过渡期中，又尚未流于宋元以后的现实平庸化，恰恰平衡了理想与世俗的两极，达到最完美的和谐状态。

在彩塑组合上，菩萨常常成为主体，代替了北朝前期巨大威严的世尊。菩萨两侧配置的常常是佛弟子迦叶与阿难。（图11-3、11-4）

迦叶与阿难，以雕塑的方式，构成了唐代对人生两种不同情态的象征意义。迦叶多以刚毅、刻苦、历尽生活磨炼以后的中年人姿态出现（图11-5），强调筋骨的特质，也常以胡人深刻的五官形貌为基本特征（图11-6）；阿难则是饱满丰圆的汉人体态，是未经世事的少年的婉媚（图11-7），沉湎于内心清纯与喜悦之中，焕放着恬静的青春之美（图11-8）。

迦叶与阿难放置于菩萨两侧，仿佛七百年后米开朗基罗为梅迪奇家族洛伦斯（Lorence）与朱利亚诺（Juliano）所做的陵墓雕像，用黎明与黄昏、日与夜分别象征着时间、生命的流逝，与主体人物的不朽构成了雕塑上的完美配置。

来自于外来宗教的迦叶与阿难，被赋予了本土经验可资沟通的象征，升华成为隋唐世界人世形象的哲学。在阿难的纯美青春的沉溺，与迦叶严正不苟的自我克制中，我们看到了菩萨的圆融无碍，而这圆融无碍，这在青春的任情纵恣与中年的严正不苟中的制衡，其实也正是大唐世界动人风貌的秘密罢。

↑图11-1　菩萨　唐　彩塑　敦煌三八四窟

↑图11-2　左起：天王、菩萨、阿难　敦煌四五窟　唐　彩塑

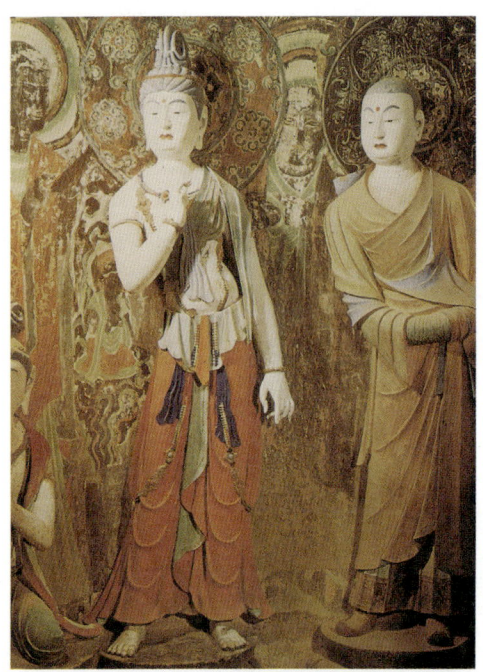

←图11-3 菩萨与阿难 唐 彩塑 敦煌三八四窟

←图11-4 左起：迦叶、菩萨、天王 唐 彩塑 敦煌四五窟

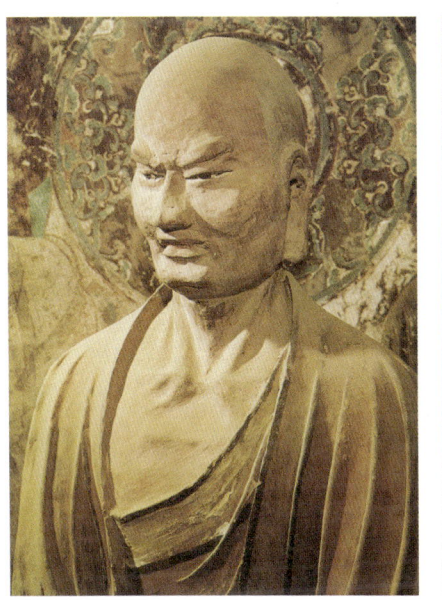

↑图11-5 迦叶 唐 彩塑 敦煌二二〇窟 　　↑图11-6 迦叶 唐 彩塑 敦煌四十五窟

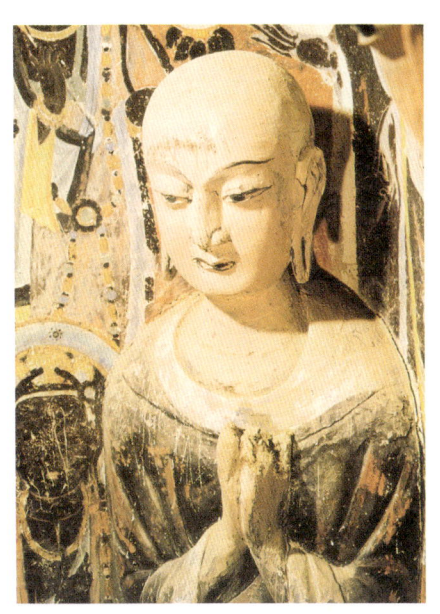

↑图11-7 阿难 隋 彩塑 敦煌四二七窟 　　↑图11-8 阿难 唐 彩塑 敦煌四十五窟

二、规则与叛逆——大唐美学

似乎三百多年的南北分裂中，北方的辽阔粗犷、狂放的生命激情，与南方发展得纤细精致、缛丽委婉的情思，忽然得以合流，把南北方最优秀的文明之精华加以糅合，才产生了盛大的盛唐之音罢。

隋唐是根源于北齐、北周系统而来的政权，属于北朝文化，隋唐的王室也多染胡风，鲜卑等外族势力仍然在文化中扮演着重要角色。

北齐、北周、隋等朝曾经在艺术上创造了一种特别拘谨方整的艺术形式，大部分的雕塑，刻线平整，造型简单而又归纳为几何形状的明显倾向（图11-9），是对于西魏风格太过流动表现的抑止与平衡。这种端正平整，似乎预示着一个动荡纷扰的局面将要结束，经过一次高度的收压，完成形式的严格要求，便成为入唐以前美学的主题了。

其实我们常常拿来作唐楷代表的书法家欧阳询，他在书法上所创立的严整"楷模"，却是隋的美学风貌。欧阳询生于公元557年，入唐时（公元618年）已经61岁，我们应当注意，欧阳询的书法，是隋代美学继承北齐、北周遗绪完成的形式。他在入唐以后的杰作，也一脉继续着隋的《龙藏寺碑》《苏慈墓志》等严整的风格，是中国视觉艺术上寻找"端严方整"形式美的极致，至今仍为"楷"的极则。

初唐显然是整个接受了隋的艺术遗产，却在贞观年间，借助于太宗的雄才，在文化上打开了真正飞扬跋扈的局面。太宗的好二王书，不惜余力地搜求南朝名士的法帖，大概不能只当做传奇逸事

[1] 李泽厚《美的历程》，P.140，文物出版社，1981年。

来谈，其中的确隐藏着从北朝系统下来的政权，在文化上对自在飞扬、婉转华丽的南朝文化狂热的爱慕与向往吧。

这样看来，唐代，特别是我们所谓的"盛唐"，一方面是对于北朝文化中"规范""楷模""律则""纪律"的继承，另一方面却又是对这"楷""律"的不屑与叛逆。

我们所谓的盛唐，书法上建立了影响后世达一千几百年的"楷书"，文学上建立了诗歌上奉为典则的"律诗"，艺术的形式，经过三百多年的演变，似乎水到渠成，要出现完美的规格了；而另一方面，意气风发的李白、张旭、公孙大娘、吴道子，纷纷在诗歌、书法、舞蹈、绘画上要叛逆规则、打破形式，要长啸而起，任情纵恣，笔走龙蛇，使人惊叹、仰望。大唐世界，是在北朝与南朝两种不同的传统中激荡而出的灿烂的火花。大唐的艺术，也便是在形式的规则与形式的叛逆中互动的结果。

欧阳询的《九成宫醴泉铭》如果是大唐规则美的典范，张旭的狂草书帖便是那大唐处处要叛逆规则却"无入而不自得"的另一种向往。李白用字奇险，在诗歌形式上，《蜀道难》的"噫！吁！嚱！危乎！高哉！蜀道之难难于上青天……"是多么的惊讶，在奇险中兴奋的欢呼啊！他那样不屑于规则，使人惊慌、使人羡慕，不断的惊叹号，不断地在短音与长句中造成对比、跌宕，步步都是断崖，摔下去要粉身碎骨，然而李白和张旭携手走来，却如走索，在他人惊叹目眩之时，还可以回旋纵跳，要一耍花招。

有人以为，晚李白十一年诞生的杜甫是分别盛、中唐的关键[1]，似乎到了杜甫，一切盛唐的纵恣狂想都要尘埃落定，回复到规则的遵守中去了。但是，终唐之世，规则的严整与规则的叛逆似乎一直并行着，而且，就是在这两种极端不同的动力激荡中才有大唐艺术灿亮动人的风貌罢。大唐是难以用一种美学规范的，它太庞大、太纷杂，呈现了太多不同的面貌。李白与杜甫，至今为人争论不休，争论他们的优劣，然而，李白与杜甫，也许加起来才构成了一个真

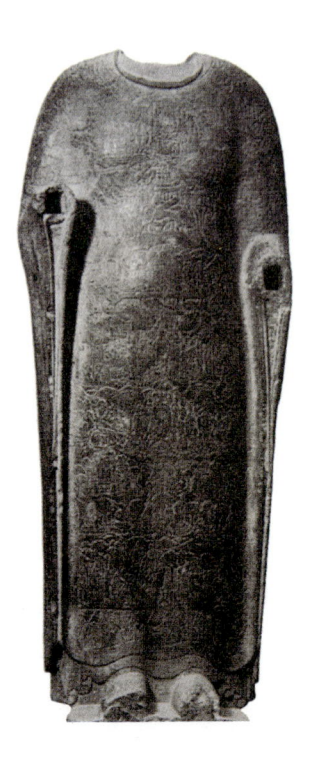

正的盛唐罢。如同欧阳询与张旭（图11-10、11-11），李思训与吴道子（图11-12、11-13），颜真卿与怀素（图11-14、11-15），白居易与李商隐……似乎我们在唐代看到的常常是这样极端不同的对立与矛盾，但是，仔细看，狂放中有收敛，拘谨中有叛逆的向往，这两者的完美互动才正巧是一个"从心所欲不逾矩"的大唐世界。

←图11-9 石雕佛像 隋

↓图11-10 千字文题跋卷 唐 欧阳询

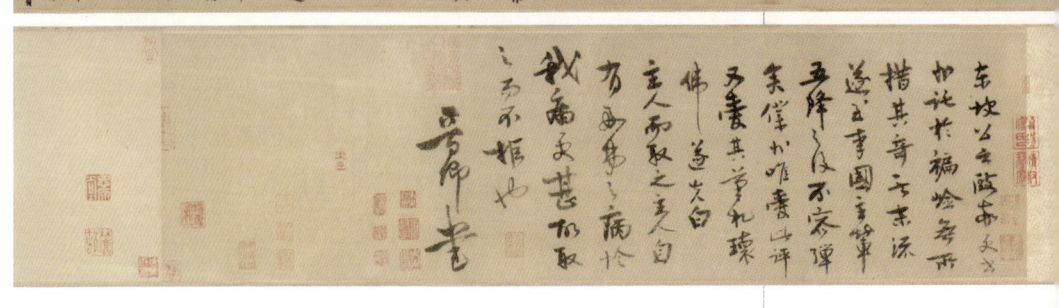

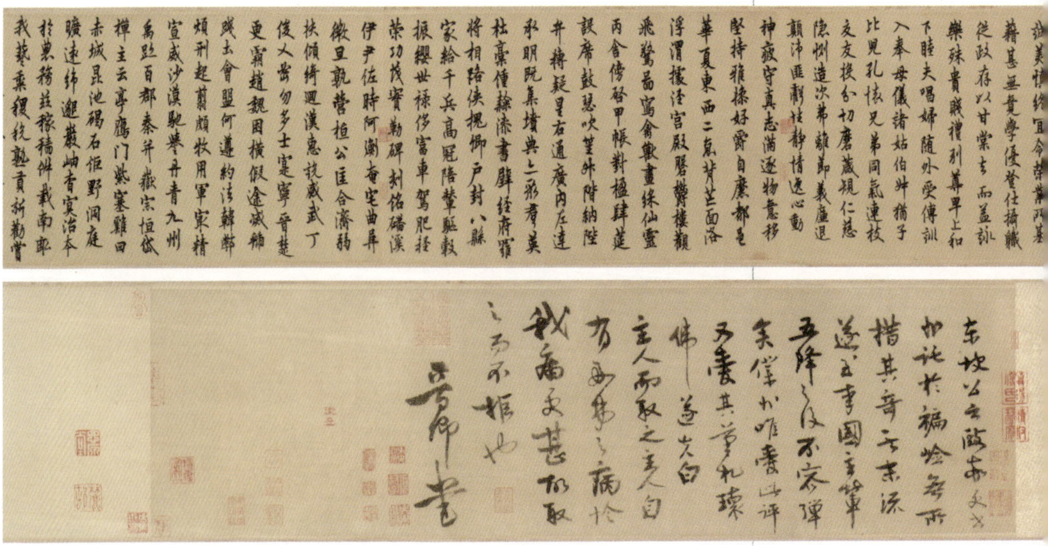

↑图11-11　冠军帖草书　唐　张旭（也有为张芝所作一说）
25cm×66cm　宋拓本

↑图11-12　九成避暑图页　唐　李思训(传)　纸本　41cm×81cm　"故宫博物院"藏

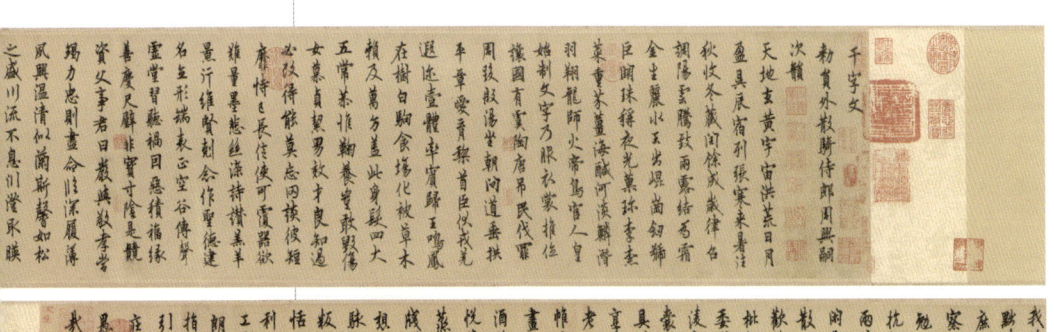

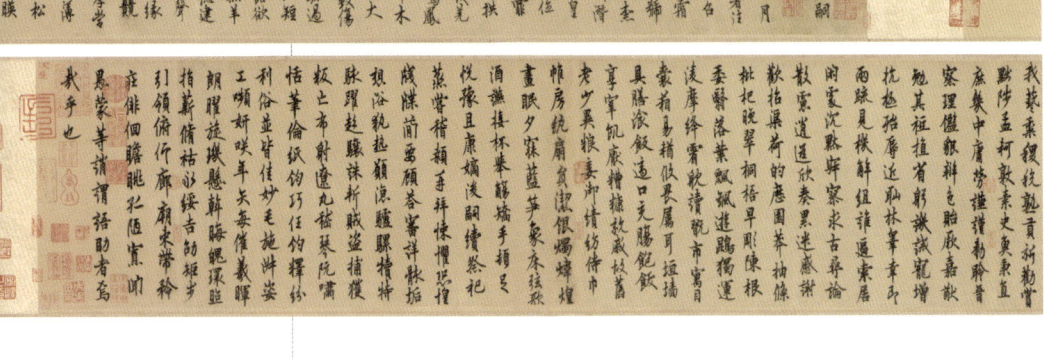

↑图11-13　香月潮音纨扇　唐　吴道子　纸本　34cm×45cm

↑图11-15　小草千字文　唐　怀素　绢本　33.7cm×347cm

夫撿校尚書都官郎中東海徐浩題額

粵妙法蓮華諸佛之祕藏也多寶佛塔證經之踴現也發明資乎十力弘建在

↑图11-14 多宝塔碑 唐 颜真卿

三、色彩的迸放——唐三彩器

李白光耀四射的文字，的确是大唐最动人的魅力。因为有稳定的规则作为基础，唐代美学上的大叛逆才不流于粗野浮嚣。在中国历史上，也从未有一个时代这样奔腾佻侻，把感官做最激烈的煽动。

那是南北朝门阀世族的矜贵之气的遗绪。

唐太宗修《氏族志》，有意在贬低门阀；高宗武后极力重视科学，也在压抑传统门阀的势力。但是，中唐以前，门阀仍然是左右社会的重要力量，特别在文化上，到了门阀势力的强弩之末，反倒有夏日晚霞极奇灿烂的表现，也正像极了流行于初盛唐的三彩陶一样，那釉料的自由流动融和，强烈大胆的色彩笔触，几种强烈的黄、褐、绿、蓝，交织成异常兴奋的视觉效果，使人感觉着那个时代饱满充溢的精力，四处弥漫，仿佛不能被规矩与限制束缚，放射着空前未有的自由浪漫的气息，是陶瓷史上的奇葩，也正是大唐美学具体显现的实例（图11-16）。

据说，三彩器的色彩与花样来源于染缬[2]。这种颇具外来风格的印染效果，形成了不同于墨绿釉陶的朴厚，也不同于宋瓷素净的美学风格，以缛丽、迸射的色彩在盛唐一枝独秀。

大部分三彩器的盛唐陶俑，由于当时盛行厚葬的缘故，保留了唐代生活的各面。其中最常见的是妇人俑、马俑。妇人与名马，构成了唐代贵族美学的中心。妇人俑有丰满与瘦细两种，前者为宫廷贵族仕女（图11-17），后者多为歌舞伎（图11-18）。她们装束大胆艳丽，一方面，说明着唐代宫廷贵族豪奢的审美趣味，另一方面，也的确呈现了那崇高雄健自由的时代女性的地位风貌。杜甫《丽人行》中说："三月三日天气新，长安水边多丽人；态浓意远

[2]《世界陶瓷全集》卷11，日本小学馆出版。

淑且真，肌理细腻骨肉匀……"那样直接地歌颂着妇人之美，正是盛唐个人生命极放的反映。

唐马夭矫跋扈，鞍鞴笼络闪跃生光，是在丝绸和珠宝装饰下华贵娇宠的马匹，它们又是那威赫一世的大帝国开疆拓土的象征，便在那华贵骄矜中露着刚毅劲健、豪阔腾达的气质（图11-19）。

唐的胡人杂技俑，则是点缀于这盛世的花朵。仿佛一个胡商云集、贸易频繁、弦歌袖舞不辍的长安城又在眼前。1957年西安南河村出土的鲜于庭海墓是初唐的重要墓葬，许多墓中的陪葬三彩俑也成为初唐三彩器中最可靠也最具价值的代表器。一件三彩骆驼乐人俑，骆驼背上铺设了座子、波斯地毯，上面乐者弹琵琶、吹奏笛管，歌者引啸而唱（图11-20）。是极为生动的雕塑，也是色彩华丽的三彩器，说明着大唐胡汉杂糅的事实，而当时的长安城，也便如今日的纽约，是7世纪国际政治与经济的重心之地罢。

而三彩器，这样夺目灿烂，却在短短的盛唐流行过后，一去而不复再见，仿佛正象征着这繁华的大唐世界，随着门阀的没落，随着科学兴起带动了文人阶层，随着自足经济的庄园形式，演变为交换经济的工商业城市，这门阀世族的华贵与骄矜的艺术之美也便一去而不复返了。

我们对大唐有太多的向往、眷恋、回忆，看来，大唐是以独一无二的姿态纵霸着中国艺术史的高峰。然而，峰回路转，中唐前后，也正是中国美术变迁的关键之处，贵族华胄之美要没落，文人艺术要兴起；人物画达于巅峰，山水画后浪推前浪，要取而代之，大唐正是波澜壮阔，几道水流此起彼灭，绾扭在一起，不容易看出历史的脉络了。

↑图11-16 三彩镇墓兽 唐

→图11-18 三彩歌舞伎俑
唐 高47.3cm 宽19.3cm

←图11-17 妇人俑 唐 高50厘米

←图11-19 三彩马 唐

→图11-20 三彩骆驼乐人俑 唐

四、肖像画的高峰

从汉魏而下，中国绘画题材的中心一直围绕着人物画发展。南北朝时期，寄托在宗教题材上，神佛故事的绘画也仍然是广义的人物画的一支。

隋唐以后，以敦煌为例，原有佛教绘画中的神佛形象逐渐被供养人所替代，已成为明显趋势。供养人的高度发展，一方面说明着佛教在中国世俗化的过程，另一方面，也说明着唐代肖像画的盛行。

现藏在大英博物馆、当年为斯坦因所携走的晚唐敦煌帛画，其中的供养人像，与亡者的遗像画，几乎与唐代肖像画名家周昉的作品无分轩轾（图11–21）[3]。这种肖像画盛行及普及的情形，自然也反映着从宗教力量、神秘世界解脱出来的隋唐人，已经重新建立了他们肯定现世、重视自我的新美学。

从绘画史料上来看，也充分反映了肖像画盛行的状况。

南朝陈姚最的《续画品》认为绘画是："九楼之上，备表仙灵。四门之墉，广图圣贤。"[4]

"仙灵"与"圣贤"都是人物画的范围，到了唐代，人物画的重心更明显地从"仙灵"的神佛人物过渡到"圣贤"的肖像画范围了。

裴孝源的《贞观公私画史》记录了初唐时所见近三百卷的绘画，从保留下来的画名目录来看，几乎全是人物画[5]。如所录陆探微的十三卷作品不但全是人物画，其中更多是肖像画。

朱景玄的《唐朝名画录》把当时绘画题材细分为78种之多，可说是中国最早以题材归类的画史。他的归类法虽然太过细密，有时失去了归类的意义[6]。但是，从他的归类中，却可以看出人物画的重要性。人物画中有一类是属于宗教画的，如"鬼神""佛像""天

[3] The Art of Central Asia Ⅱ 日本讲谈社国际版图版九，P.302,The Stein Collection in British Museum.

[4] 陈姚最《续画品》，P.1，世界书局版。

[5] 裴孝源《贞观公私画史》，P.1–P.32，世界书局版。

[6] 如"嗣滕王"条下，有"驴子"、"水牛"并列。见朱景玄《唐朝名画录》，P.5，世界书局版。

[7] 同注[6]。

[8] 同注[6]，P.3。

[9] 唐张彦远《历代名画记》，P.10，世界书局版。

王""真仙""菩萨"等。人物画中另一类脱离宗教系统的则可归为肖像画，如："写真""仕女""人物""高僧""贵公子""高士""武将"等。

朱景玄的分类，提供了我们对于唐代肖像画地位的了解，而目前有画迹传世（或摹本），我们所了解的唐代肖像画大家阎立本、周昉，在他们所列的擅长画目中排在首位的皆是"写真"一项[7]。（图11-22）

朱景玄也开宗名义地说："夫画者，以人物居先，禽兽次之，山水次之，楼殿屋木次之……皆以人物禽兽，移生动质，变态不穷，凝神定照，固为难也。"[8]

朱景玄对人物画"居先"的理由我们不一定要采纳，但是，人物画在唐代"居先"的事实是显然的了。

张彦远的《历代名画记》是目前颇受重视的一本唐代绘画史兼美学著作。张彦远处在人物画往山水过渡的中唐，他对山水已有明显的重视，但是，他在绘画的重要性上，所举的例子仍然是："以忠以孝，尽在于云台。有烈有勋，皆登于麟阁。"[9]

"忠孝""烈勋"，自然指的是人物画，而且，恐怕大半是具褒扬纪念意义的肖像画。

肖像画在唐代达到了高峰，这个情形自然与门阀世族对自我的肯定炫耀有关，而这时产生的肖像画家，也便围绕着帝王贵族，形成了类似一千年以后委拉斯开兹（Velázquez, 1599-1660）（图11-23）与西班牙王室贵族的同等关系。

↑图11-21 敦煌帛画 唐

↑图11-22 历代帝王图（局部，陈宣帝） 唐 阎立本 卷 绢本 设色 美国波士顿艺术博物馆藏

↑图11-23 菲利普四世骑马像 1634—1635 委拉斯开兹 画布 油彩 西班牙马德里 普拉多美术馆藏

五、奉御画家——阎立本、张萱、周昉

初唐的许多画家是经历北齐、北周、隋，而后入唐的家族世袭画家。他们不但是职业画家，而且是世袭的，在朝廷担任重要的官职，也具备着某种"门阀性"。尉迟跋质那传子尉迟乙僧，阎毗传子阎立德、阎立本，都是明显的例子。

阎毗在北周、隋，以精于建筑、雕刻、工艺设计，在宫廷中包揽建设工程，北周武帝甚至把女儿清都公主下嫁给他。隋炀帝时，阎毗监修军器重舆，总管长城、运河的修筑工程。

唐初，阎立德继承父业，张彦远的《历代名画记》有关他的记录说："武德中，（立德）为尚衣奉御，造衮冕大裘等六服、腰舆、伞扇，咸得妙制。贞观初，为将作大匠，造翠微、玉华宫。官至工部尚书，封大安县公。"[10]

从这些数据来看，唐代的艺术工作者与欧洲文艺复兴时期十分相似，不但是绘画、雕塑、建筑工程设计；乃至于器具、武器的制造，全部一手包揽，而且也密切与皇室贵族配合。文艺复兴时期的欧洲，也是从中古庄园向近代城市国家过渡的时期，艺术家的职能与社会地位，就与唐有类似之处。

继续父、兄而起的阎立本，更是在艺术上得到了充分发展的机会，从工部尚书一直做到位极人臣的右相，是初唐时期门阀贵族政治核心中最具代表性的职业画家。

这种门阀贵族中心的职业画家，既不似汉代民间画匠那样卑微无地位，也不似宋以后文人画家那样脱离了政治的紧密关系，可以逍遥自在地作画，阎立本的"奉御"身份有时便显出了他的尴尬与矛盾之处。《历代名画记》中有一段极传神的记录："太宗与侍臣泛游春

[10] 同注[9]，P.296。

[11] 同注[9]，P.273。

[12] 同注[9]，P.69。

苑，池中有奇鸟，随波容与。上爱玩不已。召侍从之臣歌咏之，急召立本写貌。阁内传呼画师阎立本。立本时已为主爵郎中，奔走流汗，俯伏池侧，手挥丹素，目瞻坐宾，不胜愧赧。退戒其子曰：'吾少好读书属词，今独以丹青见知，躬厮役之务，辱莫大焉，尔宜深戒，勿习此艺。'"[11]

阎立本在"奉御"时感觉到的"辱莫大焉"，也许是一种艺术工作者的自我觉醒罢，也预示着中国艺术家要在宫廷贵族之外另辟出路的迹象，以贵族帝王肖像的人物画也便要逐渐转移到山水画上去了。

《历代名画记》中所记的阎立本作品有《秦府十八学士图》及《凌烟阁功臣图》（图11-24），都是围绕着太宗李世民一生功业的肖像画。阎立本传世作品中较多被讨论的有《步辇图》（图11-25）、《职贡图》（图11-26）、《历代帝王图》（图11-27）、《萧翼赚兰亭图》（图11-28）、《北齐校书图》。其中虽多为宋代摹本，但也可一窥唐代人物画巅峰之作的大概。《历代帝王图》并用勾勒与晕染，与同时代敦煌壁画的涅槃变中人物有相似之处，也可见宫廷绘画对民间的影响。

盛唐玄宗时代，代表的画家是吴道玄，他是制作壁画的画工出身，后来被玄宗征召入宫廷，授以官爵，并曾以不得诏命不可作画来限制他。《历代名画记》说他："授笔法于张旭……弯弧挺刃，植柱构梁，不假界笔直尺，虬须云鬓，数尺飞动，毛根出肉，力健有余，当有口诀，人莫得知，数仞之画，或自臂起，或从足先，巨状诡怪，肤脉连结，过于僧繇矣。"[12]

吴道子没有可靠的真迹传世，但是，从《送子天王图》（图11-29）一类的摹作中仍可看见《历代名画记》中叙述的画面。敦煌壁画中唐维摩诘像（图11-30）中也可看到吴道子功力深厚的线条，已经脱离了印度晕染法的技巧，重新从书法线条中找到了依据，创造了影响以后一千年的白描人物画法。

吴道子由民间画工进而为宫廷画家，他的崛起，也说明了阎立本一类职业御用画家的没落；而民间画工活泼的表现与创造力都成为大唐美术新的起点。

吴道子的作品从著录来看大多还是宗教性绘画，画作多在寺庙墙壁上，也充分显示了民间画工的传统。

与吴道子同时的张萱，同样作为人物画家，却不以宗教画为题材，而仍是集中在表现宫廷贵族的生活，他的《捣练图》（图11-31）、《虢国夫人游春图》都有不错的摹本，可以一窥张萱肖像画的大概。

继张萱而起的肖像画家是周昉，他传世的摹作较多。《簪花仕女图》（图11-32）是他作品中的杰作，中唐宫廷仕女的华贵、缛丽、慵懒，一览无遗。《挥扇仕女图》（图11-33）及《调琴啜茗图》，也都一致地传达着一种中晚唐宫廷富贵生活中淡淡的烦闷，已经不复是盛唐的阳刚之气了。

"夕阳无限好，只是近黄昏"，中晚唐的缛丽秾艳之美到了极致，而这缛丽要逐渐为淡雅的美学替代，中国美术要起质的变化，主题从人物转为山水，色彩从秾艳趋于水墨，境界从缛丽变为空灵，技法从晕染转为流动的线……一切都在变局之中，过度骄矜自大的"人物"要重新被放回到盛大的宇宙山川中去衡量，唐的雄伟、灿烂、繁复，要转成宋的幽渺、内省、静定了。

←图11-24 凌烟阁功臣图 唐 阎立本 石碑刻画 拓本 北京中央美术学院藏

↑图11-25 步辇图 唐 阎立本 绢本 38.5cm×129cm 台北"故宫博物院"藏

↑图11-26 职贡图 唐 阎立本（传） 绢本 设色 61.5cm×191.5cm 台北"故宫博物院"藏

↑图11-27 历代帝王图（局部，右：陈后主，左：北周武帝）
唐 阎立本 卷 绢本 设色 美国波士顿艺术博物馆藏

↑图11-28　萧翼赚兰亭图　唐　阎立本　绢本　28cm×65cm

↑图11-29　送子天王图　唐　吴道子　纸本　35.5cm×338cm　日本大阪市立美术馆藏

↑图11-30 维摩诘像 唐 壁画 敦煌一〇三窟

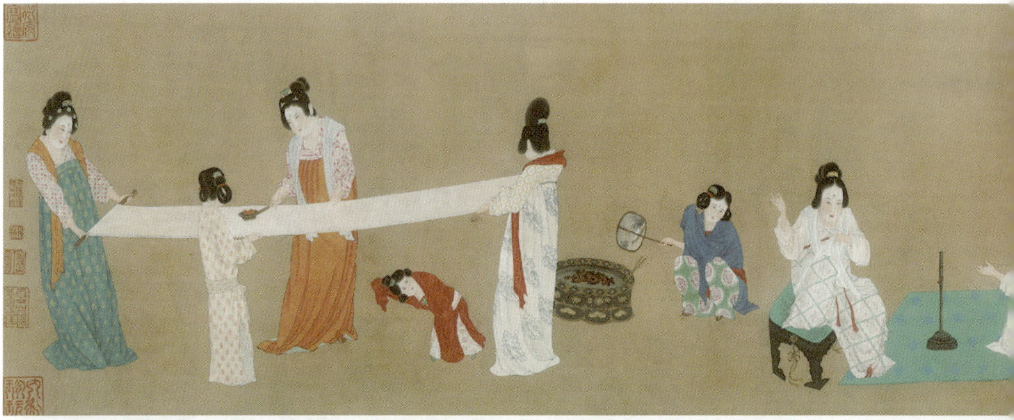

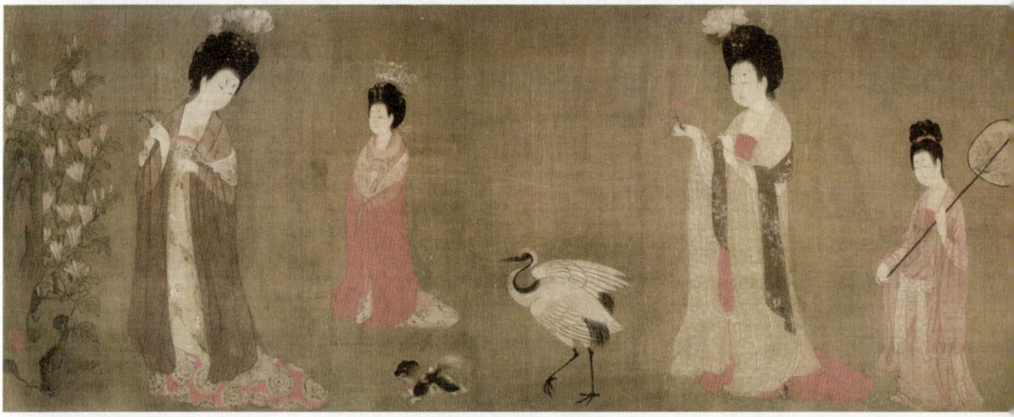

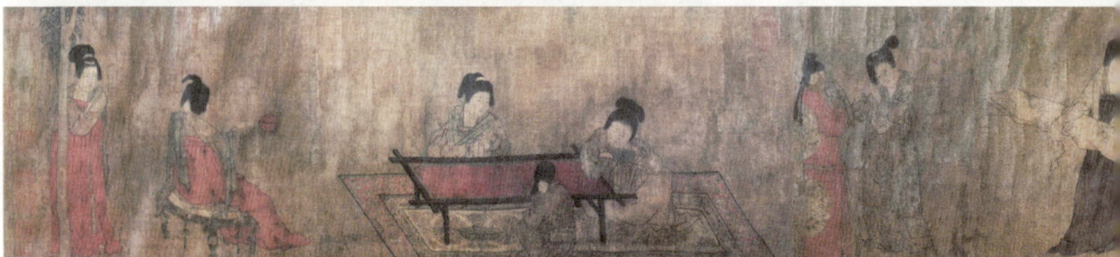

←图11-31 捣练图 唐 张萱 37cm×145cm

←图11-32 簪花仕女图 唐 周昉·绢本
设色 46cm×182cm 辽宁省博物馆藏

←图11-33 挥扇仕女图 唐 周昉（传） 绢本
设色 33.7cm×2048cm 台北"故宫博物院"藏

山水的初始
荆、关、董、巨
笔墨与诗意

第十二章 山高水长

美的沉思

A Contemplation on Chinese Art

为了诗意的弥漫,客观的落笔要越少越好,因此「空白」出现了,中国画中使世人赞叹的「空白」这样早成熟地出现了,这「空白」只有中国人知道是「虚」,「虚」并不是没有,而是「实」的互动。

一、山水的初始

山水画几乎是中国艺术史最为突出的典型特色。

一般人笼统的观念中，仿佛中国绘画从五代以后，一直到清，洋洋大观，全是山水画的天下，甚至到现代，当我们说起"中国画""国画"，脑筋里立刻浮起的印象也大多还是这一类没有彩色、云烟苍茫、峰峦层叠的山水画罢。

这些笼统的看法，无论正确与否，至少说明着"山水"主题在中国艺术史中曾经占据着强而有力的主流地位，而且为时不短。

山水画的形成，一般习惯于追溯到唐。伯精的《论山水画》说："山水画学，始于唐，成于宋，全于元。"[1]

在传顾恺之的《女史箴图》及《洛神赋》图卷摹本（图12-1）中，可以看到魏晋时代，山石树木，大部分还是人物的衬景，没有独立的地位。

唐张彦远《历代名画记·论画山水树石》中一段说："魏晋之降，名迹在人间者，皆见之矣。其画山水，则群峰之势，若钿饰犀栉，或水不容泛，或人大于山。率皆附以树石，映带其地，列植之状，则若伸臂布指。"[2]

张彦远这一段批评魏晋山水的话，经常被各美术史论著引用，至少说明了，唐代的确是山水画发源的一个关键。

但是，张彦远提到的几个画山水画的高手，吴道玄、李思训、李昭道、王维……他们的山水作品皆已难见，所以我们很难从原迹上去印证张彦远所说的"由是山水之变，始于吴，成于二李"[3]。

初唐前后的山水作品，传展子虔的《游春图》（图12-2），台北"故宫博物院"藏的《溪山行旅图》、《明皇幸蜀图》（图12-3），

- [1] 伯精《论山水画》，页6，学生书局1971年初版，P.6。

- [2] 张彦远《历代名画记》，P.56，世界书局，唐五代人画学论者。

- [3] 同注[2]。

[4] 同注[3]。

[5] 朱景玄《唐朝名画录》，P.3，世界书局，唐五代人画论者。

可以看得出来，仍然是以线条勾勒为主，正是张彦远说的："尚犹状石，则务于雕透，如冰澌斧刃，绘树，则刷脉镂叶……"[4]

我们可以说，初唐的"青绿山水"，是用一种"笔法"（即线条）构成的山水画，笔没有变化，这与五代荆、关、董、巨的时代成熟的山水笔法相较，就仍然是魏晋"钿饰犀栉"的遗绪。

但是，初唐的山水画，有几点重大的开创意义是不同于魏晋的：第一，山水画从人物背景独立出来。第二，山水画结构的初步完成。

以唐代朱景玄的《唐朝名画录》来看，他给当时绘画做的分类，如"功德""云龙""佛像""禽兽"……总共有七十种之多，"山水"占其中之一，擅长山水的画家有二十七位，在他的序中又说道："夫画者，以人物居先，禽兽次之，山水次之，楼殿屋本次之……皆以人物禽兽，移生动质，变态不穷，凝神定照，固为难也。"[5]

山水画虽然在画类中争了一席之地，从事山水画的画家数量也增多了，但是，对山水画的观念仍然是延续魏晋时顾恺之画论中的观念："凡画，人最艰，次山水，次狗马……"

所以，山水画从陪衬地位到主流，也有漫长的演变过程，要改变人们觉得山水画次于人物画、禽兽画的观念，首先必须建立山水画的特色，于是，山水画家，第一步就开始解决魏晋山水画中"水不容泛""人大于山"的结构上的尴尬。

从《游春图》和《明皇幸蜀图》来看，唐代"青绿山水"已完成了中国山水画的初步结构。这个结构，不仅解决了魏晋山水画"水不容泛""人大于山"的困境，同时，也为中国山水画，从根本上开创了不同于其他民族"风景画"的视野，使中国的"山水画"更近于哲学意义上的时间与空间，更具备川流不息的宇宙意义，更接近中国人所说的"江山"与"天下"的辽阔胸襟，而很不同于物质层次的风景仿真。

经过一次艰辛的突破，山水画到了宋代，已经可以昂首阔步，建立自己的自信了，我们看宋郭若虚在《图画见闻志》中的说法："若

第十二章 山高水长

论佛道、人物、仕女、牛马，则近不及古，若论山水、林石、花竹、禽鱼，则古不及近。"[6]

郭若虚提起李成、关仝、范宽这几位山水画的大师，认为即使"二李（李思训、李昭道）、三王（王维、王熊、王宰）之辈后起"，"亦将何以措手于其间哉？"[7]

显然，宋代的郭若虚，已有足够的条件让他肯定当时的山水画是较唐代的"青绿山水"更为成熟，有更大突破的作品。

因此，初唐完成了山水画中格局的画面结构之后，五代到北宋这一段期间，是中国山水画发展的第二个重要关键。

[6] 宋郭若虚《图画见闻志》，P.44，世界书局，宋人画学论者。

[7] 同注[6]，P.45。

这个阶段的开创者是五代时期的荆浩、关仝、董源、巨然，集大成者是北宋初的李成、范宽，较晚一些的燕文贵、郭熙已又向第三个段落过渡了。

↓图12-1　洛神赋图卷　东晋　顾恺之　绢本　设色　27.1cm×572.8cm　北京故宫博物院藏

↑图12-2 游春图 隋 展子虔 卷 绢本 设色 43cm×80.5cm 北京故宫博物院藏

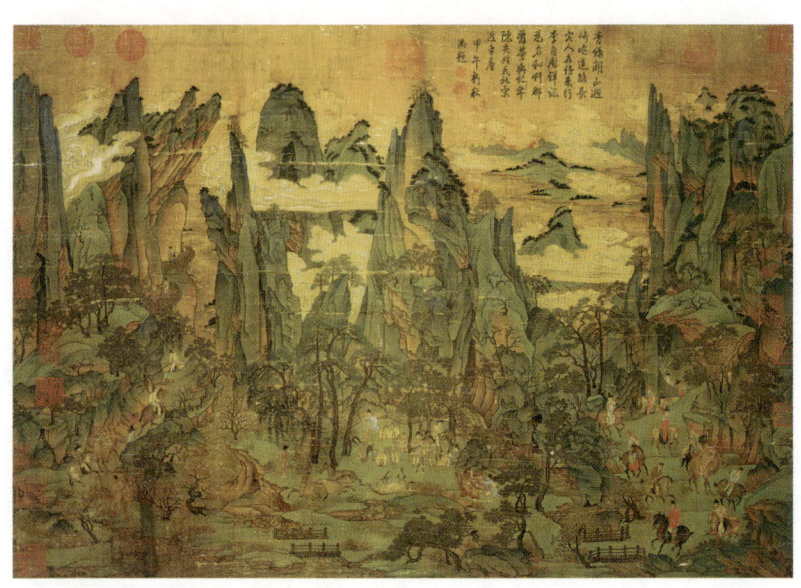

↑图12-3 明皇幸蜀图 唐（传）李昭道 轴 绢本 设色 55.9cm×81cm 台北"故宫博物院"藏

二、荆、关、董、巨

荆、关、董、巨是山水画史不断被提出的人物，荆、关分别写太行山和关中一带，董、巨则是江南山水的开创者。他们继承了唐代山水画辽阔的视野和结构，又去掉了唐代山水画青绿设色的装饰气味，从具体的写生出发，用绘画上的笔法、墨法去追踪万物的结构、质地、感觉，使山水画从唐代的"远取其势"到"近取其质"，综合了两者的优点，达到了山水画的最高峰。

我们前面说，唐代的山水画，笔法没有变化，只是一种线条的勾勒，所以张彦远说"冰澌斧刃"，正是因为这种线条只有轮廓上的说明，而没有质感上的意义。但是，一到五代画，我们看到，笔的运用真是千变万化，传董源的《寒林重汀图》（图12-4）、《龙宿郊民图》（图12-5）、《潇湘图》（图12-6），传巨然的《秋山问道图》，用短小秀润的披麻皴法构成土厚石隐的江南山峦，又用焦墨紧点，仿佛是丛生的灌木，在一片苍茫中特别醒目悦人，这里的"皴"和"点"，都是唐代山水画所没有的。五代的画家，一方面"明日携华，复就写之，凡数万本，方如其真"（荆浩《笔法记》）[8]，努力于写生，观察，从自然中学习模仿，而另一方面，又能从机械的写生模仿中逐步归纳出大自然组成的秘密，不但观察大的山川结构，也能细密地找出一块土壤、一块山石、一丛树更为内在的质地构成，"皴"和"点"正是这种不断观察和归纳的最后结果。

五代张璪画论上的名言："外师造化，中得心源。"一千年来不断被重复，正是五代时山水画家在客观与主观，在物质与性情两方面不断向上统一归纳的最好例证。

从五代以后，凡是谈山水画，绝离不开"皴"与"点"。"皴

[8] 荆浩《笔法记》，P.15，神州国光社1947年4版，美术丛书，第四集第五辑。

与"点"变成了辨认山水画家的记号。"皴"与"点",放回到物质世界,是山川中的土壤石质结构脉理,是客观观察的结果,"皴"与"点"往抽象的精神表现发展,就是个人内心的情绪节奏,是主观的心情流动,是笔的苍疏、萧森、秀润或枯淡,亮墨的沉郁、空明、浓重和淡远。

在北宋,从范宽的《溪山行旅图》(图12-7)来看,用细密而尖锐的毛笔直接触点,构成干燥而坚实的黄土高原上山石壁立的气度,我们远看之时,震惊于突起大山的雄浑苍莽,慢慢近看,会被陆续发现的树丛、泉石、行旅、人骡吸引,惊讶于那雄浑苍莽的宇宙山川之中,还有这样微渺但生气盎然的生命,然后,当我们继续进入画中,我们看到的是岩石的肌理,土壤的质地,树的筋节,我们感动于那物质世界多么微妙的构成,忍不住,仿佛要用手去抚触那粗粝的表面……这便是五代到北宋的山水画,是在辽阔的宇宙一览无遗的胸怀,与精密的近于科学家研究质子、粒子的谦卑上统一了一个"远取其势,近取其质"的伟大而丰厚的山川世界。

李成画齐鲁风景,范宽写关中大山,都说明着北宋初期山水画与现实的观察不可分割的关系。一直到中期的郭熙,他著名的画论《林泉高致》,依然总结了北宋山水画"远望之以取其势,近看之以取其质"的精神。[9]

[9]郭熙《林泉高致》,P.634,河洛出版社,中国画论类编。

←图12-4 寒林重汀图 五代 董源 轴 绢本 设色 日本兵库县黑川文学院藏

↑图12-5 龙宿郊民图 五代 董源 空格绢本 156cm×160cm 台北"故宫博物院"藏

↑图12-6 潇湘图 五代 董源 绢本 设色 50cm×141cm 北京故宫博物院藏

←图12-7 溪山行旅图 北宋 范宽 轴 绢本 墨笔 260.3cm×103.3cm 台北"故宫博物院"藏

三、笔墨与诗意

[10] 宋邓椿《书继》卷一P.3，见于安澜编《画史丛书》，上海人民美术1962年版。

作为北宋中期第二个阶段往第三个阶段南宋过渡的人物，郭熙的《林泉高致》，除了总结了前期观察、归纳、偏重于客观写生的技法之外，在"画诀"一段中，已经透露了他对纯粹"笔"与"墨"的兴趣，也就是山水画在第三个阶段更强调个人主观表现的趋势在逐渐萌芽了。

郭熙在《林泉高致》中把笔法归纳成八种，即："斡淡""皴擦""渲""刷""捽""擢""点""画"，这些笔法的归纳，使我们想到了中国的书法，一种更早为表现笔的可能性而成熟起来的艺术，到这时候，所有的经验都经由文人的大胆创造而一一被移用到山水画中来了。

《林泉高致·画意》一段，说明郭熙作画，常用晋唐人诗句为题，以诗意入画。在荆、关、董、巨的时代还不明显，北宋画院以诗题考画却成风气了，如众人皆知的"野水无人渡，孤舟尽日横"、"蝴蝶梦中家万里"[10]，都是除了测验画师的写生能力技巧之外，更着重性情、主题、意境的构想，这都是山水画要向主观表现发展的重要动力。

苏轼的"绘画以形似，见与儿童邻"是北宋文人参与绘画，贬斥客观模拟技法的明证，于是一到南宋，第三个阶段的中国文人画，便大量以诗意入画，以书法线条的主观表现来代替前一时期对客观的过度遵守，李唐是重要的过渡人物，到马远、夏圭，达于极境。

李唐《万壑松风图》中的斧劈皴（图12-8），被南宋马夏一派高度发展，一种坚硬的水岸石质的结构，逐渐变成自由而潇洒的刷笔，这里面，明显地，从自然归纳出来的"皴"与"点"在向更个人主观

↑图12-8 万壑松风图 南宋 李唐 轴 绢本 设色 187.5cm×138cm 台北"故宫博物院"藏

的"笔"与"墨"过渡了。

马夏的残山剩水,是经过选择的画面,树、石、山塞,寥寥数笔,不再是范宽画中苍茫浓厚的宇宙,而是文人窗前的一幅诗意小景,那风景既不是哲学上的时间与空间,也不是辽阔的"江山"或"天下",而是十分象征性的诗意符号。(图12-9)

为了诗意的弥漫,客观的落笔要越少越好,因此"空白"出现了,中国画中使世人赞叹的"空白"这样早成熟地出现了,这"空白"只有中国人知道是"虚","虚"并不是没有,而是"实"的互动,从北宋哲学的时间与空间演变下来,南宋的山水画,是更有兴趣于抽象的虚实关系,更纯粹地在绘画的布白结构上经营了。

如果从地理环境上来说,中国的文化中心再一次南移,山水画从耸峻雄浑的高原,转移到地势低卑,水乡泽国的江南,山水画的重心,从"山"移到了"水",水是更柔媚、更委婉、更无形的东西,视觉上,江天一色,水光接天的景致,便逐渐移成了画面上的"空白"。而绘画的形式,一般也从中堂立轴转变到更多的横卷、册页、扇面了。

↑图12-9 山径春行图(册页) 北宋末南宋初 马远 绢本 设色 27.3cm×43cm 台北"故宫博物院"藏

绘画升高为哲学｜色彩褪淡的历史

南宋绘画与墨的解放

前卫的水墨革命者——梁楷、牧溪、玉涧

第十三章 墨分五彩

——宋代的水墨革命

南宋以后，中国文化中心的南移，从黄淮平原的经验移至江南，对水墨画的发展有不可忽视的刺激作用。从空气干燥、视觉明朗的华北叠叠大山，到江南烟嶂山岚、云烟疏雨的水乡泽国，「水」与「墨」的交响恰恰得到了充分发挥的助力。

美的沉思

A Contemplation on Chinese Art

一、绘画升高为哲学

由唐入宋，中国的绘画也从人物画的主流过渡到山水。此后人物画一路衰微，迄至清末，未曾复兴，一千年来，可说真是"曲终人不见，江上数峰青"了。

从人的主题扩大到山水，唐人在"前不见古人，后不见来者"的苍茫中，感觉着那亘古无限的宇宙，觉得惊讶、着迷。他们离开了自身，去追逐那山的重叠、水的回环。"大漠孤烟直，长河落日圆"，他们不是从人的角度去选择自然，而是展开一片辽阔奇绝的宇宙山川，使个人的生命借此扩大提高。"独与天地精神往来"，由唐至北宋，那巨大、永恒的山水，借助着绘画，成为中国人精神上不朽的特征。

那山水不同于西方人的"风景画"，它不只是外在客观景象的模拟，而更是从现象的风景中，寻找归纳出山水的本质。

那山水是宇宙本体的探索。那山水，是洪荒到劫毁，万物赖以托庇的空间。那山水，是初始到终结，人所行经的途径。那山水是现象背后永恒的秩序，是困顿挫折的生命向往皈依的理想之国。

中国的山水，经由宋元人的静观沉思，已从绘画升高成为一种哲学。

因为是一种哲学，反而呈现着反绘画的倾向。反写实、反模拟客观、反形式、反色彩，使绘画一步一步走向更纯粹的观念。

魏晋六朝人借助于书法，开拓了"笔"在绘画上的丰富性，使中国的绘画，离开了对客观现象的模拟，追求着主观线条的飞扬流动效果。"二王"的书法线条，因此也就是顾恺之"紧劲连绵，循环超忽"的线条。[1]

[1] 张彦远《历代名画记》P.68，《世界书局艺术丛编》第一集第八册。

[2] 同注[1]，P.69。

[3] 董逌《广川画跋》，转引自伯精《论山水画》P.50，学生书局出版。

到了唐代，书法仍然是绘画开拓新境的先锋。张彦远《历代名画记》说："国朝吴道玄，古今独步。前不见顾、陆，后无来者，授笔法于张旭，此又知书画用笔同矣。"[2]

吴道子的绘画（图13-1）得笔法于张旭。张旭的书法（图13-2）纵肆不羁，已不再遵守"二王"的法度，却如天马行空，使笔在纸帛上擦渲顿挫，造成浓淡干湿各种墨的变化。中国的山水画，借助于这样书法的革命成果，于是再次脱离形象写实的范围，从"笔"拓展到"墨"。"笔墨"二字合称，从此成为中国绘画的主要核心。

宋董逌的《广川画跋》说："观物者必穷理。理有在者，可以尽察，不必求于形似间也。"[3]

在山水中观察出一种秩序本质，在笔墨中也观察出一种秩序本质，使这二者结合于绘画，看来并不形似，却同于一"理"。中国的绘画，因此叛逆了求形似的目的，而发展出更为本质的观念绘画。

这种使绘画升高成为哲学的结果，使五代以后的中国绘画发生了空前的变化，其中最值得一提的便是色彩的褪淡，而代之以"墨"。

第十三章 墨分五彩——宋代的水墨革命

↑图13-1　送子天王图（局部）　唐　吴道子　日本大阪市立美术馆藏

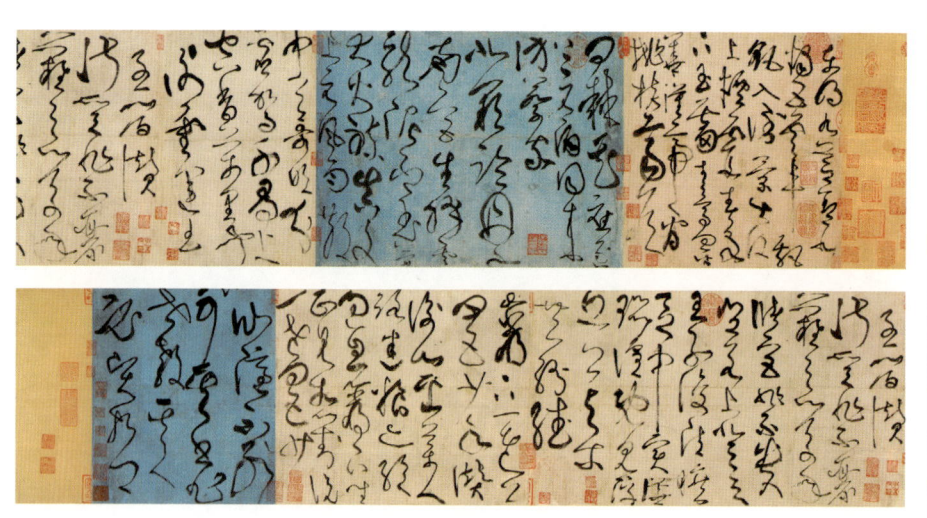

↑图13-2　草书古诗四帖　唐　张旭　29.5cm×195.2cm　辽宁省博物馆藏

二、色彩褪淡的历史

色彩，在任何一个民族的绘画中都占着极重要的地位。中国在唐以前的绘画也是重视色彩的，谢赫六法中之一便是"随类赋彩"。（参见第八章）然而，唐以后，中国绘画却努力摆脱色彩，从色彩过渡到水墨，不但山水画着重水墨，连带地，连人物画也从敷彩演变为白描。此后一千年，中国的绘画竟是以"无色"来作为它的主流的，较之世界其他各民族的绘画，恐怕也是绝无仅有的一项值得重视的特征罢。

色彩在中国绘画褪淡为水墨，正说明着中国人对客观对象，从外在追逐到内在静观的过程。唐代感官上的繁华绚烂，逐渐净化成宋元人意境淡远的水墨。

处于中晚唐之交的张彦远，在他的名著《历代名画记》中透露了中国绘画由色彩过渡到水墨的最早迹象，他说："草木敷荣，不待丹碌之彩。云雪飘扬，不待铅粉而白。山不待空青而翠，凤不待五色而綷。是故运墨而五色具，谓之得意。意在五色，则物象乖矣。夫画物特忌形貌，采章历历具足，甚谨甚细，而外露巧密。"[4]

这一段话太重要了。它说明中国唐代经历着一次巨大的绘画革命，把写实的、形象模拟的绘画推展向抽象的、观念的绘画，而革命的重点也就在针对色彩了。

一般来说，绘画中的色彩是对客观物象色彩的模拟。张彦远却认为"云雪飘扬，不待铅纷而白"，正是认识到绘画中的色彩并不等于客观物象的色彩；并且，更进一步，大胆地在单一的墨色中创造绘画的色彩。

"是故运墨而五色具"，早于欧洲一千年。中国艺术家对绘画中

[4] 同注 [1]，P.72。

的色彩做了深沉的思考。不是印象派把色彩放在光里做科学的、视觉的解析；而是把色彩从光中分离出来，在单一的墨色里把色彩当做一种观念来重新处理。"运墨而五色具，谓之得意"，正是中国绘画已成熟为一种意念思考的表征。

在实践上，把墨的观念运用在绘画上，自然应当感谢历来书法艺术的开拓者，早已在墨的各种可能上做了丰富的试验。

墨在绘画上最早的表现，唐代传世画迹上难以印证了，但是在画论著录上还可以找到线索。

《历代名画记》卷二中有这样一段记录："……有好手画人，自言能画云气。余谓曰：古人画云未为臻妙。若能沾湿绡素，点缀轻粉，纵口吹之，谓之吹云。此得天理，虽曰妙解，不见笔踪，故不谓之画。"[5]

张彦远记录了这段可贵的数据，说明在唐代，先进的画家，为了线条表现流动云气的限制，开拓了新的技法。"湿绡素，点缀轻粉，纵口吹之"，这是从线条性的勾勒（笔）转向面块晕染（墨）的一项突破。这种"吹云"画法，张彦远说"不见笔踪"，正是对唐代正统绘画重视勾勒的叛逆。

张彦远对这种先进的绘画革命显然还抱怀疑的态度，"故不谓之画"，也正说明一切革命性的艺术是难以获得当代肯定的。

但是，张彦远对这种看来离经叛道的新绘画，虽然言词上不苟同，却显然充满了好奇与兴趣，在他的著作中保留了"泼墨""破墨"的记录："……如山水家有泼墨，亦不谓之画，不堪仿效。"[6]"王维……余曾见破墨山水，笔迹劲爽……"[7]

这两段记录提供了两条值得思考的线索：其一，"泼墨"与"山水"的关系。其二，"王维"与"破墨山水"的关系。

如此看来，王维被推为中国水墨画、文人画的创始者，并不偶然。的确，在他的时代，青绿的、重着色的、装饰性的绘画，要转向过渡为单色的、水墨的，更为主观与叙情诗意的文人绘画了。

- [5] 同注[1]，P.75。
- [6] 同注[5]。
- [7] 同注[1]，P.308。

[7] 同注［1］，P.308。

[8] 同注［1］，P.318。

[9] 同注［1］，P.324。

[10] 朱景玄《唐朝名画录》P.37,《世界书局艺术丛编》第一集第八册。

[11] 同注［8］。

[12] 荆浩《笔法记》P.18,《世界书局艺术丛编》第一集第八册。

[13] 同注［11］，P.19。

《历代名画记》另两个与水墨画的早期发展有关的人物是"张璪"与"王默"：

"张璪……用秃毫，或手摸绢素……"[8]

"王默……醉后以头髻取墨，抵于绢素……"[9]

虽然没有直接提到他们的"泼墨"与"破墨"；但是，很明显地，"秃毫""手摸绢素""以头髻取墨"，都说明着反青绿着色工整装饰性绘画的迹象。

而在朱景玄的《唐朝名画录》中，又出现了一个"王墨"：

"王墨者，不知何许人，亦不知其名，善泼墨山水，时人故谓之王墨。"[10]

这个"王墨"是否即是张彦远说的"王默"，已不得而知。但是，在同一个时期，"泼墨山水"同样出现于唐代最重要的著录中，显然说明着这个水墨的革命已逐渐蔚成风气了。

张彦远提到的张璪是更为重要的人物，不只他说的"外师造化，中得心源"[11]，成为最早文人画统一主客观理论的名言；而且，五代荆浩的《笔法记》中也记录了他在水墨画上的成就："夫随类赋彩，自古有能。如水墨晕章，兴吾唐代。故张璪员外，树石气韵俱盛，笔墨积微，真思卓然，不贵五彩。旷古绝今，未之有也。"[12]

张彦远在公元847年完成《历代名画记》时尚抱怀疑态度的水墨画，一百年后，在荆浩的时代，已经完全被肯定了。荆浩对张璪的这段赞美之词正说明着水墨的地位已凌驾于赋彩之上了。"不贵五彩"成为此后一千年中国绘画的特质。

五代时的荆浩，在水墨画成熟的时代，他对唐代早期绘画的批评也特别值得回味：

"李将军，理深思远，笔迹甚精，虽巧而华，大亏墨彩。"

"吴道子，笔胜于象，骨气自高，树不言图，亦恨无墨。"[13]

初唐的两大家，李思训的青绿金碧山水，吴道子的"吴带当风"的线条都已成过去；中国绘画追求的新境界是更为观念、更为哲学的

"墨"。"大亏墨彩""亦恨无墨",荆浩对李思训与吴道子的批评,正透露了五代时的水墨绘画已经从唐代脱胎成功了。

James Cahill在论及唐代绘画时说:"中唐以后画家更少依赖颜色,却更注重线条的描绘性和表现性力量。"他又说:"唐代最伟大的画家吴道子……只使用浅色,或者根本就不着色。"[14]

自然,"不着色"并不等于"墨"。吴道子把线条这项因素发挥到了极致,他虽然"不着色",但是荆浩说他"亦恨无墨"。显然,"墨"的表现,李思训没有,吴道子也没有。却是从非宫廷贵族,非民间画工的王维身上发展起来,此后,中国绘画也便在宫廷装饰艺术与民间宗教绘画之间,走出了纯粹文人的绘画。它的主题是山水,它的技法是水墨。

三、南宋绘画与墨的解放

"墨"的解放,虽然在理论上得到很多支持;但是,从传世画迹来看,五代到北宋的重要作品中,还很难找到大胆突破的例证。大致说来,在实践上,还是谨守着一定的尺度在缓慢进行。郭熙的《早春图》(图13-3)中透露了许多对于光线游移的兴趣,大气在画面的郁勃流荡却是在细心的皴染中营造出来的。真正"墨"与"水"更直接地交互运动,要到北宋南宋之交才正式完成。

显然,南宋以后,中国文化中心的南移,从黄淮平原的经验移至江南,对水墨画的发展有不可忽视的刺激作用。从空气干燥、视觉明朗的华北叠叠大山,到江南烟嶂山岚、云烟疏雨的水乡泽国,

[14] 高居翰,(James Cahill)《中国绘画史》李渝译本,P.21,雄狮美术出版社,1984年10月初版。

[15] 赵希鹄《洞天清录》，《美术丛书初集》第九辑，P.272，黄宾虹编。

"水"与"墨"的交响恰恰得到了充分发挥的助力。

南宋赵希鹄《洞天清录》中说："米南宫多遭江浙间，每卜居，必择山水明秀处。其初本不能画，后以目所见，日渐模仿之，遂得天趣。其作墨戏，不专用笔，或以纸筋，或以蔗滓，或以莲房，皆可为画。纸不用胶矾，不肯于绢上作。"[15]

这段记录说明着北宋水墨画另一革命者——米芾的实践经验。"江浙"的地理环境显然是一大主因。其次，他把绘画技法从传统的局限中解放出来，他要的不再是单一线条的统一（笔），而是企图用"纸筋"、用"蔗滓"在画面上造成更丰富的质感。最后，由于对"水"与"墨"的效果追求，传统用于表达精细线条的矾纸与绢都不适用了，可以追求更为自由晕染的生纸，于是逐渐代替了矾纸与绢，成为新绘画的素材。

从传世画迹来看，北宋米友仁的"雪山"系列（大阪市立美术馆、纽约大都会博物馆）、王庭筠的"幽竹枯槎"（京都藤井友邻馆）、赵令穰的"江乡清夏"（波士顿美术馆）……都是水墨最早大胆试验的先驱。

李唐是北宋南宋过渡的关键人物。南宋以前完成的名作《万壑松风图》（公元1124年），基本上仍然是北宋干笔皴擦的效果，看不到"水"与"墨"造成渲染的强调；特别是在处理云与水的部分，仍然承袭体积描摹的观念。是华北平原上的叠叠大山，与范宽的《溪山行旅图》仍属同一个美学范畴。

传李唐的另一件作品《江山小景》（图13-4），则显然在美学的追求上大异于"万壑松风"。从立轴转为横卷，画面也从堆叠塞满的浓郁转为平旷空灵。虚与实的互动关系增加了，景物被简化推远，用变化更多的皴染造成画面的活泼。不但斧劈皴从较拘谨收敛变为自由放旷，显然"水"与"墨"的交融效果也在画面占了重要的分量。

如果《江山小景》能够作为南宋绘画的一件重要作品来看待，

第十三章——墨分五彩——宋代的水墨革命

197

李唐在此后水墨画上所发生的影响是不可忽视的。日本京都府高桐院发现的李唐山水（图13-5）也说明这一流派不但在马远、夏圭身上发生了影响，而且影响到了明代的浙派，又传至日本，影响了"云谷""狩野"等画派。[16]

马远的《山径春行》、夏圭的《溪山清远》（图13-6）都已毫无疑问地，把水墨交融的渲染效果成熟地用在画面上，建立了南宋绘画大异于北宋的独特面貌。

云的交融、水雾的迷漫流荡、光的游移，使南宋绘画产生了特别灵动诗意的画面。

四、前卫的水墨革命者——梁楷、牧溪、玉涧

在水墨酣畅淋漓的表现上，南宋传至日本去的一批作品更值得重视。如传石恪的《二祖调心图》（图13-7）、传玉涧的《山市晴峦图》（图13-8）、传牧溪的《潇湘八景》（图13-9）（东京根津美术馆）、《猿》（图13-10）、《鹤》（京都大德寺）（13-11）、梁楷的《李白行吟图》（图13-12）、《六祖截竹图》（图13-13），以及"故宫博物院"（台北）藏的《泼墨仙人图》（图13-14），可以整体地说明着南宋绘画除了马远、夏圭外，有另一支更为泼洒、更为要求画面偶然性与自由性表现的画派出现。只是，这支把水墨表现发展到极致的画派，在中国本土，却没有得到更好的肯定。中国的绘画吸收了水墨先驱者前卫的、革命性的影响，使笔墨拓宽了表现的可能，却仍然遵循理性平衡的美学，从赵孟頫到

[16]《非予李刘马夏与南宋绘画》，《艺苑掇英》第11期，P.38，1981年1月出版。

元四大家，一路发展下去，水墨极端的表现却只在高克恭、方从义身上看到一点影响。要一直到明后期，在陈淳、徐渭的身上，重新复活了；而后在晚期的石涛、八大身上，达到水墨画写意的高峰。

五、无色之色

宋代由唐代的繁华绚烂过渡而来，在绘画上产生了水墨画的空灵韵秀，在工艺上发展出了宋瓷洁净高华的气质。

"色即是空"，经过唐代各种感官强烈的刺激，五代以后，中国人的生命逐渐从激流回荡静定为澄明的潭水。"空里流霜不觉飞，汀上白沙看不见"，张若虚早在初唐时已在文学上唱出了"空白"的先声。视觉上的"空白"却并不是"没有"。如同中国哲学中的"空""虚""无"，是给"实""有"更多转圜的余地，是认识到"空""虚""无"是更大的含容与可能。

经过唐代文学先驱者的开拓，经过唐代禅学的革命，中国艺术有机会对形式与技法做更大的舍弃，引领中国人的精神进入更为深沉的静观的境界。

有人说中国宋以后的画中看不到人了，人消融在层层叠叠的山水中。其实不然，欧阳修的《踏莎行》说得好："平芜尽处是春山，行人更在春山外。"

无论是"曲终人不见，江上数峰青"，或是"平芜尽处是春山，行人更在春山外"，宋人提出的"江"或"山"都不为人的喜怒而在。"山水"与"人"两不干涉，可以是知己，也可以只是陌路罢。

"是处红衰翠减，苒苒物华休。"柳永的《八声甘州》似乎说的是一种心情。从颜色的纷繁中解放出来，宋元人爱上了"无色"。是在"无"处看到了"有"，在"墨"中看到了丰富的色彩，在"枯木"中看到了生机，在"空白"中看到了无限的可能。

我们面对定窑的"白"、汝窑的"雨过天青"（图13-15），都不过是面对一种"不可能"。把形式与色彩降到最极限的低度；宋瓷，从形而下的"器物"升华成为一种精神。宋代艺术的动人之处，便是它常常是以一种暗示的方法存在，使存在变成一种理念。

"嫣然摇动，冷香飞上诗句"（姜白石《念奴娇》），"冷香"是不能以视觉的方式存在的。宋人的绘画与视觉美术，便为了开拓更高的意境上的玄想，让色彩褪淡、让形式解散。绘画上，只剩下笔的虬结与墨的斑斓，只剩下墨的堆叠、游移、拖延，在空白的纸上牵连移动，仿佛洪荒中的生命，元四大家的"山水"便只是他们内心的风景。倪瓒的简单，是因为把风景回复到了初始，仿佛洪荒中的婴啼。只是一声，却有大悲怆与大喜悦。

←图13-3　早春图　北宋　郭熙　轴　绢本　设色　158.3cm×108.1cm　台北"故宫博物院"藏

↑图13-4　江山小景　北宋末南宋初　李唐　绢本　设色　49.7cm×186.7cm　台北"故宫博物院"藏

↑图13-5　山水图　北宋末南宋初　李唐
日本京都高桐院藏

↑上图13-6　溪山清远　南宋　夏圭　绢本　设色
129.5cm×111cm　台北"故宫博物院"藏

↑下图13-7　二祖调心图　五代　石恪　卷　纸本
水墨画　35.5cm×129cm　日本东京国立博物馆藏

←图13-8 山市晴峦图 南宋 玉涧若芬 东京吉川家藏

←图13-9 潇湘八景 南宋 牧溪 纸本 水墨 日本东京根津美术馆

↑左图13-10 猿 南宋 牧溪 轴 绢本 笔墨 172.4cm×98.9cm 日本京都大德寺藏
↑中图13-11 鹤 南宋 牧溪 绢本 墨笔 172.4cm×98.8cm 日本京都大德寺藏
↑右图13-12 李白行吟图 南宋 梁楷 纸本 墨画 81.2cm×30.4cm 日本东京国立博物馆藏

↑左图13-13 六祖截竹图 南宋 梁楷 纸本 墨画 72.7cm×31.8cm 日本东京国立博物馆藏

↑右图13-14 泼墨仙人图（册页） 南宋 梁楷 纸本 48.7cm×27.7cm 台北"故宫博物院"藏

↑图13-15 汝窑天青无纹水仙盆 宋 台北"故宫博物院"藏

绘画形式的省思
移动视点与卷轴画的发展
中国绘画卷收与展放中的时空意义
几件唐、五代长卷的形式分析

第十四章 中国艺术中的时间与空间（一）

——长卷与立轴绘画的美学意义

中国绘画中长卷形式，在卷收与展放间，正配合着中国对时间与空间的认识。时间可以静止、停留，可以一刹那被固定，似乎是永恒，但又不可避免地在一个由左向右的逝去规则中。我们的视觉经验，在浏览中，经历了时间的逝去、新生，有繁华，有幻灭，有不可追回的感伤，也有时时展现的新的兴奋与惊讶。

一、绘画形式的省思

宗白华在《论中西画法之渊源与基础》一文中说：

"中画因系鸟瞰的远景，其仰眺俯视与物象之距离相等，故多爱写长方立轴以览自上至下的全景。数层的明暗虚实精成全幅的气韵与节奏。西画因系对立的平视，故多用近立方形的横幅以幻现自近至远的真景。而光与影的互映构成全幅的氛韵流动。"[1]

这是论及中西绘画形式问题较早的看法之一。

绘画的形式，常因习惯，代代相袭，使用者已不去思考形式本身可能蕴含的美学意义。

例如，我们目前使用的油画布，有被称为"三十号""五十号"或"一百号"的不同规格。这些不同的规格，只是画布所提供的空间的大小，并非绘画的"形式"本身。绘画的"形式"，意指这个画布所提供的空间，无论大小，有一个基本的比例，长度增加，宽度也增加，大小号数虽然改变，基本的比例并没有改变，仍然遵守着一定的"形式"准则。这形式准则背后的美学意义便是我们关心探索的主题了。

在欧洲文艺复兴以前，绘画本身并没有从建筑的空间（如墙壁）独立出来，绘画所使用的空间形式也没有特别被当成一个独立的部分来思考。

文艺复兴以后，透视法成为西方绘画重要的基础（图14-1）。纯粹建立在视觉准确上的科学方法被提出了，西方绘画的形式才开始形成，一直影响到19世纪末。

塞尚以后，特别是20世纪初，许多西方艺术家企图突破这个形式的束缚，1907年由毕加索带动的立体主义（Cubism）（图14-2）

● [1] 宗白华《美学散步》，P.138，世华文化社出版。

就是在多视点上到传统透视（Perspective）的反叛。但是，文艺复兴所建立的绘画形式仍然具有强大无比的影响力。

西方绘画的形式，建立在客观的视觉基础上，要求人的眼睛与物象之间距离固定、视点固定，视线的上下左右便出现了一定的极限。例如，如果我们站定不动，眼睛视线投注在物象的一点做中心，我们视线所及，在上下左右各有一个极限的边界，把这四条边界线连接起来，大致就形成了一个画框的比例空间，而这个比例空间，也正是西方绘画形式构成的基础。

时至今日，我们从小用的素描纸、水彩纸、油画布，其实——都在这个美学观发展出来的绘画形式影响之中，立起来画人像，横过来画风景，我们在一张空白的纸或画布上觉得可以自由创作，其实，那空白的比例形式已经是一个美学观发展出来的结果，它使我们观看的方法不知不觉中受到了莫大的影响。

19世纪后半叶，照相技术的发明，迫使文艺复兴式的透视法受到威胁。塞尚以后，绘画艺术在西方发生了对造型本质的重新思考，带动了20世纪各种流派主义的兴起，而所谓"现代艺术"，整个说来是对文艺复兴美术形式的反省与叛逆。

西方的这种绘画形式在中国被称为"斗方"或"册页"（图14-3），却一直不是中国绘画最重要的主流，中国的绘画，正如一般人所熟知，是建立在"卷"（图14-4）与"轴"（图14-5）这两种形式上。

中国早期的绘画空间，和西方一样，寄托在建筑或器物的表面。如仰韶陶器器表的纹饰彩绘，商周铜器器表的镂刻图像等。这时的绘画空间，自然也不能当一个独立的形式来思考，多少有点将就现实器物赋予的空间，没有独立发展的自由性。但是，以早期陶器与青铜器的纹饰来看，写实性不高，常常是连续的图案化了的纹饰，在器物表面造成明显的流转与运动的效果，使人要旋动器物本身来满足视觉上的浏览性。

以希腊早期陶瓶来看，图像虽然也依附着器物表面的空间而运动变化，但，一般来说，图像的独立性较高，故事性的写实人物常常构成画面的视觉中心，完成一幅一幅可以分割开来的独立的画面空间。（图14-6）正如16世纪米开朗基罗在创作西斯廷教堂天棚的《创世记》壁画时，在狭长的空间里，他还是把空间分割成九个独立的方块来处理，以完成视觉在每一幅画面上单一的完整性。（图14-7、14-8、14-9）

中国与西方对空间与时间的观念似乎一开始就朝向不同的方向发展。在埃及，金字塔是三角形，固定的、静止的、单一视觉的；在中国，那起伏于大地上的长城，做一种象征符号，是展开的、流动的、无限延长的。似乎在这些久远的视觉符号中，已经隐含着一个文化体系各自不同的思考方向。

埃及到希腊，西方人便在客观的、科学的、逻辑的线索上构架他们理智的宇宙。中国却似乎有许多不安、矛盾，感觉着那客观、科学、逻辑的不足，不时要提出更多的客观之外、科学之外、逻辑之外的询问。《楚辞·天问》便发出了这样的质疑：

"遂古之初，谁传道之？

上下未形，何由考之？"[2]

这里有着对人类凭理智测定的时间与空间彻底的怀疑，"遂古之初"是时间的开始吗？"上下未形"，空间的方向大小如何测定呢？

"冥昭瞢暗，谁能极之？

凭翼惟像，何以识之？"

一切都在混沌蒙昧之中，还待探索罢。《天问》绝不是神话的、浪漫的诗歌而已，它是中国上古对这无限宇宙发出的超科学、超逻辑的思考。这彻底对人类分割、假设出来的时间与空间的怀疑与不满足，构成了中国此后艺术形式上一直对有限时空形式的叛逆，完全不同于西方建立在透视法上的画框形式，发展出了世界美术上独一无二的长卷与立轴的形式。

[2]《屈赋新编》，P.408，里仁书局，1982年版。

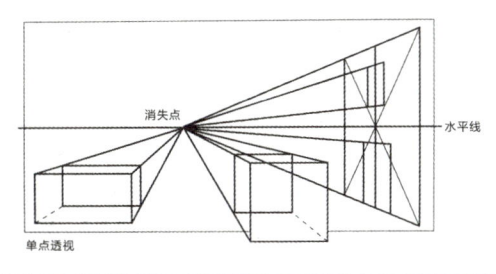

↑图14-1 制图员——人体 1525 杜勒（Albrecht Düer）木刻板画，杜勒的透视图装置，在自己与描绘对象之间透过打了格子的透明玻璃，从固定的视点看出去，把所见到的转写到格子纸上。

↑图14-2 亚维农的姑娘们 毕加索 1907 油彩 画布 244cm×234cm 纽约现代美术馆藏

↑图14-3 中国书画装裱的一种式样——册页

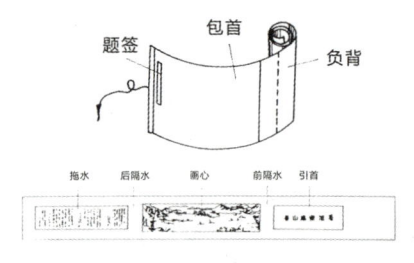

↑图14-4 中国书画装裱的一种式样——手卷（图卷或长卷）

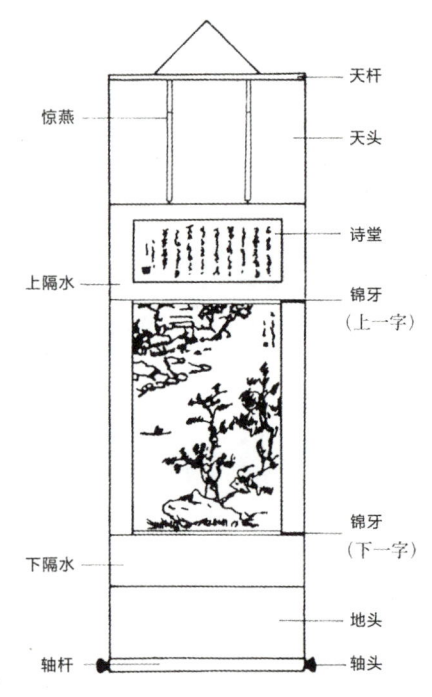

↑图14-5 中国书画装裱的一种式样——立轴

→图14-6 阿提·比灵歌双耳长颈瓶黑体人像（左）红体人像（右） 约525B.C.-520B.C. 高约53.3cm

←图14-7 创世记(壁画) 1509-1512 米开朗基罗 西斯廷教堂天花板

←图14-8 创世记(壁画,局部)——创造亚当 1509-1512 米开朗基罗 西斯廷教堂天花板

↑图14-9 创世记(壁画,局部)——创造夏娃 1509-1512 米开朗基罗 西斯廷教堂天花板

二、移动视点与卷轴画的发展

目前可见到的绘画资料，1949年长沙东南郊陈家大山楚墓中出土的战国"女子凤夔帛画"（图14–10），1973年长沙子弹库楚墓出土的"男子御龙帛画"（图14–11），都是立轴性的绘画。1972年长沙东郊马王堆出土了西汉初轪侯利仓夫妇墓中"非衣"（图14–12、14–12–1），是一种幡形的绘画，画全长205厘米，上部宽92厘米，下部宽47.7厘米[3]。这种幡形绘画，纵长条幅，可以悬挂，可以卷收，是中国立轴形式的最早来源。

从画面上来看，205厘米长的空间里，分成三个明显不同的主题来进行。中央是利仓妻子的现实人间生活的描绘；上方三分之一是金乌、蟾蜍、女娲、嫦娥等神话内容，代表天界；下方三分之一是两个力士站在大鱼身上，托着横条形物，以示海域或地界。这样明显地把画面空间截断为三份，在视觉上造成三个不相主属的焦点，来源于上古中国人的宇宙观，也同时萌芽了立轴绘画移动视点的先机。只是，在这件汉初帛画中，三个视觉空间还没有内在必然互应的关系，而是如连环一般展开的局面。

以战国至西汉这三件早期绘画数据来看，中国绘画中三个决定性因素已初步完成：

1. 立轴纵长形式的完成。（三件作品均为墓葬祭祀中用的"非衣"）
2. 移动视点的完成。
3. 绘画的悬挂性与卷收性的完成。

移动视点的问题，目前中西绘画的论著中多有讨论，西方人也大致了解中国并非不懂"焦点透视法"，而是意图在视觉上开采更

● [3] 阎丽川《中国美术史略》，P.52，人民美术出版社，1980年12月2版。

[4] Micheal Sullivan, *The Arts of China*, P.155 Uni of California Press, 1984年3版。

[5] 沈括《梦溪笔谈》，转引自《中国美学史资料汇编（下）》，P.29，明文出版社台湾版。

大的可能性，故而创造出了"移动视点"的透视法。Michael Sullivan在他的著作《中国艺术》（*The Arts of China*）第八章中就曾特别谈到这个问题："一般人一定会问，为什么中国人这样坚持忠于自然，却对西方人最基本的透视法则也一无所知？回答是：中国是经过审慎的思考以后，放弃了焦点透视，他们以同样的理由也放弃使用阴影的处理。科学式的透视法只提供一个从固定角度、单一视点看到的景象，这种透视法虽然可以满足西方人逻辑的头脑，对中国画家而言，却是不够的。中国画家会问：为什么我们要这样限制自己？为什么我们不能描绘单一视点以外的世界？"[4]

接着，Sullivan引用了宋代沈括《梦溪笔谈》对李成画的批评，以说明中国人对一点透视的反感："李成画山上亭馆及楼塔之类，皆仰画飞檐，其说以谓自下望上，如人平地望塔檐间，见其榱桷。此论非也。大都山水之法，盖以大观小，如人观假山耳。若同真山之法，以下望上，只会见一重山，岂可重重悉见，兼不应见其溪谷间事。又如屋舍，亦不应见其中庭及后巷中事。若人在东立，则山西便合是远境；人在西立则山东却合是远境。似此如何成画？李君盖不知以大观小之法。其间折高、折远，自有妙理，岂在掀屋角也！"[5]

"其间折高、折远，自有妙理，岂在掀屋角也"正是对西方单一视点的当头棒喝。

沈括对绘画透视的看法与稍后北宋大家郭熙在《林泉高致》中"平远、高远、深远"的看法完全一致。沈括是以科学的头脑总结出了中国绘画中的"折高、折远"之法，郭熙是以绘画的实践体悟出了山水画中视点移动的观念，他们在北宋中期为中国移动视点的透视法立下了理论的基础。

事实上，类似西方焦点透视的画法，在目前可见的唐代敦煌壁画中不乏先例，许多殿阁、步道、栏杆的处理，已有明显一点透视，造成三度空间景深幻觉的效果。因此，对于一点透视法，中国的确是"审慎思考过的",因为它的局限性,违反了中国人传统对时空无限流转的基本观念,因此被放弃了,而采用了移动视点的画法。

移动视点的绘画特色,目前讨论得较多,由于塞尚以后,西方也在突破一点透视法,中国移动视点遂为先进的理论,备受注目的。但是,在绘画形式中,卷与轴的形成,却绝不是移动视点一项可以解答。卷与轴成为中国绘画特有的形式,不单是纵长与横长,不同于西方绘画近于二比三的规格,更重要的是,西方绘画的硬框形式,与中国可以卷收与展放的形式不同。

绘画的卷收与展放形式背后隐藏的美学意义是更值得探讨的一个重点了。

↑图14-10 女子凤夔帛画 楚墓帛画 战国 墨绘 淡设色 31.2cm×23.2cm 湖南陈家大山楚墓出土 湖南省博物馆藏

↑图14-11 男子御龙帛画 楚墓帛画 战国 墨绘 淡设色 37.5cm×28cm 湖南长沙子弹库楚墓出土 湖南省博物馆藏

←图14-12 西汉轪侯夫人非衣彩绘帛画 高205cm 上宽92cm 下宽47.7cm 湖南长沙马王堆一号墓出土 湖南省博物馆藏

↑图14-12-1 西汉轪侯夫人非衣（局部）

三、中国绘画卷收与展放中的时空意义

绘画的卷收形式和空间长度有关，和绘画背后的美学主张也有关。

立轴形式的绘画，悬吊在墙壁上，是一个完整的绘画空间，但是，在卷收和展放时，绘画空间的改变是西方硬框式绘画所没有的。这种绘画空间的卷收与展放，一般人只是从收藏的方便来思考，事实上，在一定程度上，恰恰是中国时间与空间观念的反映，一种延续的、展开的、无限的、流动的时空观念，处处主宰着艺术形式最后形成的面貌。

这种延续的、展开的、无限的、流动的观念，在长卷形式的绘画中表现得就更为明显。

长卷的绘画形式应该成形于早期的竹简，以韦编竹，连贯成卷，是中国展开与卷收形式的较早来源。

东汉和林格尔墓葬中的壁画，由于描写墓葬主人的一生，有连续展开性的格局，但是因为是壁画，只是长条形的固定格式而已。

顾恺之的《女史箴图》，《洛神赋》，《列女仁智图》，虽然都是摹本，依然保留了当时长卷的绘画形式。

《女史箴图》（图14-13）与《列女仁智图》是故事性的分段连环图形式，每一段旁有文字说明，结构上虽然有呼应，但是独立性很高。

《洛神赋》的连续性非常强，山水在人物运动的关系间扮演着十分重要的角色，曹植与洛神对望，中间隔着大段的山水，比例上恰恰是前一组人物实体在"虚"上的对照（图14-14），而背景内翔远而去的龙鸟则展开了第三度空间的辽阔性。这件宋摹本如果忠实保留了原作的构图布局，那么在晋代，从连环图式的长卷转变为真正具有连接

呼应作用的长卷，顾恺之应是一个重要的关键。

稍后于顾恺之，北方从印度传来的宗教变相图，更加强了中国长卷性绘画的发展。

敦煌二五七窟北魏的《鹿王本生变相图》（图14-15）是"北魏本生故事画中最早的横卷连环画之一"[6]。这件壁画的构图形式非常特别，"故事情节从两端向中间发展形成高潮而结束"[7]。中国本土的长卷，几乎一律是由右向左发展，视觉开始于右端，结束于左端。

在这由右向左发展的空间中，画家自然必须考虑到卷轴展开的速度与方向。中国的长卷画，从来不是完全摊开来陈列的。也就是说，观赏者与长卷的内容，不会在同一个时间内做完全的接触。在画卷展开的过程中，观赏者一面展放左手的画卷，一面收卷右手的起始部分。右手收卷着过去的视觉，左手展放着未来。在收卷与展放之间，停留在我们视觉前的是一米左右的长度，等于两手张开的距离罢。这一米左右的长度，在与我们视觉接触过程中，有千万种不同的变化，它分分秒秒在移动，和前后发生着组合上各种新的可能。有时，这一米左右的长度被观赏者固定下来，放在桌面，单独成为一个欣赏对象，又是一幅完全独立的绘画，这时，谁来决定这幅独立且绘画右边与左边的界线呢？这一米左右的长度，有时在卷收与展放之间成为过渡空间，有时已成过去，在逐渐消逝远去，有时又乍露端倪，使人好奇、等待……

我们必须把中国长卷绘画恢复到原来的看画方式，才能够体会到中国绘画中长卷形式，在卷收与展放间，正配合着中国对时间与空间的认识。时间可以静止、停留，可以一刹那被固定，似乎是永恒，但又不可避免地在一个由左向右的逝去规则中。我们的视觉经验，在浏览中，经历了时间的逝去、新生，有繁华，有幻灭，有不可追回的感伤，也有时时展现的新的兴奋与惊讶。

"逝者如斯乎，不舍昼夜"，中国人的时间，是一个永恒不断的伤逝过程，然而，伤逝中又有向前的期勉与鼓励罢。

[6]《敦煌的艺术宝藏》图版解说5，文物出版社，1980年10月1版。

[7] 同注[6]。

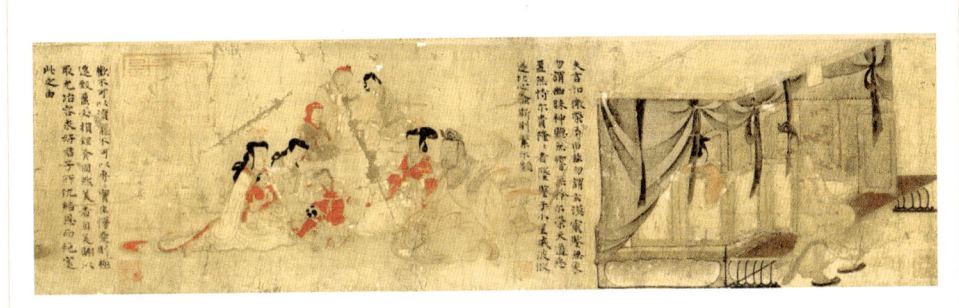

↑图14-13 女史箴图（局部） 东晋 顾恺之 绢本 设色 大英博物馆藏

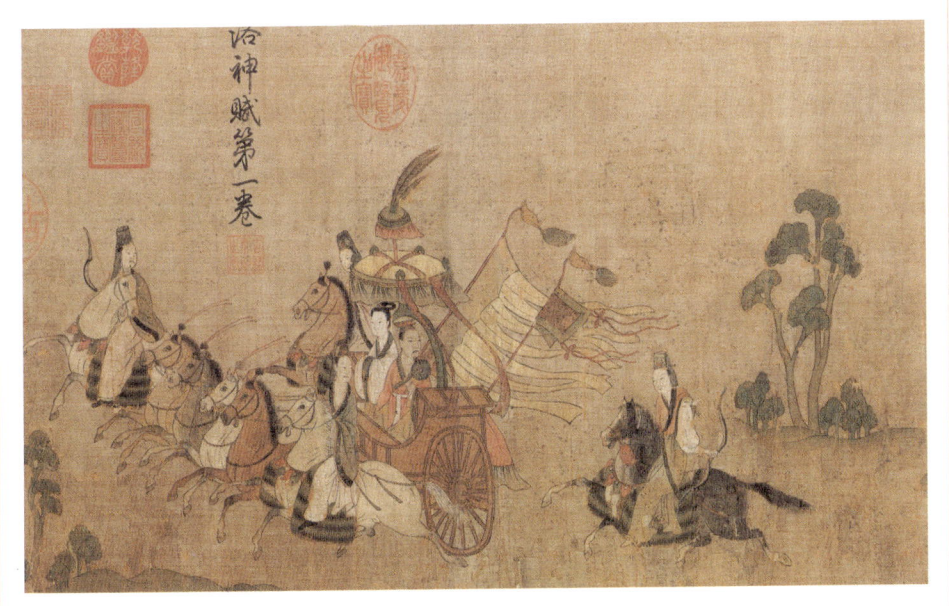

↑图14-14 洛神赋图卷（局部）

↑图14-15　鹿王本生变相图　北魏　敦煌二五七窟　60cm×595cm

四、几件唐、五代长卷的形式分析

　　长卷自右向左发展的形式，使大部分的作品内容也以由右至左为行进方向，保持节奏上的均一性，但是也有例外。

　　唐张萱的《虢国夫人游春图卷》（宋摹本）（图14-16），全长148厘米，是在和画卷展开完全相反的方向上安排人物。画卷由右向左展开，人物陆续进入右手卷收的部分，进入逝去的时间中去，好像一切繁华过去，到了卷末，接下来的便是空白了。这样形式的长卷，所产生的时空意义自然与由右向左的方向不同。

　　韩滉的《五牛图》（图14-17），看来各自独立，但是行进的变化颇有趣。一开始是遵循由右向左的方向缓缓进行，到了中央第三头牛，忽然成为正面，行进的方向与速度都中止了，仿佛向画面外的观赏者一照面，画面独立且成静止的镜框式的舞台。然后，到第四头牛，一方面保持原有行进的方向，继续由右向左发展，另一方

[8] 徐邦达《顾闳中画韩熙载夜宴图》，《中国文物》第二期，P.26，文物出版社。

面却利用牛的回头，造成一个转折的空间，经过这一转折，才又恢复结尾第五头牛继续由右向左的暗示。

以敦煌的数据来看，佛教故事画影响出来的变相图对中国长卷形式绘画的完成有莫大助力。第二九六窟，北周《五百贼归佛因缘》（图14-18），长427厘米，高46厘米；北周二九○窟的《佛传图》长432.5厘米，高82厘米，而这82厘米中又横剖为三段，所以实际上的长度应是431.5厘米的三倍长。北周四二八窟的《萨埵那太子舍身饲虎》（图14-19）长417厘米，高64厘米。有名的晚唐一五六窟壁画《张议潮出行图》及《宋国河内郡宋氏夫人出行图》，均长达855厘米。

这些佛教的故事经变图，与中国的长卷形式是一齐发展起来的，但是，壁画受制于建筑空间，自然在时空的转换上不及纸帛类可以卷收与展放的长卷绘画。

推测为南宋人摹本的五代南唐顾闳中《韩熙载夜宴图》[8]（图14-20），在长卷绘书的结构上是值得注意的杰作。全卷长335.5厘米，高28.7厘米。在335.5厘米的长度中，分为五个段落，每一段落约长60厘米。

在第一段中，以床榻为起始。床只露一角，在画卷右上方，被褥不整，床上置一琵琶，拉开了夜宴的序幕。因为床只露一角，不刻意把这个"开始"当一个独立的部分来看待，似乎是一个无限时间中偶然被截出来的一个段落。

画卷展开，随着最右方榻上的主人韩熙载及状元郎粲，以及榻边侍女，三人视线重复的暗示，使画卷有急速展开的欲望。越过摆满果点的几案，画卷下方的宾客，仍和开始的三个人保持同一视线，加强由右向左的行进方向。但是，画卷上方的教坊副使李家明，双手按拍而合，身体已转向正面，使行进的速度发生变化。经过这一停顿，左边再次出现的是一组五个人物，几乎是两条并行线，身体一律朝向右方，与卷首的韩熙载、郎粲呼应。但是，他们

第十四章——中国艺术中的时间与空间（一）——长卷与立轴绘画的美学意义

221

的面部仍然转向左方，重复地把视线的行进方向落在这一段的焦点人物——弹琵琶的女子身上。女子背后是一面大的立屏，立屏后露出半身的女子，在瞭看全场，第一段落在这屏后人物的瞭看中结束。

第一段，从床榻开始到立屏结束，巧妙地用了大型的对象做画面场景的分割。这一段，可以做一幅独立的绘画欣赏，但是，又必须加入到整个长卷的发展中去。独立来看，类似西方绘画的观察，画面以李家明为视觉中心，视线的焦点集中在画面左下方弹琵琶的女子身上。若以中国长卷的结构来分析，在这暂时使人停止流连的静止画面中，时间向前的暗示仍在进行，右手要卷收，左手要展放，一切的美景、人物、声色之好，一切暂时的栖止、眷恋，都不能违反那"逝者如斯"的时间的进程。在卷收与展放中，有对逝去的不舍流连，有对新展现事物的欣喜惊讶，时间流逝的观念，繁华与幻灭的对置，便在这长卷形式中一一深入中国人的生命之中了。

"夜宴图"的第二段，隔着立屏，是另一个场景。韩熙载换了轻便的服装，手持鼓锤，正在击打一面红漆如桶的羯鼓，配合着左方名妓王屋山的六么舞。

这一段画面上的八个人物，围绕着击鼓和舞蹈的故事中心，仍然以身体和视线的方向，暗示着行进的内在时间。唯一的例外是僧德明，他一身和尚打扮，背向王屋山的舞蹈，视线又不在韩熙载的击鼓上，他陷入沉思冥想之中，仿佛与四周的声色无关，使画卷的行进节奏发生了阻碍，是对生命更深的冥想，忽然置身于时间与空间之外。

在一般习惯的二段与三段之间，并没有类似立屏隔开的做法。那面向右边拍手击节的女子似乎是二段的结尾，用身体的朝向来间隔。接下来，到手捧温酒杯盘的侍女出现，进入第三段落。巧妙的是，这二段到三段之间，只是空白。空白成为中国长卷绘画精彩的部分，这"空白"并不是"没有"，它是老庄思想"无用之用"一脉相承的嫡裔，它是对时间与空间更深刻的思考，宋元以后，在中国艺术中发生了莫大的影响。

"夜宴图"第二段到第三段的转换，不借助任何实物的间隔，这种空白的应用，提醒了我们，在真正的时间之中，并没有段落，床榻与立屏都是假相，我们常用的秒、分、时、日、月、年、世纪，也都是假相。时间本身，是一个汩汩无止境的流逝过程罢。这种时间与空间的转换，在此后山水画中发展得更为巧妙，在中国新起的舞台艺术、园林艺术、章回小说中也找得到例证。

"夜宴图"第三段从捧温酒杯盘的侍女开始，弹琵琶的女子捐着琵琶由右向左行走。弹琵琶的女子在第一段是视点中心，在第三段，曲终人散，跳过第二段，接到第一段，时间被错置了。十分象征性的床榻再次出现，仍然是被褥不整，好像这缓缓走来的女子正准备着把琵琶横置床上，这个符号，使我们想起卷首的床榻与琵琶，当同一个形象第二次出现，便有了象征意义，而最有趣的是，在时间上，是与我们逻辑的理解相倒置的。这种时间叠压，前后错置的感受，更接近我们真正的意识状态，是长卷绘画逐渐形成的一大特色。

原来，连由右向左一直线的时间方向，也是假设而已。在卷收的过程中，时间在同一个轴心上竟然不断叠压重复，形成一个不断循环的圆。在圆形上，既没有开始，也没有结束，或者说，在圆上，每一点都可以是开始，也可以是结束。

韩熙载坐在榻上，重新披上衣服，似乎刚击完鼓，正在洗手，五位侍女在侧环绕。他面朝右上，与第二段正在击鼓的韩熙载面面相觑，似乎在一刹那间，看见了另一个自己，时空的限制完全被破坏了，人可以出入于任何时间与空间之中，无有阻碍。中国的长卷绘书发展至此，连强硬的划分第二段与第三段也只是讨论上的不得已，真正长卷绘画企图达成的时空正是一个浑然不可分的时空，企图把我们从假相的、被分割的时间与空间中救拔出来，达于真正自由逍遥之境。庄子《齐物论》中提出的"不知周之梦为胡蝶欤？胡蝶之梦为周欤？"正是这种时空观在中国艺术上大放异彩的先声罢！

利用床榻做间隔，进入第四段，韩熙载卸去了外衣，袒腹而坐，一手挥扇，画面正中央是五位弄笛吹箫的女子，李家明执檀板合拍。五位女子三人面朝右，二人面向左，三二错置，使画面造成扇形张开的形式，使观赏者视觉固定静止，是正面视觉的焦点。左右两侧则由李家明与韩熙载互相呼应，构成一个可以独立的段落。

李家明后又张一立屏，屏侧一男子身体朝向右方，是属于第四段场景中的人物，但是他头又转向左方，预告了第五段的开始。这是长卷绘画中转换时空的手法，这种角色十分接近传统戏剧中的"捡场"，他们似乎与主题无关，面无表情地走出来，又像是时间本身，收拾残局，为下一个场景布置新的空间。

第五段是一个结尾，七个人物中六个朝向右边，是与长卷由右向左完全相反的行进方向。他们似乎被屏侧的男子宣告要出场，屏侧女子用手势招唤，韩熙载手执鼓锤出来，后面跟着有点害羞、学袖掩口，被人力邀而出的名妓王屋山。

这结尾是夜宴的高潮，却又似乎那么不愿结束，用反方向的进行，把结尾转成开始。形象上，这一段又似乎是第二段韩熙载击鼓、王屋山舞蹈之前。这样的结尾，便造成了一个不仅错综复杂，而且衔接卷首的循环往复的时间暗示，是周而复始的"圆"，是易经"始干而终未济"的观念，是熊十力先生解释《礼记·天道》时说的："天道之运，新新而不守其故。才起使灭，方始即成终。才灭便起，方终即或始。始无端而终无尽。"[9]

起灭终始在一点上，起灭终始也可以无限。在直线上是无法无限的，必有两端。"无端"的时空恰好是可以卷收与展放的长卷。

郭熙在《林泉高致》中说山水画要"铺舒为宏图而无余，消缩为小景而不少"。[10]长卷绘画对中国时间与空间的表现到宋以后的山水画中更成熟，发展到了高峰。

[9] 熊十力《读经释要》，广文书局出版，P.14。

[10] 郭熙，《林泉高致》，《中国书论类编（上）》，P.632，河洛出版社。

↑图14-16 虢国夫人游春图 唐 张萱 绢本 设色 52cm×148cm 辽宁省博物馆藏

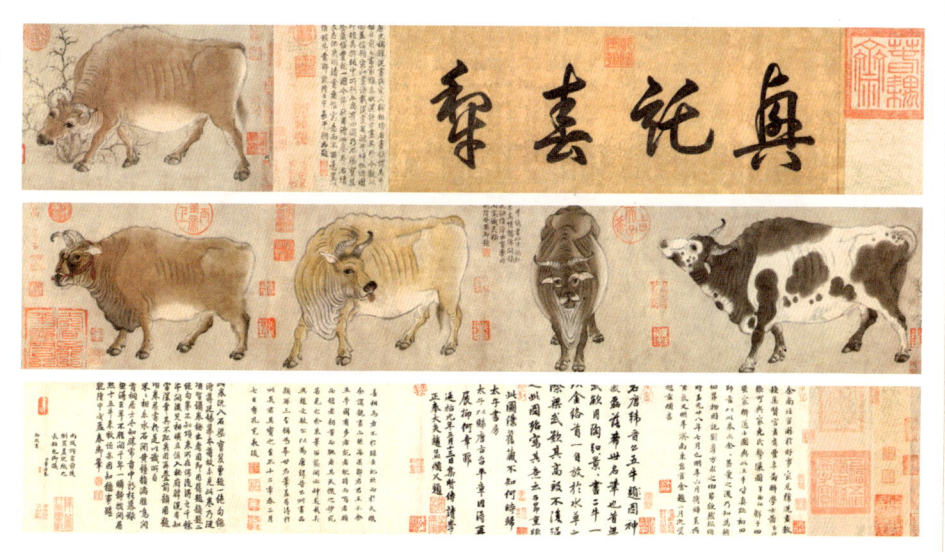

↑图14-17 五牛图（全卷） 唐 韩滉 纸本 设色 20.8cm×139.8cm 北京故宫博物院藏

↑图14-18 五百贼归佛因缘 北周 二九六窟南壁腰壁

↑图14-19 萨埵那太子舍身饲虎 北周 四二八窟东壁南侧

←图14-20 韩熙载夜宴图 五代 顾闳中 绢本 设色 28.7cm×333.5cm 北京故宫博物院藏

庄子哲学中的时空观

章回小说与戏剧的结构形式

第十五章 中国艺术中的时间与空间（二）

——『无限』与『未完成』

时间无限，一切未完，中国的长卷、章回小说、组重性建筑、戏剧，最后都在指向一个『未完』，希望即使个人生命有限，但文明还可以延续。

美的沉思

A Contemplation on Chinese Art

一、庄子哲学中的时空观

《论语·先进》篇有这样一段记载："季路问事鬼神。子曰：'未能事人，焉能事鬼？'曰：'敢问死。'曰：'未知生，焉知死？'"[1]

在孔子的哲学中，显然以活着的人（生）做主要的重心；对于现实生活以外的问题，诸如"死亡""鬼神""宇宙"，则并不是他亟亟探求的对象。儒家的思想也一般侧重于伦理学的架构，严密地构造起君臣、父子、夫妇、兄弟、朋友的人间秩序，而对幽微冥渺的宇宙论部分较付阙如。

孔子对天道较少讨论，到了战国，在老子与庄子的哲学中得到了弥补。

《老子》首章的"无，名天地之始；有，名万物之母"[2]摆脱了现实世界人生的经验范围，直接刺探着宇宙生成的冥渺幽微。第二十五章中说："有物混成，先天地生。寂兮寥兮，独立不改，周行而不殆，可以为天下母。吾不知其名，字之曰'道'。强为之名曰'大'。'大'曰'逝'，'逝'曰'远'，'远'曰'返'。"[3]

这里似乎讨论的是宇宙中不可见的一种动力，绵绵不断，是一切可见的实体万物真正的创造者与推动者。这里所说的"有物"，是比天地更早存在的，它又似乎往复循环着，永无终结。

我们大约可以感觉到一种对无限时空的认识在春秋战国时期萌芽了。"老子"用"逝"、用"远"、用"返"来形容这不可见、不可捉摸的无限时空。而这"远""逝""返"逐渐深入中国人生命的神髓之中，在此后艺术与文学追求的过程里被奉为

[1]《论语·先进篇》，见《论语读本》，P.128，启明书局1948年12月再版。

[2]《老子》首章，见《老子》，成都书局壬申校刊，P.1。

[3] 同注[2]，上篇P.14。

[4] 庄子《逍遥游》，光绪乙巳集虚草堂校刊本，P.2。

[5] 同注[4]。

最高的理想。长卷绘画至北宋，从人物的内容转至山水，那山水的理想，那山水的空间，那卷轴的卷收与展放，便恰恰是老子的"远""逝""返"在中国视觉艺术上具体的实践罢。

老子对于这冥渺幽微的宇宙的兴趣，到了庄子更加强烈了，而庄子形象化的寓言，更确切地把抽象的时间与空间观念深植到中国人的生命态度中去，对此后中国艺术形式的发展产生了决定性的影响。

《庄子·逍遥游》基本上在谈时间与空间给予生命的限制。人所面临的永远不能克服的灾难其实是时间与空间。人不可避免地要被限制在一个时间与空间之中。人类一切的努力无非是要突破时间与空间的限制，但是这有时看来十分"伟大"的突破，只要一面对更为辽阔的无限时空，立刻会发现人类还桎梏在一个可怜的有限时空之间，不能自由。

庄子的哲学便是努力引领人们透过对时间与空间的勘破，进入生命绝对自由的境地，他称之为"逍遥"。

《庄子·逍遥游》中做了这样一个比喻："朝菌不知晦朔。蟪蛄不知春秋。此小年也。楚之南有冥灵者，以五百岁为春，五百岁为秋。上古有大椿者，以八千岁为春，八千岁为秋。"[4]

"朝菌"是朝生暮死的虫，最为卑微短促的生命。因为朝生暮死，它一生的时间不足以了解"晦""朔"的概念。这是庄子所说的"小知不及大知，小年不及大年"[5]。"蟪蛄"是寒蝉，春生夏死，夏生秋死，因为它的生命只存在一个季节，因此，对它而言，一年四季"春秋"的时间概念是它无法理解的。

庄子引领我们去认识自然界中生命短促的"朝菌"与"蟪蛄"，当我们正庆幸我们的生命是较长的，当我们正庆幸我们可以在一生中认识许多次"晦朔"与"春秋"之时，忽然，我们被狡猾的庄子一下子提升到一个完全不可了解的时间中去。那楚国南边大海中叫"冥灵"的神龟，一个春天竟是五百年，一个秋天又是五百年。庄子还不放松，又把我们升举到更渺茫的时间中去，远古洪荒中的大椿，竟然以八千年为一次春天，八千年为一次秋天。

庄子每一次让我们经历着生命从短促到漫长，从小到大迅速的变幻，无非是要我们对日常经验的时间与空间做一番脱胎换骨的猛醒罢！

在日常经验中，我们所认识的时间是"秒""分""时""日""月""年""世纪"；我们所认识的空间是"寸""尺""丈""里""亩""顷"等等；我们发现，所有的时间都有一个开始，一个结束，所有的空间都有一个范围，一个边界。只要我们认识的时间有一个开始，一个结束，无论这时间是短是长，是"朝菌"或是"大椿"，其结局并没有太多的差别，因为都还在一种"有限"之中，空间也是一样，我们努力去征服更大的空间，如大鹏的起而飞，"抟扶摇羊角而上者九万里"，但是，这九万里相对于无垠无涯的宇宙，又算什么呢？

庄子在看来"谬悠荒唐"的比喻中彻底粉碎了我们依靠经验建立起来的知识世界，也同时提供了一个绝对无限的时空，鼓励我们从相对的"长短""小大"中超拔出来，优游于绝对的无限之中。

其实，一直到今天，我们仍然不能真正测知时间与空间。时间究竟有没有开始？开始以前是什么？时间会不会结束，结束以后又是什么？空间到了最大究竟有没有边缘，如果有边缘，这边缘之外又将是什么？

一连串的难题困扰着古今中外的哲学家，而一切艺术上的努力也无非是借着不同的方法试图摆脱有限的束缚以达于无限罢。

我们面对一件艺术品，是古雅典的巴特农神殿，或是苏轼的《寒食帖》，都同时在面对一个通过了无数时间劫毁的生命，于是，艺术品本身是暗含着在时间中挣扎的意义的。

庄子设定了时间与空间的无限，发现在这无限中生命才得以自由，也同时发现了在无限中，现实经验中的"小""大""长""短"都可以因为心的自由而随意处置了。因此到了《齐物论》中，他便推出了这样的结论：

"天地莫大于秋毫之末，而大山为小。莫寿于殇子，而彭祖为夭。"[6]

[6] 同注[4]，P.13。

[7] 宗白华《美学散步》，P.50，世华出版社。

在最微细的"秋毫之末"看到了天下之大，也可以缩大山为小，在殇折的生命里看到了永恒，而彭祖的长寿倒是早夭的生命了。

在庄子的时空透视中隐藏着那不可言说的生命劫毁的悲哀，而庄子努力抑止着这伤痛，却指给我们可以一笑的豁达。那时空的逍遥自然是一个心的假象，但是，"方生方死，方死方生"（《齐物论》），此后的中国人也便借着这"无端崖之辞"（《天下篇》），开始了他们既悲辛寂寥又处处充满惊讶与喜悦的心路历程。长卷的收卷、展放，那真是"方生方死、方死方生"的体悟，而那可以独立出来的每一个小小的片断，即便是秋毫之末，也有它自足圆满的可能。每一个"朝菌"或"大椿"注定是那卷收与展放中"方生方死，方死方生"的一环，而生命是指向无限的。李商隐的《暮秋独游曲江》诗说"荷叶生时春恨生，荷叶枯时秋恨成；深知身在情长在，怅望江头江水声"，这既悲辛寂寥又处处充满惊讶与喜悦的生的历程，成为中国艺术一贯的主题。似乎不只是长卷绘画，那演义不完的章回小说，那绵延不断的组群性的建筑，那长达几百折的戏剧组合方式，都在显示着这庄子指引出的时空无限成为中国艺术追求的永恒远景。

宗白华在《中国诗画中所表现的空间意识》中说：

"中国人不是向无边空间作无限制的追求，而是'留得无边在'，低回之、玩味之、点化成了音乐。"[7]

其实更确切说，也许中国人已勘透了时间与空间的无限，他不任性地要求时间与空间静止或固定。相反地，他与时间与空间一起优游。这正是庄子"上与造物者游，而下与外死生无终始者为友"（《天下篇》）的理想。"外死生""无终始"，在艺术形式上，便不以静止固定的透视，不以限制时空的"三一律"，不以金字塔式的点式集中为造型结构的特色，而强调线的绵延不绝，强调周而复始的循环，强调每一个个别单元都可发展成无限的特色。

二、章回小说与戏剧的结构形式

时间其实是不能测量的。在艺术中，一切经过人为裁剪组合的时间，其实都只是时间的假相；真正的时间是一不可停留、不可割断的漫漫无尽的长河。

西方经由严格的透视所经营起来的画面，看来屋舍俨然，其实是一个假的三度空间。利用人视觉上的幻觉，在平面的纸上或画布上造成一个假的三度空间，使人误以为是真的。中国的绘画至少到宋以后，完全摆脱了这种画面假象写实的追求，而亟亟于在抽象的笔墨互动、虚实错落中进行更为真实的时间与空间的精神捕捉。

中国的章回小说、戏曲也都在宋元之间开始发展了。

随着长卷式的绘画成为中国视觉艺术中最主要的一种形式，使观赏者经验着时间与空间的无限，同时，这新发展起来的"评话"的文学形式，也逐渐地呈现了它特有的以"章""回"为独立单元，整体成为一漫漫时空的小说形式。

我们仔细查考，发现中国自宋元说书一类话本而来的故事，在明清被整理成具有特殊结构形式的《水浒传》《三国演义》《西游记》《金瓶梅》等章回演义小说。这些小说最大的特色就在于它们的"章""回"有十分独立欣赏的可能性，也就是说，作为完整的长篇小说而言，《水浒传》《三国演义》《西游记》《金瓶梅》，乃至最后仿话本的创作长篇巨作《红楼梦》，其实都是由可以不相干的、独立的短、中篇结构成的长篇。

《水浒传》中有关武松、潘金莲的故事，到了《金瓶梅》中产生了另一种结构方式，这些，正说明着素材本身的独立性。以《水浒传》而言，属于林冲、宋江、鲁智深等人的部分都可以抽离出来作为独立的短篇来读，它们与全篇的关系是可断可续的。

其实现实中的时间大抵如此，经由人为特别安排的有高潮的时间反而是一个假的时间罢。

这些可以独立的片断"章""回"，像极了长卷绘画中一段一段在卷收与展放中呈现的部分。它们既可独立又属于全体。《红楼梦》的第六十四回至六十九回单说尤二姐、尤三姐的故事，是完全可以独立的中篇。抽出来，就自然形成了戏剧中的"红楼二尤"。大部分中国的戏剧以单回小说作为结构形式的基本，形成无数可以独立的单元如《林冲夜奔》《乌龙院》（坐楼杀惜）《空城计》等等，都明显反映了中国小说与戏剧以独立单元为构成基础的形式特色。

这些看来不相干、可以独立的片断，因为面对一个无限的时空，如同长卷画中的部分，又必定要在一个时间的轴心上收回到一条线上，因此，我们看到，这些独立片断构成的单元，相对于整体而言，整体是一不可完成的"无限"。

大部分的中国小说在结尾的部分都有"续""补"的问题存在，也常常引起争执，不知道真正的"水浒"或"红楼"应该以八十回本，还是一百二十回本为依据。

在结构观念上，我们如果以今日受西方艺术形式影响的立场来看，往往会觉得中国小说、戏剧、长卷画结构不够严谨，似乎有太多空白，太多自由组合的可能。

一方面由于从话本形式而来，中国的小说、戏剧自然不同于一人创作的艺术形式，但是，更重要的，一种无限的时空观，使中国的小说、戏剧，要求更接近于自然中的时间与空间，而不是为了适应个人的观点，对时间与空间做主观霸道的裁切与组合。

红楼梦的时间是从洪荒说起的，是那幽微不可测的神话的时间：

"原来女娲氏炼石补天之时，于大荒山无稽崖炼成高径十二丈、方径二十四丈顽石三万六千五百零一块。"[8]

这"三万六千五百零一"自然是暗示着时间。从神话的时间到幻历人间，再归回到神话，《红楼梦》在现实的时间与虚幻的时间中做了永恒无尽的推演。故事本身并无情节式的高潮或结局，甚至我们可以说，《红楼梦》是在一开始第五回"游幻境指迷十二钗，饮仙醪曲演红楼梦"中已经——把故事的结尾全部说完了，此后的红楼梦，便只是一步一步看这些人走向自己的终结罢。第五回极为特殊的超现实的时空错离的写法，也恰恰便是从《庄子》《蝴蝶梦》中借来的中国艺术中特有的精神主题罢。

从这样的基础发展下来，中国的戏剧，在时间上，更明显地以无数独立的单元（"折"或"出"）来做结构的主体，而所谓整体，竟常常被忽略了。我们看《苏三起解》《三堂会审》，都是《玉堂春》的一部分；我们看《合钵》《祭塔》《水漫金山》都是《白蛇传》的一部分；我们看《七星庙》《三岔口》《四郎探母》《五台山》，都是《杨家将》的一部分。我们发现，中国艺术中所谓的"长篇""整体"，其实只是一个无限时间的暗示，它并不完整，甚至它有意不完整，因为时间与空间是茫漠幽渺的无限，而人所能真正掌握的只是这片断和部分罢。

我们可以在一个晚上看一部分《玉堂春》，一部分《白蛇传》，一部分《杨家将》，而看不相关联的《起解》《水漫金山》《四郎探母》，在一个晚上，也便产生了贾宝玉梦游太虚幻境的错觉，那不可思议的空间的迂回与时间的错离又恰恰是中国艺术中对时空处理的一大特色。

长卷绘画中一段与另一段借空白迂回的方式，在章回小说中借着"欲知后事，且听下回分解"来衔接，在戏剧中，更大胆地打破了全出的观念，可以把不相统属的部分戏目连接在一起。

我们可以说中国的戏剧，以独立单元为基础，而最后的"全体"是不可见的，如《三岔口》《五台山》《四郎探母》《七星庙》……皆为"杨家将故事"的一部分，而所谓"杨家将"，在清代嘉庆年间编辑成的剧目竟长达240出，全称为《昭代箫韶》。

[8]《红楼梦》第一回，里仁文库本，P.2。

[9]《昭代箫韶》，嘉庆十八年善本，P.1.

《昭代箫韶》卷首的凡例中说："昭代箫韶其源出自北宋传之演义书，考通鉴正史，其中惟杨业陈家谷尽忠一节为实事耳，其除皆后人慕杨业之忠勇，故誉其后昆而敷演成传。"[9]

从目前戏剧中最庞大的这一套《昭代箫韶》来看，是从北宋流传的杨业故事在南宋、元、明、清七八百年间的演义，有不同的作者，又经过不同人的删改修正，它其实是一个尚未完成，仍然在加进新的观念的一个"活戏剧"，中国的章回小说与戏剧莫不如此形成，仿佛和时间一同发展，永远不固定，可以漫漫无尽地演义下去，它并不强调一个特定的作者、结构，因此，《红楼梦》未完，他人可以续补，中国许多小说都有后人续补的例子，这在西方几乎是不可思议的。

沈葆桢到台湾时，追念先代郑成功的开发台湾，反清复明的壮志未酬，感慨地写下悼词。"缺憾还诸天地，是创格完人"。这"缺憾"的观念便是庄子"朝菌""蟪蛄"一脉的演义。人的生命，无论如何，最后是一个"缺憾"，认清了这点，却又并不坠入颓丧悲观之途，便扩大了视野，看到眼前天地无限，时间无尽，而这"缺憾"之身，"还诸天地"，便不是个人生命的缺憾，而期望着连接每一个个别的生命，去和无尽无涯的时空漫漫同流，永不终止。

有人曾讥笑中国每出戏的结尾都是"大团圆"，其实那"大团圆"的结尾正如"欲知后事，且听下回分解"，也是一个假象。《四郎探母》的结尾，并没有解答真正的问题，而人世的情爱纠缠，又哪里是一出戏可以解决的呢？于是便用两个丑角说一点笑话，使故事收住，锣鼓与唢呐齐声喧哗，观众散席，而这时，真正的戏才刚刚开始；中国的戏剧，是在结束时，把观众推到现实人生的面前，戏毕竟是假的，而那现世中的爱恨，才是艺术指向的真正主题。

时间无限，一切未完，中国的长卷、章回小说、组重性建筑、戏剧，最后都在指向一个"未完"，希望即使个人生命有限，但文明还可以延续。

「空白」的哲学内涵
建筑与舞台中的空白
宋元以后绘画中空白的发展
卷轴中的「诗堂」「引首」与「跋尾」

第十六章 中国艺术中的时间与空间（三）

——『无限』与『未完成』

中国艺术中的"空白"是更大的谦虚，因为我们目前耳中所有的感觉都已是感觉的尸体，因而我们要向更渺遥的地方去，那里是感官的极限，那里是一切新的可能。

一、"空白"的哲学内涵

白居易的《琵琶行》中有"此时无声胜有声"的句子。中国艺术对"无声"的思考，形成了他特有的美学风格。

中国绘画上特有的大片"空白"已成为西方学者讨论的焦点[1]。事实上，这"空白"的观念，存在于每一项中国艺术形式中，并非绘画所独有。

中国古琴音乐中运用了大量听觉上的空白，使音可以简化、延长，在空白中流动，使"音"与"无音"、"有声"与"无声"之间发生不可思议的灵动关系。

陶渊明有"但识琴中趣，何劳弦上音"的诗句。沈约《宋书·隐逸传》说："潜不解音声，而畜素琴一张，无弦。每有酒适，辄抚弄以寄其意。"[2]

1984年美国现代音乐家约翰·卡吉（John Cage）随康宁汉（MERCE CUNINGHAM）舞团来台湾，亦曾谈及他在现代音乐史上划时代的作品《四分卅三秒》——次完全没有演奏的"音乐会"。

卡吉认为自己已深受中国思想的影响。显然地，中国艺术中的"空"已颇受世界艺术家瞩目，对西方现代艺术尤多启发。

我们并不因此便把陶渊明推为世界"观念音乐"的鼻祖，认为他的"无弦之琴"是卡吉的先声。

陶渊明"但识琴中趣，何劳弦上音"的真正指向，是在对艺术沉溺于感官的警惕与省思罢。

《老子》十二章中说："五色令人目盲，五音令人耳聋，五味令人口爽……"[3] 这是对感官沉溺提出的警告。

艺术是通过感官的一种活动，音乐是听觉器官的活动，绘画是

● [1] 参见George Rowley: Principles of Chinese Painting, P.70-P.73。

● [2] 《宋书·隐逸传》，开明书局版，P.229。

● [3] 《老子》十二章，成都书局壬申校刊本，上篇，P.6。

[4] 同注［3］，上篇，P.7。

[5]《庄子·逍遥游》，集虚草堂本，P.5。

视觉器官的活动；但是，"五色令人目盲，五音令人耳聋"，未经节制的感官泛滥，结果是感官的麻痹。

在老庄的哲学中，对感官与心境做了深入的探讨。艺术是通过最少的感官刺激，而通向心境的升华与飞扬的。因此，在中国艺术中，感官本身的刺激并非艺术追求的目的。

"弦上音"若是感官，这感官便只是手段，真正的目的则在于"琴中趣"。

中国艺术的"空""无""虚""意境"，大抵便是这反"感官"的一种表现。

《老子》十四章说："视之不见名曰夷，听不闻名曰希，搏之不得名曰微。"[4]

"视"和"听"之外，还有更大的向往，是把感官伸展向未知的空白，那里还有有待开发的形状与色彩，那里还有有待创造的声音与听觉。

中国艺术中的"空白"是更大的谦虚，因为我们目前耳中所有的感觉都已是感觉的尸体，因而我们要向更渺遥的地方去，那里是感官的极限，那里是一切新的可能。

"空白"是一切，是初发，也是终了。

"空白"不是没有，而是更大的可能。

《逍遥游》里，惠子得到魏王送的"大瓠之种"，惠子的概念中，瓠是做"瓢"用的，可是瓠大到不能做"瓢"，惠子便以为这"瓠"是无用的；庄子大笑了，他说："今子有五石之瓠，何不虑以为大樽，而浮乎江湖。"[5]

我们被许多概念绑缚着，对于事物有了很深的成见。我们称这些"成见"为"知识"，惠子认定瓠瓜非做瓢不可，瓠瓜长得太大，不能做瓢，便是无用。而庄子却能跳开这些"概念"与"成见"，瓠本身是中性的，它小可以为瓢，它大也可以为樽，浮乎江湖。我们在这个寓言中看到了庄子提出的"无用"的观念，人类在

第十六章 中国艺术中的时间与空间（三）——"无限"与"未完成"

太多"概念"与"成见"之后，必须回复到"无名""无用"的空白，再重新思考事物的意义与价值。

这"空白"是对"成见"与"概念"的清洗与过滤。

在音乐专业中重复又重复，对旋律的形式根深蒂固，其实也可能是对音的"耳聋"罢！同样地，一再沉迷于形式与色彩的专业训练，也往往闭障于"瓠"非"瓢"不可，而失去了通灵活络的变化可能。

马奎兹（G. G. Marquez）在他的名著《百年孤寂》开头说："……这是个崭新的新天地；许多东西都还没有命名，想要述说还得用手去指。"[6]

中国艺术的"空白"正是想把我们带领进这样一个"尚未命名"的世界，因为"尚未命名"，我们一一指点，便如点石成金，那新的声音、色彩、形状，才一一显现它们美丽动人的姿貌。

古琴里的音，常常是反音的表现的。它一点也不华丽、悠扬，不使人沉溺于音的煽情性上。相反地，它拙涩、犹豫，它反复低回。仿佛使音回到它最初的与物质的多样试探中，是捺、拧、按、抹、拈……试探手与一根弦的各种可能。而那大量的空白，便使音呈现了它最初始的表情，是洪荒中的初音，使人对音反省沉思。

从感官的刺激升高为对感官的反省与沉思，中国艺术的空白，使各类艺术步向更为观念的、更为哲学的境地。

乐器的共鸣部位，在中国，一般地不发达。这乐器不是为了表现的，而是为了心的寻找的。在西方发展着震天撼地对音的华丽组合与表现的同时，中国的"素琴"，归回到了音乐上的零——空白。

●[6]《百年孤寂》，新潮文库杨耐冬译本，P.25。

二、建筑与舞台中的空白

反感官的煽惑，反表现，使中国的艺术逐渐压低艺术形式本身的发展，而努力使艺术成为一种观念与哲学。

当艺术升高成为一种观念或哲学之后，才能够放弃声音的、色彩的、形状的、动作的各种卖弄，而归回到对声音、色彩、形状、动作的再思考。

在中国传统建筑中，我们看到造型的炫耀常常让位于精彩绝伦的空间转换。拆掉了四面无承重作用的隔墙，中国的建筑原来只是一个开敞的亭或廊罢了，它实有的部分使人感觉只是一个暂存的假象，而一切的实有是指向空白。

在西周遗址中已看到中庭这种建筑空白精彩的利用[7]（图16-1、16-2）。它使实体的建筑部分围绕出一个"空间"，而使这个"空间"成为真正建筑的主题。仿佛人类一切的努力，并不在于呈现自我完成的部分，而是连贯着卑微的自我完成的部分，去显现那生发一切，在万有之上的"空"与"无"。

"无，名天地之始"，老子的话仍使我们动容，它回荡在空无一物的天地中。我们穿过那一次又一次的空间，我们被漫长的廊引带到未可知的世界，我们经由一扇一扇窗的暗示窥探到部分以及部分的外面，我们通过一道一道的门限……那建筑本身从遮蔽风雨的实体转变成一种时间与空间的象征，是"上下四方"的"宇"，"古往今来"的"宙"，而"人"在其中；他在这经纬错综的宇宙中寻找自己的定位；所有可见的部分似乎都只是暂时的假象，而建筑真正的主体是那可供人穿过、停止、迂回的"空白"。

中国建筑的主要部分便常常不是那可以摄影、可以描绘的实

[7] 见杨鸿勋《西周岐邑建筑遗址初步考察》报告，《文物》1981年3月号，P.33。

体造型，而是那形与形之间的关系位置。"简陋到一间两间的民房，繁复到皇帝的三宫六院，我们如果不被外在附加的装饰部分所干扰，大概可以发现，这其中共同遵守的准则，那就是：清楚的中轴线，对称的秩序，是一个简单的基本空间单元，在量上做无限的扩大与延续的关系。它所强调的，不是每一个个别单元的差异与变化，而是同样一个个别单元在建筑组群中的关系位置，在这里，与其说它强调单栋建筑物个别建筑体的特色，不如说它强调的更是组群间的秩序。"[8]

建筑本身是一种纯粹的空间艺术，在造型上做各种空间变化，与思考作为本质存在的"空间"，后者是中国建筑更为主要的课题。而无论在儒家族群式的建筑或老庄式的园林建筑中，空间都在做时间延长的暗示，也就是意图把空间的建筑艺术转为时间的艺术。

在中国的戏剧中，又比建筑面对着更为本质存在的时间与空间。

凡是戏剧，必定有一个特定的空间做作为舞台，这个舞台也便是戏剧对空间的看法。在中国，我们都知道，这个戏剧中的空间是一个不加布景的空间。

戏剧的舞台一旦加上布景，它的时间与空间的特定性立刻被确定了。即使是非常象征性的布景，也立刻会使舞台上的时空具体化，没有转换的自由度。

中国空无一物的舞台是一个归回到纯粹时间与空间的舞台，它不能容纳任何使它发生特定意义的对象或人，因为，它所要呈现的不是某一特定时空中的故事，而是那漫漫无际的时空中人的共同故事。

在中国舞台上最为象征的恐怕是"桌子"与"椅子"，它在空无一物的空间里，代表了人的存在，它因此也常常是没有任何造型联想可能的一组最简单的桌子和椅子。

常常在幕启以后，演员尚未登场，在幕后以倒板的高亢唱腔唱出第一句，那越翻越高、亮烈而苍凉的声音，配合着空无一物的舞台的"空白"，这"空白"似乎正是那宇宙初始的洪荒，一切都正

[8] 蒋勋《中国建筑哲学之初探》，《台湾大学建筑与城乡研究学报》第2卷第1期，1983年6月，P.286。

要开始,这"空白"是纯粹本质的时间与空间,不含任何杂质,是音乐中的"无声",是建筑里的"中庭",是绘画中的"留白",而舞台,以最纯粹的方式呈现在我们的面前。

中国戏剧中又有所谓的"检场",是在戏与戏之间,上舞台去收拾桌椅或摆好桌椅的人。他们一般毫无表情,与剧情无关,与观众无关,他们走入舞台,将桌椅安排好,又走了,这是纯粹另一个时间与空间的存在物对戏剧内时间与空间的侵入,他似乎以漠不关心的表情安排着时间与空间之内人事的沧桑。戏剧有人间的喜、怒、哀、乐,而至于"检场人",他是在时间与空间之外的。

这在"时间与空间之外的"提醒,使中国的舞台变成高度哲学化的舞台,它一分一毫在对现象做检查与反省。而在绘画中,类似"检场人"在舞台上发生的作用,则是那些后代加上去的红的收藏印记和墨色的题跋,它们也是西方人或现代中国人所难以理解的,我们下面就来看绘画中的空白。

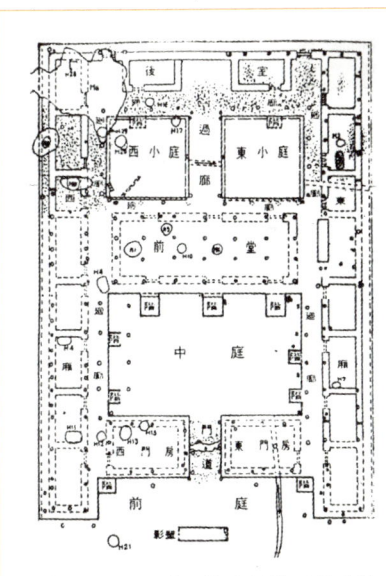

↑图16-1 陕西岐山凤雏西周建筑复原平面图

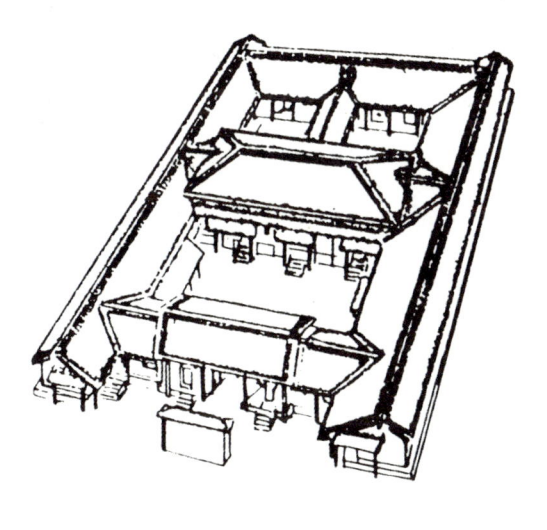

↑图16-2 遗址复原图

三、宋元以后绘画中空白的发展

中国绘画，特别是山水画中的留白问题讨论已经很多。李霖灿先生曾以构图研究的方式来分析，认为"十二世纪时的萧照、夏圭是半边画法虚实各半的代表人物，而十三世纪的马远，则是一隅一角构图法的创始人"[9]。

南宋显然是山水画留白产生的关键。

以传统的说法，南宋半壁江山，"残山剩水"，产生了心理上的留白意识。这种论点已被李霖灿先生批驳，而提出了地理环境改变的说法："我们认为若说'半边一角'的构图和南宋残山剩水有密切关联，远不如说和地理环境的关联更有道理，北方干燥，江南水分充沛，山在烟雨空蒙之中，自然影响到画面上'虚'的产生……"[10]

一个绘画史的演变，常常是对前代观念技法的调整，构图本身也有它发展的一定规律，从中轴线到边线运用，到一角的对角线利用，有它自然发展的轨迹。而外围客观变化自然也是不可少的助力。南宋山水画中的留白可以从几个角度思考：

1.政治变革引起的"残山剩水"意识。

2.江南水乡的视觉影响。

3.徽宗画院以文学性诗题取士的推波助澜[11]。

这几种因素混杂在一起，使南宋的绘画大量出现留白的效果。这留白是心理意识上的缺憾？是水乡泽国视觉的迷远？是文学抒情诗意的弥漫？恐怕三者搅混在一起，并不容易细分。

总之，留白出现了。作为构图一部分的留白，总是视觉的，它是水或天或云的延展。在米友仁的"云山"系列作品(图16-3)，马远

- [9] 李霖灿《中国画的构图研究》，《故宫季刊》第5卷第4期，P.29，1971年春季出刊。

- [10] 同注[9]，P.28。

- [11] 见宋代邓椿《画继》卷二，P.3。

[12] 高居翰著，颜娟英译《钱选与赵孟頫》，见《故宫季刊》第12卷第4期，P.79，1978年夏季出版。

的《雪滩双鹭图》中(图16-4)，那留白的部分，仍给人实体的感觉。

作为文学性明显增强的南宋绘画，逐渐出现了由皇帝在画面题诗的习惯（如：马远的《踏歌图》，图16-5）；这时，留白便逐渐由实体空间转为抽象空间了。

由水或天或云延伸出去，这南宋的绘画，必须大胆突破实体空白与抽象空白的观念障碍，中国绘画中真正的"空白"才于焉产生，而它的关键则在于何时画家把题跋印记正式置放到画面上去。

从范宽把款押藏在树丛中（《溪山行旅图》），到郭熙正式以名款列于画面左侧不显要的地方（《早春图》），再到李唐把题款列在画面之重要位置（《万壑松风图》），名款的出现自然说明着画家个人社会地位的提高。但是，一直到南宋，我们还很难找到刻意把题跋与画面一起来思考的例子。

到了元代，"四大家"的作品中，都明显看到题款与印记的重要性。一旦题款与印记侵入画面，这画面所保留的空白便不再是具体的，而如同戏剧中"检场人"侵入的舞台一样，立刻转成了抽象的空间与时间。

文人画的正式成立，中国绘画空白的纯粹性，都在元四大家手中完成，正是因为文人画所处理的山水已不再是具体的山水，而是一种心境，是人在纯粹时间与空间中或渺茫，或冲融，或孤寂，或饱满的各种心绪而已。

而直接引导向四大家的关键人物自然是南宋末期到元初的钱选与赵孟頫、赵孟坚等人。

钱选的《浮玉山居图》（图16-6），赵孟頫的《鹊华秋色图》（图16-7），郑思肖、赵孟坚的《墨兰图卷》（图16-8）都是最早画家在画面上留下长篇题跋的例子。

高居翰（James Cahill）先生在 *Hills beyond a River* 中看重钱选与赵孟頫的历史地位，也提出了重要的论点，认为他们引导的"方向的特征可说是反装饰和反写实的"[12]。

是的，和其他类别的中国艺术一样，绘画中的空白也是为了降低感官本身的煽惑与刺激，而使绘画升高成为哲学。色彩消失，空白出现，都是为了使这视觉艺术更纯粹地成为一种心境的沉思。它不仅"反装饰"、"反写实"，在某一种意义上来看，它甚至是"反绘画的"，它不安于处在绘画形与色甜媚诱人的感官刺激上，它亟亟要放弃色彩，出现空白，使自己成为哲学。

中国艺术整体地不强调技巧，不强调技巧的炫耀与卖弄，正是为了指向那空白，那空白是无限，也是未完成。

↑图16-3 云山图（局部） 南宋 米友仁 北京故宫博物院藏

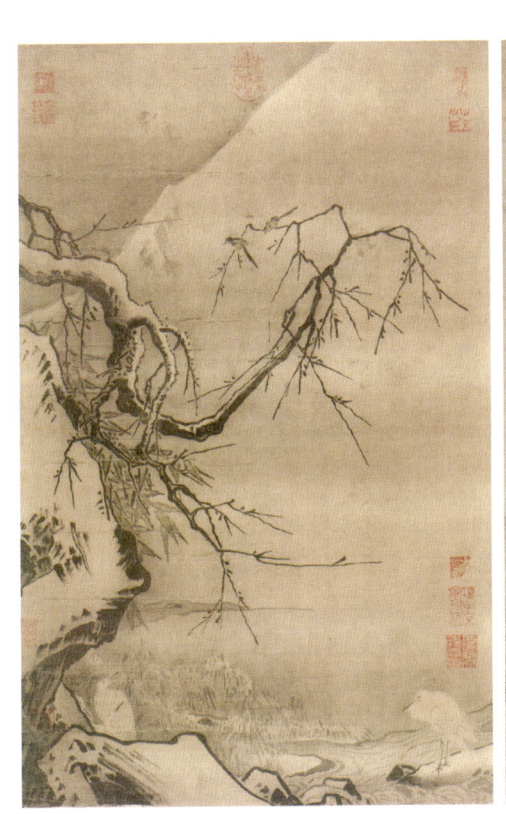

↑图16-4 雪滩双鹭图 南宋 马远 绢本 59cm×37.6cm 台北"故宫博物院"藏

↑图16-5 踏歌图 南宋 马远 绢本 设色 192.5cm×111cm 北京故宫博物院藏

↑图16-6 浮玉山居图（局部） 元 钱选 纸本 设色 上海博物馆藏

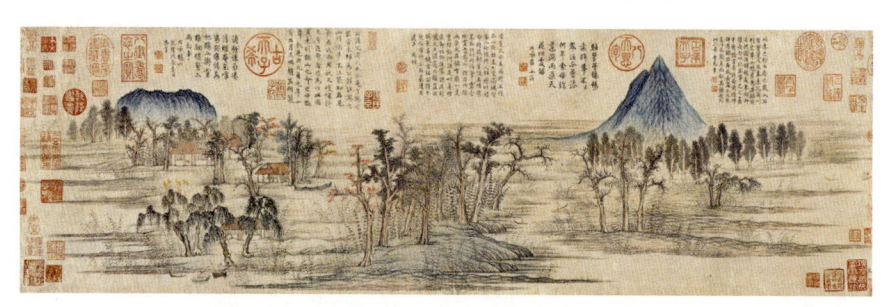

↑图16-7 鹊华秋色图 元 赵孟頫 卷 纸本 设色 28.4cm×289cm 台北"故宫博物院"藏

↑图16-8 墨兰图卷（局部） 南宋 赵孟坚 郑思肖 纸本 墨画 北京故宫博物院藏

四、卷轴中的"诗堂""引首"与"跋尾"

这无限、未完成的空白，仿佛是创作者对未来的邀请。这空白使诗句出现，使印鉴出现。使时间与空间，介于现实与抽象之间，产生了错综迷离的效果。

我们不能够想象西方著名的绘画上题满盖满了各种文字、诗句、印章，因为，那里不曾存在容纳无限的抽象空间，如同我们不能想象西方的剧场忽然走进毫不相干的"检场人"。

中国绘画的卷与轴，在空白观念完成以后更自由地延展了。

在立轴上，裱褙了一块"诗堂"，可以供他人或后代在上面加上题跋与印记。在长卷上，前隔水之前有"引首"，后隔水之后有"跋尾"，也容纳着无数的收藏印鉴与题跋。

我们至少要把这种习惯当成一种重要的观念来看待，才能发现这背后隐藏的美学意义还是在指向无限与未完成，在暗示着中国人世世代代在艺术中所坚持的时间与空间的看法。

我展玩黄公望的《富春山居图》（图16-9），除了黄公望本身的绘画之外，有各种印鉴、题记时时进入长卷的视觉行进中，这些看来毫不相干的朱红印记和墨迹，成为抽象空白里时间与空间极特殊的错离效果。

因为乾隆滥用这种习惯，破坏了某些名作的画面，使我们有时产生了对后代题记与印鉴加入绘画的憎恶感。但是，如果我们撇开过分情绪的反应，我们的确会发现，后代陆续增加的印鉴与题记，恰恰是中国美学必然发展出来的一种形式结果。

我曾在一卷清代焦循与阮元合作的卷子上看到尚未经题记的完全空白的"引首"与"跋尾"，显然是创作者完成之后装裱时便安排好的。一个创作者，完成了自己的作品，却不以为完成了，在装裱时，刻意加上空白的"引首"与"跋尾"或"诗堂"，很显然的，这作品，除了个人完成的部分，它还要到历史中去接受另一次的完成。一幅字画，除了作者赋予的生命之外，又似乎有了另一个必须要完成的生命，每一代的人，继续着在那无限的空白上做着永远"未完成"的工作。《富春山居图》加上沈周、文彭、董其昌、邹之麟的题记，加上吴问卿的爱宠与火殉，已不再是黄公望的《富春山居图》，它仿佛也有了它自己的沧桑，它经历着被爱宠、火殉、误认为赝品的悲哀，呈现在我们面前，这些诸多的因素，已混搅成为《富春山居图》不可或缺的部分。

这连绵不断的继续的题记与印鉴，如同演义不完的章回小说，如同厢庑与进落不断发展的组群建筑，如同一出一出构成的戏剧结构，都在指向无限与未完成。

到了元明之际，中国各类艺术的观念大抵已趋定型，空白的运用也达于成熟的地步，中国艺术思想具体在小说、戏剧、建筑、绘画、音乐中被体现完成，某些看来成为定规的形式习惯也恰恰是它们已趋完成定型的原因罢。

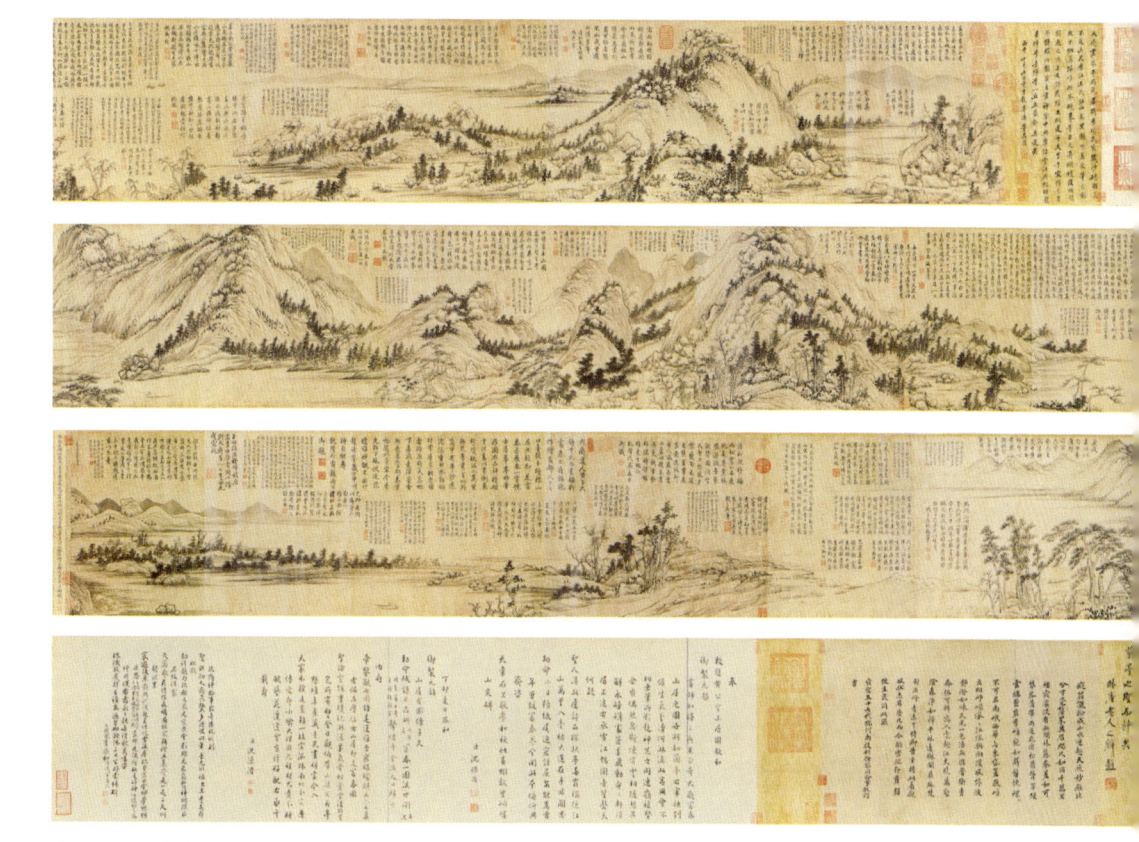

↑图16-9 富春山居图 元 黄公望 纸本 墨画 33cm×636.9cm 台北"故宫博物院"藏

赵孟頫与元四大家

意境与书法的结合

院体与文人画的激荡

第十七章 文人画

——意境与书法

八大像是中国文人水墨的最后一个句点，他勾画出的鱼、鸟、风景，是洪荒初始的鱼、鸟与风景，是历劫之后永恒存在的鱼、鸟与风景的本质，八大的画完全是一种哲学，是一种绝对的存在。他与同时代的渐江、石谿、查士标、石涛，共同在明亡之后，再一次把文人画的情操意境与书法之笔推到了文人画最后的高峰。

一、赵孟頫与元四大家

唐际五代，色彩从中国绘画上逐渐褪淡消失；南宋以后，空白在构图上争取到更大的比例；经由禅宗画派的冲击，笔墨也从形象的模拟中解放出来，发展成更为泼洒自由的水墨技法；苏东坡、文同对绘画文学性的强调到徽宗画院的"下题取士"制度建立，促使绘画中诗意的弥漫……这一系列的因素，都水到渠成地准备着一个文人画时代的来临。

文人画终在元代完备了。完成于一个沦亡于异族、知识分子感觉着空前苦闷的时代。

南宋的亡于蒙古很不同于一般的改朝换代。蒙古统治者对汉族的压制，对士大夫文人的鄙视，使汉民族受到了极大的伤害，恐怕也是第一次，我们历史上特别强调了为民族而亡的"民族英雄"，如岳飞、文天祥等。

中国原来并不强调单一民族形成一个国家的观念。在传统中国观念中常说的"天下""江山"等概念，很不同于西方的"国家"，它并不是一个刻板的政治组织的形态，而毋宁更是一种对文化、传统、生存价值、宇宙观的认同。"华夏""江山""天下"，这些意识符号，看来含混笼统，但是，也的确因为内在具有丰富的弹性，使这个民族在每一次剧变中都重新有迂回的余地。"五胡乱华"，一次长达三百多年的外来势力的"入侵"，并没有伤害到民族的生长，相反地，因为新血液的加入，反而促进了隋唐文化灿烂雄健的发展。"天下""江山"，如果比"国家"更具备着丰富的生命力，便是因为它们不只是狭隘的政治，而同时又是一种文化价值的认同。孔子所辨别的"华夏""夷狄"，儒家所强

[1] 有关元代文人的处境可参阅颜天佑先生之《元杂剧所反映之元代社会》第四章第一节："元代文人的现实际遇"，P.151-P.165，华正书局，1984年9月初版。

调的"王天下"，都必须从这个角度着眼，才看得出惊人的远见和胸襟。

然而，南宋的亡于蒙古，这新来统治者的桀傲自大，却彻底伤害了汉民族原有的"天下"观，知识分子、文人，更是感觉着被歧视的痛苦，采取了全面的不合作态度。[1]

知识分子纷纷成为隐士。一部分混迹民间，去认同百姓的愤怒、伤痛、贫穷、被压迫的处境，为他们编写戏剧、小说（如《窦娥冤》《水浒传》）；另一部分，把他们的挫折、苦闷寄托于山水，走到宇宙自然里，去寻找个人生命的依托。前者使中国知识分子走向民间，推动了民间戏曲、插画、小说的蓬勃发展；后者使文人走向自然，发展了元代意境高渺的文人绘画。

如果，"文人画"指的是书法、绘画、文学、人品诸种因素的结合，那么，"文人画"的美学风格并不一定要走上元代绘画的"萧疏""荒散""孤寂"的路上去。因此，我们看到，水到渠成的文人画，经过元代特殊的政治变革，经过元代文人本身的心情递变，形成了此后"文人画"的特殊美学风格。第一，许多文人原来并不一定要走向绘画，因为现世的困顿、阻碍、挫折，转而寄情于笔墨。这"寄情"的性格，便使元代的绘画摆脱了宋代院画形似的追求；又因为文人本来具备着优秀的书法训练，在笔墨上不会流于过分狂肆，只重哲理意念的禅画一派，便在南宋的院画与禅画之间走出了一条冲淡平和的"文人画"的路子。第二，这些几乎大部分成为"隐士"的文人，在宇宙自然中寻找着他们寥落心情的安身之所，那自然的风景逐渐转化成他们内心的风景，便使文人画在山水的主题下，一步步走向荒率、萧疏、高旷、孤寂的美学特质上去了。

宋末元初，把绘画引导到元代文人画风格上去的关键人物却是赵孟頫。这位和老师钱选一起倡导复古运动的画家，是宋代皇室的后裔，有最优秀的文学与书法的训练，他的《调良图》（图17-1）一类的作品足见他传统涵养之深。但是，有趣的是，赵孟頫，在许

第十七章 文人画——意境与书法

多拒不仕元、知识分子纷纷退隐的年代，他却北上任职于蒙古新朝了。以这样一位人物来担当元代文人画的创始者，似乎显得矛盾而又嘲讽罢。赵孟頫，也的确因为他的入仕元朝，在中国画史上遭到议论。

在产生强烈民族意识的年代，有为民族殉亡的烈士，也有抱亡国之痛隐居不出的志节文人，而赵孟頫北上了。这个在身份上背叛了"文人画"条件的画家，却在他北上之后，放弃了他复古主义的作风，开创了荒漠、淡远、苍凉的一种山水画风。仿佛反复的赎罪，仿佛比那些殉亡的烈士，那些隐居于山水间的孤高志节文人有着更多苍凉、寂寞、不可言说的亡国之痛，赵孟頫，在他42岁的作品《鹊华秋色图》、49岁的作品《水村图卷》中（图17-2），一一展现了文人画最早的荒苦、萧散的作风，成为元代文人画真正的导师。

元代的画家便顺着赵孟頫的路走下去了。作为一个时代转接期间的桥梁，赵孟頫的身上同时有着复古与革新的两面。

那革新的一面，是要解散了形体，是要看到山水更为内在的神髓，看到山原不是山，水亦不是水，看到那山水解脱了色彩、形状，只剩下笔的移转与墨的堆叠。

黄公望的宽容大度，成为元代绘画的首冠。他的风格竟是因为他那么不刻意形成风格，仿佛在绘画之外，对山水、对人世，他有更多的爱与追求，所以笔墨的自在、空间的灵活，在他的杰作《富春山居图》（图17-3）中都到了令人叹为观止的地步。大海容纳百川，我们在黄公望的作品中便看到了他的画风平凡中竟包容了倪瓒、吴镇、王蒙的可能性。

倪瓒与吴镇是有趣的对比。倪瓒是孤高峭薄到了几乎不近人情的地步，差一点便要刻薄了，然而，他给我们看最荒冷的风景，是一种精神上的自苦，那冷漠无情的外表下却似乎饱含着企望信仰与热情的愿望，只是因为受挫了，要一变而为凄厉的叫声（图17-4、17-5）。

吴镇恰恰相反。吴镇的敦厚稳定，差一点便变得木讷呆板了。

↑图17-1 调良图 元 赵孟𫖯 纸本 墨画 22.7cm×49cm 台北"故宫博物院"藏

↑图17-2 水村图卷 元 赵孟𫖯 纸本 墨笔 24.9cm×120.5cm 北京故宫博物院藏

←图17-3 富春山居图（局部） 元 黄公望 纸本 墨笔 台北"故宫博物院"藏

他那样从容不迫，反复着一种高不亢低不卑的中音调子，宽舒平和，倪瓒世界中冷漠的激情，在吴镇的面前都一一得到了温慰与抚平（图17-6）。

如果倪瓒企图把世界剥落简化到不能再简，给我们看赤裸裸山水的本质，那么，王蒙则是繁密堆叠到了极致，给我们看氤氲着丰沛生命巨力的宇宙山川。倪瓒是水平与垂直的交错，构造着那洁净透明近于数学秩序的世界；王蒙则是许多的焦虑、不安，被巨大的情绪塞满鼓胀，是不断的曲线的连接与纠缠（图17-7）。

元四大家，从任何角度看，都是截然相反的对比，他们或发展繁复，或发展精简，他们敦厚或峭薄，孤高或平易，从容或激情，各自把性格发展到了极致，成为艺术的风格。他们解脱了形象的追求，山水不再是自然客观的山水，山水变成了他们内心的独白。他们要给世人看他们看到的山水，荒苦、寂寞、无限的延续，那笔与

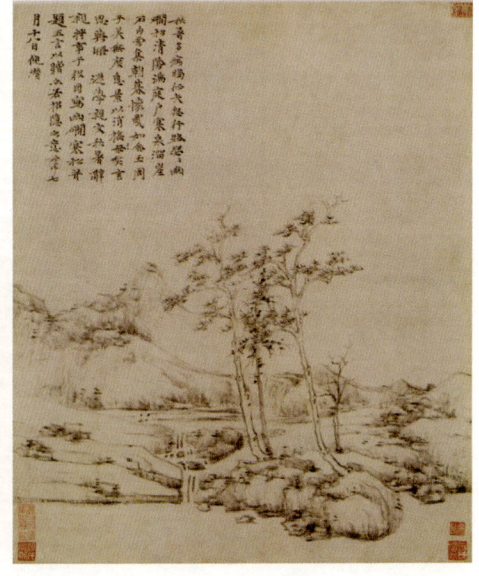

↑左图17-4 容膝斋图 元 倪瓒 绢本 墨笔 74.7cm×35.5cm 台北"故宫博物院"藏

↑右图17-5 幽涧寒松图 元 倪瓒 轴 纸本 墨笔 59.7cm×50.4cm 北京故宫博物院藏

墨在纸上拖带、停止、移转、堆叠，如同一些没有形象的声音的符号，组合着，排列着，形成了无声的音乐。元代的文人画把山水拆散，发展到更个人、更表现的地步，这时，山水只成了假象，文人画已是以笔墨构造的抽象视觉经验了。

↑左图17-6 渔父图轴 元 吴镇 纸本 墨笔 111cm×29.7cm 台北"故宫博物院"藏

↑右图17-7 秋山草堂图 元 王蒙 纸本 123.3cm×54.8cm

二、意境与书法的结合

汤垕在《画鉴》中说："若看山水、墨竹、梅、兰、枯木、奇石、墨花、墨禽等游戏翰墨，高人胜士寄兴写意者，慎不可以形似求之。先观天真，次观笔意，相对忘笔墨之迹，方为得趣。"[2]

这种说法，使人想起北宋的苏东坡、文同，只是到了元代，这种观念更具体地被肯定，而且实践成为"文人画"了。

"先观天真、次观笔意"，这两句话，说明着元代以后文人画是建立在两个基本因素上："先观天真"指的是创意，观念的活泼、对事物的爱，总结成一般所谓的"意境"；"次观笔意"，则指的是线条的力度，显然是书法的用笔了。此后的文人画大抵便是这意境与书法两方面用力的结合。

赵孟頫常画枯木、竹石、兰，他的题画诗说："石如飞白木如籀，写竹还须八法通。若也有人能会此，须知书画本来同。"

柯九思也说过类似的话："写竹干用篆法，枝用草书法，写叶用八分法，或用鲁公撇笔法。木石用金钗股、屋漏痕之遗意。"[3]

宋末元初，逐渐形成了以墨梅、墨竹、墨菊为主题的大量作品，表面看来，似乎是文人用来比喻自己清高、气节、操守的象征，事实上，竹、兰等形象，恰恰是最容易与书法的撇、捺笔法互通，最容易表达书法特质的题材。文人以非职业的身份介入绘画，他们并没有严格的形象模拟的训练，他们所凭借的长处是书法，他们要和画院职业画工一较长短，也必须依靠书法入画的特质。赵孟頫与柯九思的说法，正显露了元代文人以书法作为绘画基础的例证，而此后数百年间，书法几乎已成为中国文人画的素描训练，中国文人经过自幼年开始的书法严格训练，便自然而然挟带着书法的

[2] 元汤垕《画鉴》，见《美术丛书》三集七辑P.9，神州国光社，1947年版。

[3] 徐显《稗史集传·柯九思传》，转引自郭因《中国绘画美学史稿》P.176，人民美术出版社1981年8月初版。

[4] 倪瓒《清閟阁遗稿》卷九，P.12，"国立中央图书馆"，1970年。

笔法进入绘画了。梅、兰、竹，以及后起的菊，共同形成了"四君子画"，四君子画，正意味着文人画两方面的特质，一是情操、人品、意境，一是书法的笔墨（图17-8）。

倪瓒说："余之竹，聊以写胸中之逸气耳。岂复较其似与否，叶之繁与疏，枝之斜与直哉？或涂抹久之，他人视以为麻为芦，仆亦不能强辩为竹。"[4]

倪瓒透露了墨竹画法乃至整个元代的文人画在"写胸中逸气"的事实，而形似已不再是画家追求的对象。从文同而下，墨竹在宋元明清四代，乃至目前的国画界都形成了一股巨大的势力。元代的赵孟頫、李衎、柯九思、吴镇、倪瓒都精于墨竹，竹成了一种象征，它一方面是画家心中孤高、节操、虚怀等等理想的形象化，另一方面，它又可以是绝对抽象的笔与墨的错综交叠，文人画以意境与书法来结合的两种要求，墨竹都可以满足了，它在元代特别兴盛的发展便不是偶然了。

↑图17-8　四清图卷　元　李衎　纸本　墨笔　16cm×359.8cm　台北"故宫博物院"藏

三、院体与文人画的激荡

文人画走向抽象笔墨的性格，在元末明初的绘画中延续着。明初的宋克、王绂、夏㫤、徐贲、王履，都是元画的遗绪。这一脉相承的文人画，在明代复杂的绘画流派掩映中仍不断要求着更彻底的笔墨的解放。

在某一方面来说，明代，甚至早到王蒙的某些作品，已暗示着元代文人退隐的、孤高的、出世的绘画，有着逐渐返回现世的趋向。

王蒙绘画中浓艳的敷色，塞满的空间，特意拉长的纵条形式，不安定的构图，不断向上升起运动的 S 形结构，都似乎隐含着一个文人沮丧、退避时代的结束，代之而起的，是对那即将来临的新时代有着参与感，有着跃跃欲试的好奇与兴奋。

作为汉族再复兴的王朝，明代的许多复古作风似乎变成了不可旁贷的责任。刻意地要跳过元代，直接去继承两宋的院体正统，明代的院画一般地显现着这历史情绪上不可避免的"复古"性格。皴法、构图上处处模仿李唐、马远、夏圭，显得没有创造性。但是，明代的院体到浙派，虽然套着复古的框框，却在细部笔墨处理上有着比元人更泼肆、自由的表现，宣德画院的戴进、孙隆、李在、倪端，同时具备着南宋院画的结构、元人笔墨的随意性，而往更纵放的方向发展（图17-9、17-10），甚至那"纵放"使许多以含蓄中和为美学标准的文人不习惯，"浙派"此后之于文人画，应以此种角度来观看。

事实上元代的文人美学已一去不复返了。明代在复兴贵族院画之外，更强烈的主流恐怕是新兴城市工商市民阶层的浪漫性格。

在成化、弘治的院画中，林良与吴伟，无论在表现花鸟或山水主题上，那些狂肆不羁的笔触线条，都跃跃于形象之外，使人感觉

[5] 唐寅《西洲话旧图》题画诗，原画藏"台北故宫博物院"。

到类似南宋颇具叛逆个性的禅的遗风（图17-11、17-12）。但是，事实上，是元代开发的抽象笔墨，加上明代新兴的市民文艺的乐观与兴奋，使中国的绘画要发展到更自由大胆的路上去。

明代的文人画在院画、浙派之间，看来气息微弱，事实上，被认为是文人画正统嫡裔的沈周、唐寅、文徵明的"吴派"，也一样只是披着文人画的外表，实质上已多少沾带了市民艺术的性格。

沈周是最典型的元代文人理想的继承者。他精神上的冲淡平和都是元代的，但是他的山水出入于四大家之间，似乎一直难以确定自己的风貌，倒是他随意墨戏的蔬果禽鸟，离开了元人的孤高，有另一种回归人间现世的温暖与市民风，是典型明代的风尚（图17-13），只是这风尚在政治、习俗、文人观念层层的压抑下，还在害羞地成长。

唐寅是明代文人接合虚无主义与享乐主义的典型，他不再是元代文人的孤高，他的传奇生活，显示着明代文人颇入世的性格，他挟妓而游，他牢骚满腹，他有淡淡的对不得意的感伤与愤懑："醉舞狂歌五十年，花中行乐月中眠，漫劳海内传名字，谁信腰间没酒钱。"[5]（图17-14、17-15）。

唐寅的世界，不再是倪瓒的孤高出世，他也不追求元人的高远理想，他甚至有点纵溺颓废，在入世的过程中享乐放纵，又沾染着尘俗名利的欲望，在失意之后便成为虚无。这种享乐与虚无的基调，构成了唐寅世界的诗意、甜美，以及淡淡的夕阳的感伤，是城市文艺兴起时没落文人的顾影自怜。

明代市民文艺冲击下的文人画，即使在吴派画家来看也已颇不统一了，沈周以谨严之风严守着元人的法度，有时竟有点刻板了；唐寅其实已沾带了浓烈的市民趣味；仇英则是皇室贵族与市民绘画的结合（图17-16）；文徵明也显得风貌不一，时而是文人，时而是宫廷职业画师……所有这些明代绘画的矛盾性格，都说明着文人画在市民文艺的巨浪下要起更大的变化，而这从明初开始的层层压抑阻碍，一直到徐渭的时代，终于爆发了水墨新的解放。

徐渭几乎是以极度叛逆的悲愤之情，用自己的生命试图去冲撞那牢不可破的封建的厚墙。他大胆疯狂地呼叫，他鲜血拼溅成一幅幅淋漓泼洒的动人作品，那点滴流动的墨汁，正是明朝那一苦闷年代革新者的血泪（图17–17）。

徐渭是疯狂的，他注定着悲剧的命运。"半生落魄已成翁，独立书斋啸晚风，笔底明珠无处卖，闲抛闲掷野藤中"[6]，他最喜欢用来题画的一首诗，看来充满了落魄文人的孤独与不平。他在明亡以前，预告着文人水墨美学将要奏出最后的挽歌，那连串的线条与墨块的泼洒与组合，纠结着另一次的亡国之痛，在明末清初，在石涛、八大的画中达到了文人美学的巅峰。

董其昌的文人画理论，强硬的南北分宗论处处暴露着矛盾、错误，正是因为在文人画已经到了强弩之末时，试图用一相情愿的主观挽回颓势所造成的问题。明代的绘画纠缠着复古主义、宫廷贵族华丽画风、民间职业画匠以及市民画派几种不同的潮流，文人画已不再纯粹。

明末清初以四王和四僧领导的文人画，分成二路，一部分重复着文人画外在的形式，另一部分，把水墨解放的文人画性格发展到了极致。石涛的《万点恶墨卷》（图17–18）正是他画论中"纵使笔不笔、墨不墨，自有我在"[7]的实践，是文人画一脉相承的对形体的解散，对笔墨更自由抽象的要求。八大山人的"泪痕却比墨痕多"，也呼应着徐渭，是文人画对空白运用、笔墨抽象的最高形式。八大像是中国文人水墨的最后一个句点，他勾画出的鱼、鸟、风景，是洪荒初始的鱼、鸟与风景，是历劫之后永恒存在的鱼、鸟与风景的本质，八大的画完全是一种哲学，是一种绝对的存在（图17–19、17–20）。他与同时代的渐江、石谿、查士标、石涛，共同在明亡之后，再一次把文人画的情操意境与书法之笔推到了文人画最后的高峰。

● [6] 徐渭《葡萄图轴》题画诗，见《中国绘画史图录》，P.607。

● [7] 石涛《石涛画语录》，中华书局，"氤氲章"第七，P.31。

↑左图17-9　春耕图轴　明　戴进　61cm×37cm　浙江博物馆藏

↑中图17-10　圯上授书　明　李在　绢本　24.8cm×26.5cm　台北"故宫博物院"藏

↑右图17-11　渔乐图轴　明　吴伟　270cm×174.4cm

↑图17-12　灌木禽图卷　明　林良
34cm×1211.2cm　北京故宫博物院藏

←图17-13　写生册·猫　明　沈周
34.8cm×54.5cm　台北"故宫博物院"藏

↑图17-14 山路松声图 明 唐寅 绢本 设色 194.5cm×102.8cm 台北"故宫博物院"藏

↑图17-16 梧竹书堂图 明 仇英 纸本 148.8cm×57cm

↑图17-15 溪山鱼隐图 明 唐寅 绢本 30.0cm×610cm 台北"故宫博物院"藏

↑图17-17 杂花卷 明 徐渭 东京国立博物馆藏

↑图17-18 万点恶墨卷 明 石涛 纸本 设色

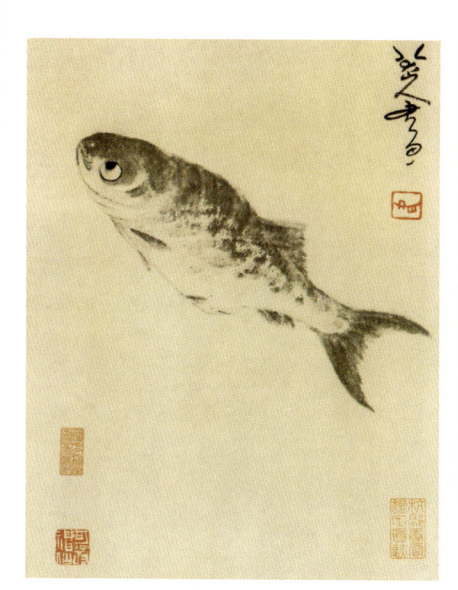

↑图17-19 鱼图 明 朱耷（八大山人）

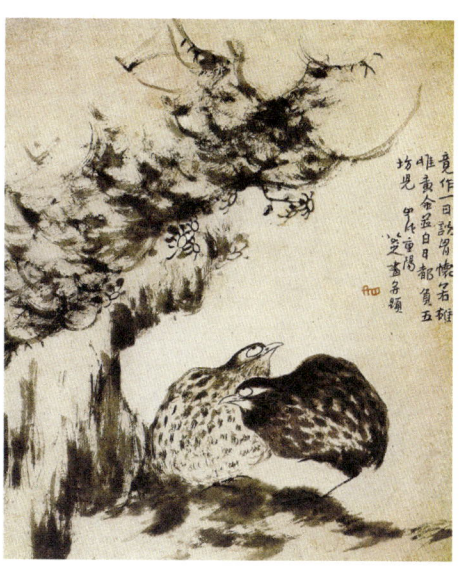

↑图17-20 安晚帖 明 朱耷（八大山人） 纸本 31.7cm×27.5cm 日本墨友庄藏

宋代城市风俗画的发轫

明代市民绘画的曲折发展

扬州画派到海上画派

第十八章 市民绘画的迂回之路

中国的艺术在旋乾转坤的阶段,波翻浪涌,使人看不清「美」的前途。然而,出身于穷苦湖南乡间的齐白石,在经历生活重重考验后,创造了总合文人、城市民与农村经验的动人艺术风格,以他无成见的赤子之心去宽纳了一切世间动人的事物,使那困顿成为坦途,使那惨伤中有温暖,使郁闷与灰暗转成宽阔与亮丽的世界。

美的沉思
A Contemplation on Chinese Art

一、宋代城市风俗画的发轫

城市的发展在宋代成为文艺形式转变的一个重要客观因素。

刘敦桢的《中国古代建筑史》论及此时的城市说："宋、辽、金时期由于唐末五代以来手工业和商业的发展，全国各地出现了若干中型城市，城市的布局也发生了变化。"[1]

在绘画上，张择端的《清明上河图》，更具体地告诉了我们北宋城市在手工业和商业高度发展下形成的繁荣景象："东京的主要街道是通向城门的各条大街，它们都很宽阔，其他街道则比较狭窄。住宅和店铺、作坊等都面临街道建造。由于手工业和商业的发展，有些街道已成为各行各业集中的地段。最繁华的商业地段集中于城的东北、东南和西部三部分主要街道的附近；因为由东京往北不断有与辽、金往还的使臣车驿，往东南为运河漕运，往西通西京，全是人流货流最集中的地区，商业也自然在这些地段及附近兴盛起来。因为城市人烟稠密，房屋拥挤，所以酒楼都是二三层的建筑，其他热闹街市的临街房屋也有二至三层的，有些商店的前部还建有'彩楼欢门'。"[2]

城市的形成，说明着商业交易频繁到一定程度，说明着手工业的生产量增加，工业人口集中，城市中出现明显的商业地段。而随着这人口的集中、商业区的成形，城市市民的生活也发生了极大变化。由于来往交易频仍而带来自由风气及知识的开通，都使城市市民具备了不同于传统农村庄园经济下的百姓性格。

城市市民代表着一种工商业繁荣的新兴精神，他们乐观进取，面对现实，他们对世俗的肯定热爱，使他们虽然沾带着一点享乐主义的倾向，但基本上有极度现世的、奋发的一面。

● [1] 刘敦桢《中国古化建筑史》P.171，台北明文书局，1982年6月版。

● [2] 同注[1]，P.172–P.173。

张择端的《清明上河图》，不仅只是一个人群熙攘的城市纪录，同时更说明着山水画全盛的时代，另一支缓慢成长起来的城市风俗绘画也已露出了端倪。它们不是文人山水的世界，它们对意境高渺的文人理想觉得高不可攀；它们又不是唐、五代的人物画，唐代的释道人物，唐代的贵胄华裔，对它们而言，也太完美神圣了。它们要呈现的只是现世城市生活的片断，那呼叫着的商贩，那嬉闹的孩童，那摩肩擦踵的市集中的百姓，那谈笑着的街坊邻居（图18-1、18-2），他们从释道人物的神圣庄严中解放了出来，他们也不企望走到宇宙山水中去求更高的生命理想，他们热爱现世、肯定现世，在初步自由开放的城市生活中享受着他们的现实生活。他们在戏台前万人攒动，争看那传奇、演义中的生活百态，来自于宗教俗讲的，来自于历史演义的，来自于民间传奇的，那是城市市民生活不可少的一部分。

于是，我们看到，虽然在文人山水画主宰中国艺术达数百年之久的潮流中，城市市民风格的艺术也同时不那么明显地成长着。文学、戏剧中的传奇、小说、评话、演义、杂技……比较更早成形，而绘画一项，在巨大的文人势力下，一直没有得到正面的肯定，然而，类似张择端《清明上河图》一类的巨作是可以说明着那新市民发轫的契机罢。

在宋代，有不少以《货郎图》（图18-3）为题材的作品，那身背着各种日用品行走于城市近郊贩卖货物的职业，似乎也具体而微地说明着城市发展起来以后，那沟通城市与农村的人物，身上挂满日用百货，把城市的新奇生产带到偏远的农村，也同时带去了城市的种种传闻，使城市市民的生活变成农民向往的对象。

"货郎"，正是宋代市民生活在绘画上的具体反映，只是往往在北宋范宽、郭熙巨大的山水阴影下，这微弱的城市市民文艺的呼声还得不到太大的回响罢。

如果我们把《货郎图》《茗园购市》《灸艾图》《戏婴图》

《闸口盘车图》（图18-4）等宋代常见的题材联系起来，我们就会发现，随着宋代城市的发展，在山水画与宫廷及释道神佛画之间，有一种城市风俗画的主题在萌芽，他们其实是更接近西方文艺复兴时期的美术精神的，乔托（Giotto di Bondone，1267~1337）把基督教的神圣人物降低为僧世的精神，第十及十一世纪前后的宋代，也同样把佛、菩萨，降低为更为俗世的罗汉、应真像。五代的贯休，留下了十分骇怪的"罗汉像"（图18-5、18-6）。他们使人骇怪，是因为在我们认为应当十分神圣庄严的神像中赋予了完全俗世的性格。那些突目偃眉、张口赤脚的人像，充满了现世一般市民的表情，他们不再是高高的台座上不可企及的有超自然能力的神佛，他们事实上已经是我们非常熟悉的街坊邻居。

罗汉、应真一类的作品，从唐、五代开始，历宋元明清而不衰，在城市市民风俗画被文人山水画压抑，不得正常发展的情况下，正是市民绘画借着释道神佛画的传统在抒发新的人物画风格罢。南宋梁楷、石恪的"泼墨仙人"或禅宗祖师画像，一般地也已脱离了五代以前唐画中神佛画的庄严肃穆，而代之以市民风格的活泼、谐谑、平易近人的性格了。

连马远的《踏歌图》都在山水画中寄托着俗世风习的描写，宋代城市市民风格在山水画中也产生了一定影响力。宋人的《纺车图卷》（图18-7）等山水中都可见局部俗世生活的描绘。

自然，由于许多特殊的历史因素，城市市民绘画并没有如我们料想的那样顺利地发展。主要原因恐怕还是因为中国毕竟有太深厚久远的农村经验，近代城市要立刻代替那来自广大农村的传统，所遭遇到的阻力是极大的。经由科举之后，取得社会文化的主导力量，他们一方面在反击华丽装饰的贵族宫廷艺术，另一方面却也同时延续着一贯对暴发户式的商业文化的压制，使绘画走向追求山水理想、意境的平淡天真一途上去了。

元代沦亡于异族的经验，使知识分子受到挫伤，却意想不到地反而更促发了文人画远离世俗，而城市市民风格的绘画便受到了更大的拖延。除了在龚开的《中山出游图》（图18-8）一类以民间戏曲为题材的作品或盛懋的少数风俗题材中还存留着一些市民风格之外，元画中的俗世景象几乎全被山岚云烟遮掩了。原来可以正常发展的市民风格美学便要在历史的迂回中潜伏着，一直迟到明中叶以后才又逐渐复苏，在各种伪装下成长着，终于被西方的市民文艺占了先机，而中国城市市民生活的再肯定，城市市民精神的开放、自由、乐观与进取也几乎要迟到十七八世纪才再蓬勃发展起来。

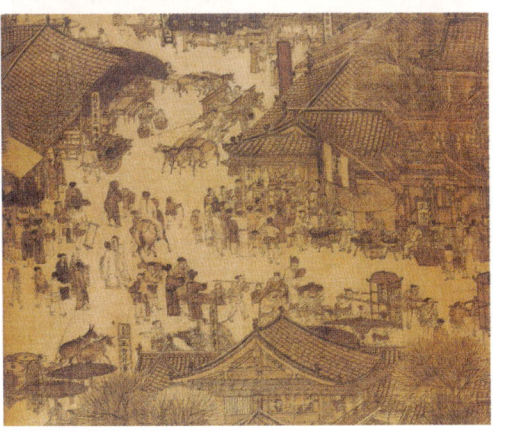

↑图（上）18-1、（下）18-2　清明上河图（局部）　北宋　张择端　绢本　淡彩　北京故宫博物院藏

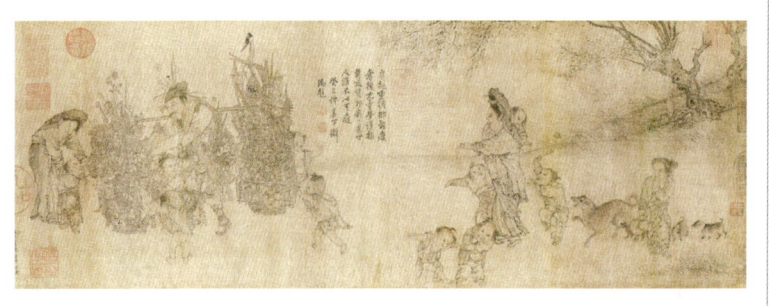

↑图18-3 货郎图 南宋 李嵩 绢本 设色 25.5cm×70.4cm 北京故宫博物院藏

↑左图18-4 闸口盘车图 宋 佚名 绢本 109cm×49.5cm 台北"故宫博物院"藏
↑右图18-5 十六罗汉像·阿氏多尊者 唐卡 五代 贯休 布本 143cm×89cm

←中图18-6 十六罗汉像·半托迦尊者 唐卡 五代 贯休 布本 143cm×89cm

↑图18-7 纺车图卷 北宋 王居正 绢本 设色 26.1cm×69.2cm 北京故宫博物院藏

↑图18-8 中山出游图 元 龚开 卷 纸本 墨画 32.8cm×169cm 美国华盛顿弗利尔美术馆藏

二、明代市民绘画的曲折发展

在明代的部分，我们特别强调过文人画的传统中已掺杂了太多非文人画的杂质。明代的院派、浙派、吴派，都并不是元代文人画一成不变的因袭与延续。从某一个角度来看，相对于元画，明代绘画一般地沾带了更多"俗世"的因素，而这个趋向，恐怕在王蒙的身上已经看到了一些暗示与迹象。至少王蒙绘画中强烈的色彩，浓密繁复的构图都说明着一个追求水墨平淡、空灵的文人画时代的趋于结束（图18-9）。

整个的明代，无论倾向于宫廷画风的戴进、吕纪、仇英；倾向于文人画风的唐寅、文徵明，都不可避免地在新兴繁荣的工商业城市中受到了市民风习的感染。他们敷色秾艳，他们的题材不再是高渺的山水，而是更为人间的市民生活的景象，他们重新从倪瓒式的荒冷世界中走回到了城市。唐寅重复画的有关唐代诗人张祜与李端端的故事，其实更是明代城市文人新的写照，"谁信扬州金满市，胭脂价到属穷酸"[3]，显然这里的文人已不是元代徜徉山水、孤高冲淡的隐士高人了。唐寅所扮演的文人是在城市新兴繁荣的工商暴发阶层势力高涨中同时感受着文人的自大与自卑的矛盾角色。他们已失去了时代主流的领导力量，仿佛没落的世家子弟，犹有嫡裔血脉上的傲岸，然而也终于认识到时不我与，在巨大的市民生活来临之前，便有了"穷酸"的感叹。

唐寅人物画中的俗世性格十分明显，我们如果拿他的《仿韩熙载夜宴图》（图18-10）与五代顾闳中的原作（图18-11）比较，便立刻可以辨别出明代人物画已失去了五代、宋代人物的理想主义色彩，这些忙碌于现世享乐的歌伎、士绅，都不再是山水画中的文人

[3] 见唐寅《李端端图轴》题诗。

[4] 王伯敏《明清的肖像画》，《艺苑掇英》第18期，P.37，上海人民美术出版，1982年10月。

心境，而是城市新兴中产市民的写照了。

唐寅成为明代最具代表性的画家，自然是因为他最足以代表明代整个社会真实的精神面貌。他是一个不得志的文人，他的不得志恐怕更多来自于他对现世的眷恋、依偎，他并不像元朝的吴镇可以卖卜林下，一生淡泊。吴镇在《渔父图》上所题的"只钓鲈鱼不钓名"是元代文人真实的心境，但是，唐寅绝不要那样的孤高，他甚至害怕那隐士的寂寞。他的世界流露着处处笙歌的热闹，是现世行乐的歌颂，"漫劳海内传名字，谁信腰间没酒钱"，这里的文人"俗世"的成分太明显了，他们在社会"名"与"利"中困顿、挣扎，既贪慕，又无能为力，文人的性格在明代走向了这样复杂的阶段，也因此使明代的艺术风格特别难以清出脉络。

对于这样一次城市市民文艺的大复兴，明代绘画显然有巨大的变化。主要在于山水画退避成一种纯水墨抽象技法的发展，从徐渭到八大，主导出明末遗民画派，他们一般说来是反抗城市市民风格绘画的，许多主客观的因素，使他们成为绝对的"愤世者"，不断抗拒着这越来越高涨的以"俗世"为对象的市民绘画。我们甚至可以说，石涛、八大、渐江等遗民画家，不只是反抗着政治朝代上的鼎革，恐怕更根本的抗议在于对那新兴工商业暴发式文化的种种，怀着愤世嫉俗的心情罢。

然而，历史自然有它发展的一定规则，因此，整体来说，明中期以后，人物画的再复兴是城市市民绘画取得主导权的一大证明。人物画在明代，不再受制于神佛释道的理想概念，也不遵从帝王将相华贵的宫廷作风，类似曾鲸一类的人物画家，都已走上肖像画的路，"大多是文人求画的写真，也有画家为画家的传神"[4]。这种对自己容貌的重视，把"人"这种因素从山水中扩大出来，以特写的方法加以纪录尊崇，都是市民文艺典型的性格表现，也恰恰是欧洲文艺复兴绘画美学的主流。

元代少数人物画家如张渥画《九歌图》，王绎画《杨竹西小像》，卫九鼎画《洛神》都还不离神佛释道及文人画的传统。明代人物画"俗世"性格的加强在沈周的《自画像》，曾鲸的《张卿子像》（图18-12）中都可以印证；而最值得注意的是这种肖像画到了晚明，忽然产生了像陈洪绶、吴彬这一类的人物画家。

城市市民风格的绘画，在正常往城市中产者的肖像画发展时，明末清初的社会与政治上的剧变，忽然使这股潮流又受到了逆流的冲击与回荡，中国典型城市资本主义形态的市民绘画毕竟无法像欧洲那样顺利地发展。被称为"晚明变形主义"的吴彬、陈洪绶、崔子忠等人物画家，一方面承续着明代人物画的俗世性格，另一方面，竟又反抗着暴发户式的商业文化形态，他们因此一方面入"俗世"，一方面走"骇怪"的路子，把"俗"与"怪"这两种因素结合，创造了明末清初既是文人传统，又有市民风格，同时远承释道人物画的一次集大成的表现。

陈洪绶的神佛像都具备着强烈的俗世性格，宗教庄严的理想消退了，文人高远的理想也消退了，剩下来的是现世的"俗"与对这"现世的俗"的"骇怪"的惊叹（图18-13）。吴彬把我们带领到一个梦境的世界，比西方20世纪的超现实主义画家更高明地构造着那介乎现实与心理的画面。他们从广大的民间艺术取材，包括传统释道神佛的壁画、雕塑，包括演义小说中的木刻版画的插图，他们把一直被冷落的民间艺术多彩多姿的观念与技法拿来丰富自己的创作。陈洪绶、吴彬、崔子忠、丁云鹏，乃至于山水画上的龚贤，在明末清初，在城市市民文艺正式确立的前夕，以不避"俗世"的精神，冲开了文人画已成形式的僵局。陈洪绶做过许多木刻版画，它们成为戏曲小说的插图，甚至成为流传于茶肆酒坊的"叶子"，这些可爱中带着丑怪表情的形象，流传于广大民间，不再是神佛的殿堂，不再是帝王的宫廷，甚至，也不再是文人的书斋，它们要到百姓中去再造中国文艺的高峰。[5]

画家与俗世的结合，表现在色彩的重新出现，表现在人物画的

● [5] 参见黄涌泉《陈老莲及其嫡传》，《艺苑掇英》第18期，P.27。

现实性格，表现在题材的日常生活化，也表现在画家不避"卖画"这种事实，表现在画家与商业的结合，这些，都在比陈洪绶更晚一点的乾隆年间以扬州为主的画家身上——实现了。

↑图18-9 葛稚川移居图 元 王蒙 纸本 设色 139.5cm×58cm 北京故宫博物院藏

↑图18-10 仿韩熙载夜宴图 明 唐寅 绢本 设色 30.8cm×547.8cm 重庆市博物院藏

↑图18-11 韩熙载夜宴图 五代 顾闳中 绢本 28.7cm×335cm 北京故宫博物院藏

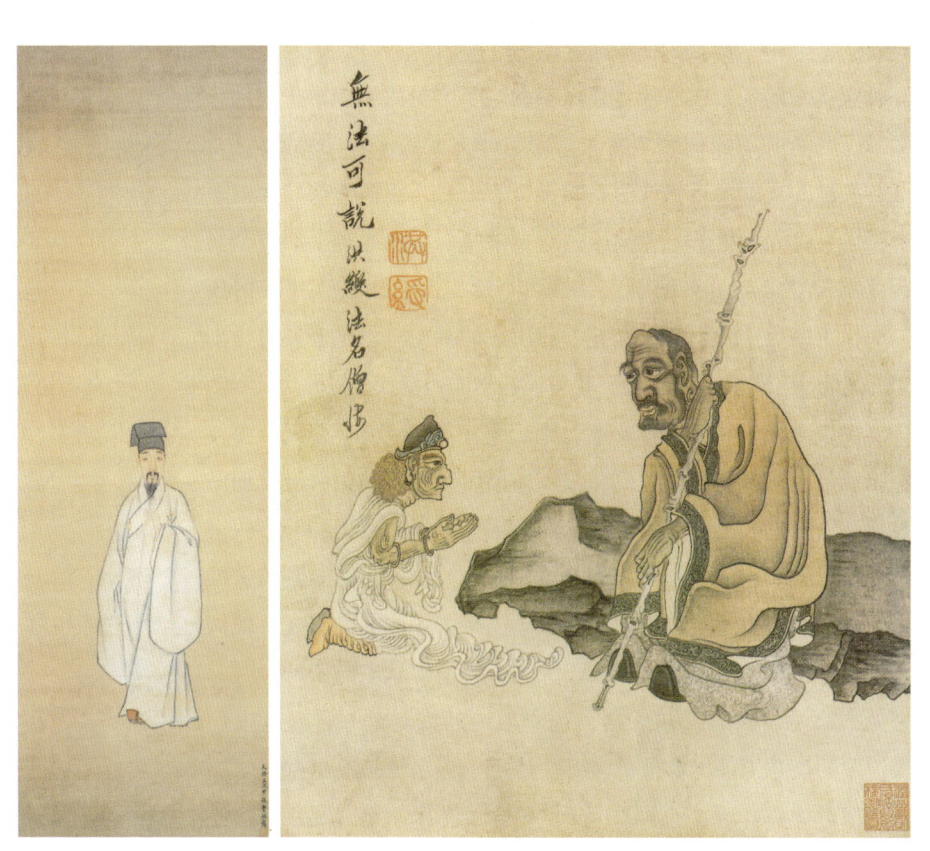

↑左图18-12 张卿子像 明 曾鲸 绢本 设色 111.4cm×36.2cm 浙江省博物院藏
↑右图18-13 杂画传：佛释人物 明 陈洪绶

三、扬州画派到海上画派

画家卖画的现象在明代是显然多起来了。虽然有人辩护，认为"卖画"与否并不能作为"文人画家与非文人画家"的界限[6]，但是，卖画的现象，自然说明着城市突起以后，工商阶层壮大的事实。蓝瑛是卖画为生的职业画家，唐寅中年以后也卖画。唐寅"卖画"中有着比蓝瑛更多的不安、挣扎，那是来自于文人传统的压力。而也正因为这种不安、挣扎，使唐寅的画中有着比蓝瑛更为丰富的时代象征，是文人艺术过渡到市民艺术的典型代表。

陈洪绶（图18-14）、吴彬、丁云鹏（图18-15）、崔子忠，都大胆地走向民间艺术，与商业城市的风习结合。他们在过渡期中也自然有许多挣扎与不安，使他们的笔下完成了造型怪异、形貌突出的人物形象。这些或许都与当时城市商业兴起有不可分割的关系罢！新兴的城市中产者成为购买绘画、支持艺术的新的主人。他们不同于宫廷贵族，也不同于文人士大夫，他们在欣欣向荣的、升起的繁荣中感觉着新时代的兴奋，色彩秾艳的恢复是一种心理上反"淡泊"的潜意识动力，他们离开了庄严、谨细、孤高这些美学原则，到俗世中去打滚，他们要用更"俗"的艺术来满足那在工商业繁荣城市中感觉到的对现世的肯定与热爱。

当文人的"雅"已被保守的学院正统派一再重复变成一种僵化的虚假形式，从在野的敏锐艺术家身上，体现了新的时代精神，用真诚的"俗"来对抗虚伪的"雅"；当"美"变成了一种假伪的附庸风雅，真正的艺术家便以"丑""怪"来破坏那世人对"假美"的概念。吴彬、陈洪绶、丁云鹏、八大、石涛、傅山、法若真、龚贤，共同结构成了这转型时代动人的"狂怪"画风，而那"狂怪"

[6] 参见颜娟瑛《蓝瑛与仿古绘画》，P.78，《故宫博物院丛刊》，1980年12月初版。

[7] 见李浴《中国美术史纲》P.323,《书院的复兴与明清之际中国绘画所受欧洲绘画的影响》（华正书局版）。《故宫文物月刊》第六期P.84："至若光影法与透视法之采用，于明末时已现端倪，如曾鲸之人物画，吴彬之山水画，皆透露出参用西法之迹象……"（朱惠良语）

[8] 张安治《谈扬州画派》,《艺苑掇英》第8期，P.44–P.47，上海人民美术出版，1980年3月。

中有着对"美"真正的虔诚。

许多人认为这一时期中国绘画中的特异表现有来自西方绘画的影响[7]，但是，中国绘画本身的发展应当更可以解释当时画风不变的理由。城市工商业的发展，使文人从帝王提供的仕途沦落为富有工商阶级的豢养，画家本身的社会地位有了这样大的改变，文人画也必须从本质上松动了，只是在过渡到真正的市民文艺过程中，还有几次迂回曲折的过渡罢了。

清初的扬州便是作为城市风格绘画形成的代表重镇。在这里建立了18世纪中国市民艺术的大本营。

扬州画家大部分不是土生土长的。一个工商业繁荣的城市一旦提供了优良的条件，便构成了集中文化与艺术的能力，如同19世纪的巴黎、20世纪的纽约，以雄厚的工商实力提供于文艺的发展，吸引了众多画家。

扬州画派，一般俗称为"扬州八怪"，事实上"八怪"宁为统称，而不是人数上的实质，这巨大的工商城市的市民绘画运动也绝不止八个人而已。

他们中间，最具代表性的有金农、郑燮、李鱓、罗聘、黄慎、华嵒、高凤翰、闵贞、汪士慎、李方膺、高翔等人，其中"黄慎来自福建，闵贞来自汉口，华嵒和金农都来自杭州，李鱓和郑燮是苏北兴化人，李方膺是南通人，高凤翰是山东人……"[8]。他们来到这工商业繁荣的扬州，大半以卖画为生，也从不避讳"卖画"的事实，甚至以卖画尺幅若干金为荣，这些都已说明着从文人画中解放出来的市民画家，已不再是以"清高"为美学的标榜，他们不附庸风雅，相反地，却大胆地以"俗"入画。金农的梅花是开在人家院落的（图18-16），可以攀折的，李鱓秾丽的花鸟正是富有人家客厅的装饰（图18-17），黄慎、李方膺、闵贞的作品都带强烈的"俗"气（图18-18）。他们以温暖的色彩歌颂着人间平常人家的生活，那些杯盘中的瓜果，那些垂吊在檐下的紫藤，那些迎日绽放的月季或牡丹，他们既不向往宫廷的富丽，也不企望文人山水的孤高，踏实地活在新兴的城市中，安分于这现世的享乐。

整体来说，扬州画派中画家的风貌不一，金农以古拙入画，他在许多方面呈现着一个非专业画家的稚拙，他的书法从古隶、魏碑及宋代的雕版字得到灵感，他把我们从文人宫廷的空灵精巧带回到民间的朴厚木讷中去，他的画面简单而有奇趣（图18-19、18-20），近于近代西方盛行的素人（Naive）画，是一种观念上的大突破。郑板桥是扬州画派在画风上最文人气的，他一贯着兰竹的传统，不施色彩，这些都是他来自文人的影响（图18-21）。但是，在观念上，他又似乎特别反对"为艺术而艺术"的文人，"英雄何必读书史，直摅血性为文章。不仙不佛不贤圣，笔墨之外有主张"[9]，郑板桥的诗作及题画文字中特别有讽喻之意，是扬州画派中对社会、政治、经济的时势最敏感也最有感受的画家，在文人完全没落的时代，他从十年仕宦的痛苦中逃出，最后流寓在扬州成为一个卖画为生的艺术家，郑板桥的身上集合了文人没落的伤痛、新兴市民的兴奋。他一方面潦倒落魄，有着比唐寅更多的文人的牢骚，另一方面又努力抨击文人的酸腐与无能，"小儒之文何所长，抄经摘史饾饤强。玩其词华颇赫烁，寻其义味无毫芒"[10]，这里面有着对僵化文人酸腐守旧毫不掩饰的揭露与指责。在巨大的时代转型中，郑板桥"不仙不佛不贤圣"，是要与一切保守势力决裂。他放弃了朝廷的官位，宁愿到扬州卖画，便也说明着这工商业中新兴的力量将要逐步取代封建帝王的贵族势力，把中国带到更为自由开放的民主时代上去。

艺术上的"创造力"常常是时代压力下不肯妥协而迸发的生命的光彩，郑板桥的诗文、绘画、书法与狂怪放纵的生活，都是他承担时代苦闷下叫啸而出的呐喊。"秋风昨夜渡潇湘，触石穿林惯作狂。惟有竹枝浑不怕，挺然相斗一千场"[11]，郑板桥笔下之竹自然不是竹，而是他内心奋厉昂扬的傲岸之气，面对没落的封建贵族，

[9]《郑板桥集》，P.34，汉京文化事业公司出版，1982年11月初版。

[10] 同注[9]。

[11] 同注[9]，P.120。

[12] 陈撰《玉几山房画外录》，《美术丛书》册四，P.138。

凋敝的农村，寄身于蒸蒸日上的新兴城市，他的沉思苦恼也是此后一两百年间中国知识分子共同的沉思与苦恼罢。（图18-22）

李鱓的画没有郑板桥的矛盾，他似乎全心沉湎于城市富有繁荣的享乐中，他的花鸟画有富厚之气；富而不流，的确是中产者最典型的美学形态。（图18-23）罗聘师金农，画风却比较宽广；他和金农都比其他扬州画派的画家更为民间性，他喜欢画鬼，许多诙谐的人物画，在扬州画派太过附庸新兴中产者而有流俗危险的倾向中，金农和罗聘是以民间拙朴趣味平衡创作风格最成功的画家，这使他们的美学品位能高于其他扬州画家（图18-24）。

扬州画派是18世纪通向近代中国绘画的关键。扬州本身在海运时代来临下注定了没落的命运，但是扬州所代表的城市市民绘画却不曾衰减，从扬州转移到临海的商埠，以上海为代表发展了蓬勃的市民艺术。

19世纪在上海活动的市民风格画家有虚谷、蒲华、任熊、任薰、吴昌硕、任伯年，他们和扬州画家一样，以这新兴繁荣的工商业城市为寄寓之地，发展他们平易近人又充满现世喜乐的画风。

虚谷用笔干涩，他对物象的观察却近于西方水彩画家，以色块来捕抓光影，在写实具象中颇有抽象的趣味（图18-25）。陈撰《玉几山房画外录》中引用明代恽向的话："如变形而以色，而形色一也。如变影而光，而光影一也，其中妙处不能尽言，总谓之传神。"[12]形与色，光与影，借助于文人画的开拓，使中国画家对具象与抽象的过渡有更优秀的传统，在上海市民画家，如虚谷、蒲华、任伯年的画中，都可以看到初步与西方艺术频繁接触以后这两条线的自然接合。

在题材上，19世纪上海的市民画家比扬州画家的世俗性更强烈了。任伯年以十分街井市民的生活内容入画（图18-26）。一方面是画家感受到的活生生的城市景象的自然反映，另一方面也是他所担任的职业画家的身上的要求，使他必须满足着他的买主——城市新

第十八章 市民绘画的迂回之路

兴中产者的秾丽、乐观，应酬性或装饰性。[13]

城市新兴的工商阶层在中国并没有得到如同欧洲那样顺利的发展，中国城市市民风格的绘画也在扬州画派、海上画派短短的萌芽期便立刻气息微弱了。欧洲新兴城市的中产者一步一步把社会带到开放、启蒙、民主的现代路途上；中国的新兴城市市民却背负着强大的封建社会遗留的压力、广大农村的问题、文人士大夫的遗习，这层层的阻碍，也使即使扬州画派与海上画派都并没有成长成真正类似西方那样的城市的市民画家，无论金农、郑板桥或是任伯年都还沾染着文人的或民间的气息，并不那么纯粹是城市的市民画家。

因此，在总结那纠缠不清的文人、城市民、农村等复杂经验的20世纪，竟然是由出身于穷苦湖南乡间的齐白石来扮演了最重要的角色。他从民间的工匠出身，经历了民间木雕的艺术的传统，他又寄寓于文人的家庭，出入文人的收藏字画之间，能诗、文、篆刻，通过文人画的训练，而后，他流寓大都会，在街头卖画，习染了城市市民生活的种种，这一重重的考验，使齐白石创造了综合文人、城市民与农村经验的动人艺术风格，文人在他的画中看到了浑厚的笔墨，看到了诗文的意境，城市民在他的画中认出了日常生活的题材，看到了强烈秾艳的色彩与乐观兴奋的心情，农村百姓认同了他孩子般的稚拙与天真（图18-27），那毫不装作的质朴与憨厚[14]。

中国的艺术在旋乾转坤的阶段，波翻浪涌，使人看不清"美"的前途，然而齐白石以他无成见的赤子之心去宽纳了一切世间动人的事物，他要使枯木上生长出欣欣向荣的枝叶，在最惨伤、困顿、郁闷、灰暗的年代，为我们拓开了一片新的富裕的天地，使我们知道，在许多细琐的纠缠中还有主线，在波翻浪涌的历史涡旋中，还有稳定的河道；而那对即使最卑微的草虫的生命亦不放弃的、恒久而不断的爱，便使那困顿成为坦途，使惨伤中有温暖，使郁闷与灰暗转成宽阔与亮丽的世界。

我们新时代的"美的沉思"是应该可以从齐白石再起步的。

● [13] 参见李渝《任伯年——清末的市民画家》，P.73-P.110，雄狮美术出版，1978年3月初版。

● [14] 参见蒋勋《齐白石——文人画最后的奇葩》，雄狮美术出版。

→图18-14 斗草图 明 陈洪绶 绢本
设色 134.3cm×48cm

↑图18-15 五相观音图 明 丁云鹏 卷 纸本 28.58cm×134cm

←图18-16 梅花 清 金农

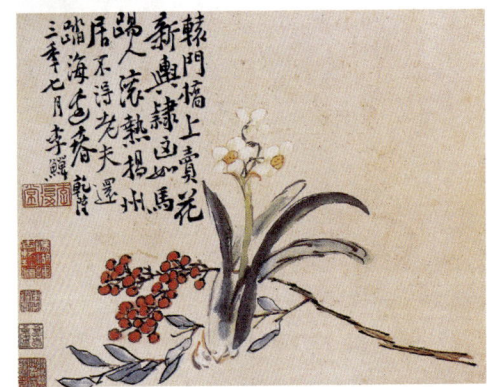

←图18-17 花卉 清 李鱓

↑图18-18 紫阳问寿图
清 黄慎

↑图18-19 采菱图 清 金农　　↑图18-21 竹 清 郑板桥

↑左图18-20 菩提古佛图 清 金农
↑中图18-22 书法 清 郑板桥 纸本 99cm×47cm
↑右图18-23 百事大吉图 清 李鱓 纸本 62cm×123cm 安徽博物馆藏

↑左图18-24　寒山拾得图　清　罗聘　纸本　78.74cm×51cm
↑中图18-25　金鱼图　清　虚谷
↑右图18-26　梅花仕女图　清　任伯年　纸本　96cm×42cm　辽宁省博物院藏

←右图18-27　金樽玉楼，蟹肥酒香　近代　齐白石

附录 自信与自省的起点

这本书的原稿,是我们邀请蒋勋他在台湾大学工学院土木系研究所都市计划研究室,也就是现在的建筑与城乡研究所的前身,开授"工艺史"课程的"讲义",用今天的话来说,这是以工艺实践为隐藏核心的另类艺术史。这已经是二十年前的事了。

那时,我们计划为大学部的同学开设一些有点通识与博雅教育性质的、入门性的导论课,然后在硕士班课程中再开有建筑史、世界建筑史、城市史、世界城市史等课程作为核心课程;在博士班则再开设建筑史与建筑批评、都市的工艺史、历史写作等方法论的课程。而蒋勋的工艺史,就是历史研究部分最基础的导论课程。我还记得很清楚,在当时的茅声焘、徐泓等教授支持下,课程顺利推动。蒋勋的工艺史当然开得十分成功,不但吸引了工艺学院的学生,而且不少文学院的同学也到隔邻这栋很不怎么有空间品质的二楼大教室里来听课，济济一堂，十分轰动，至于那时候的学生，现在应都散处四方，在诸多不同领域，各自有成，看到这本老讲义出版，一定是感受各有不同吧。

　　这份讲义虽然采取了通史的结构，却躲开了一般通史的简单线性预设，佐以各种不同的类型与范畴，把陶器、青铜、书法、石雕、壁画、彩塑、绘画、建筑、舞台，一一触及，以及，天圆地方、笔墨诗意、意境神韵，多所用心，于是，工艺劳动与美学实践相互扭合，贯穿全程，今日读来，仍有魅力。尤其，他经由时间与空间的角度，以理论视野，巧妙地把我们熟悉的遗产重新组织起来，结合上我们以后一系列的建筑与城市相关课程。然后，蒋勋以城市里的市民绘画在历史里的迂回曲折之路作为终结，若对照今天，海派文化与城市精神，不正是理解当前上海表现的工艺、艺术、建筑、城市，以至于生活的空间与时间表现的角度吗？最后，蒋勋把今天我们已经拥有了的，对台湾艺术与工艺历史的体会、认识以及批判性反思的文字加上去作为结论，这让本书取得自信与自省的起点，得以有能力迎接正开场的好戏。或许，这连台戏码有点像乱局，但却是我们不得不面对的新局啊。

台湾大学建筑与城乡研究所教授

夏铸九

关于美的沉思

每种生物在其生命流转的过程中,都自然产生各种对应的姿态,有悲有喜,有苦有乐,千奇百状;人们经过审视、观赏、评比加上创意的心得,以诗歌、绘画、建筑、雕塑等各种形式,记录下各种生命情态的美感,穿越时空,始终焕发出诱人的神采。

只是在不同时空的透视过程里,相异的文化背景导致视觉与心灵之间的辩证,演绎出真实与虚幻的最终归属何在的问题,一直是人们的大哉问。美学工作者蒋勋称这种大哉问的过程为"美的沉思",他以两年的时间,细细写下以往对于美的各种思考,他将承载"美"的艺术品,定义为人类文化中最高的一种形式象征。然后将在《雄狮美术》月刊上的连载于1986年结集出书。

现在回想当初在《雄狮美术》月刊编辑《美的沉思》的岁月,有些恍惚,虽然很努力地想,依稀找到种遗憾的感觉,是对当时物质环境的懊恼，没有充裕的预算，彩印作者细心搜罗比对的图片，只能将就每期月刊的彩印，总结在书的扉页之后，真是简便的编法。雄狮美术现今决定以彩印重新编印，对读者是视觉的福分，对作者是多了一本书的喜悦（因为新、旧版并存），对所有参与该书的老编，是圆了此遗憾。

今日接到雄狮提供了蒋勋《美的沉思》文稿，有一种重逢的亲切，然而往日编辑细节却都模糊了，只好把遗忘推给岁月。花了几天的闲暇时光终于找出会忘掉细节的理由，主要是蒋勋实在是太好的作者，准时交稿、书写流畅、文体清丽、字迹秀雅，对于所有烦人的美学大哉问，都条理清晰、举重若轻地论述完毕，毫无过多学理的质疑，而随手拈来的中西美学学说用在华夏文物上，也都贴切自然。原来蒋勋把沉思的孤独与踟躅，沉淀给自己，将反刍如丝如缎般的思虑，自在地给了读者。

中国时报艺文组主任

李梅龄

艺术的原始公式

一、关于"艺"这个字

从字源上来看，艺术的"艺"字，无论中国或西方，大都专指一种特殊的技能。

熊十力在《原儒》一书中解释"艺"的原意说："艺者，知能。古言艺有二解。一者，如格物的知识与一切技术，通名为艺。一者，孔子六经，亦名六艺。"[1] 又说："古言艺者，其旨甚广泛，盖含有知能或技术等义。六经亦名六艺，取知能义也。格物之学及一切器械创作，则取技术义。"[2]

从《论语》中来看，"艺"常常与"道"、"德"、"仁"相对，似乎更专指一种"技能"。《述而篇》："志于道，据于德，依于仁，游于艺。""艺"显然不同于更高的道德上的追求。

[1] 熊十力《原儒》，明伦出版社，1971年初版，P.19。

[2] 同注[1]，P.24。

《子罕篇》有一段很重要的记载：太宰问于子贡曰："夫子圣者与？何其多能也？"子贡曰："固天纵之将圣，又多能也。"子闻之，曰："太宰知我乎？吾少也贱，故多能鄙事。君子多乎哉？不多也。"牢曰："子云：'吾不试，故艺。'"[3]

这一段对话中可以看出，"艺"是与"圣"相对的，与"能"相合。"艺"是一种"技能"，却不是为"圣"者的工作。我们相信，在孔子之时，属于技能的"艺"的工作，已逐渐与读书人追求的"圣王之道"开始脱离了。孔子自己说："吾少也贱，故多能鄙事。"这里的"鄙事"指的就是"艺"。他又说："吾不试，故艺。"不为当世所用，故"艺"，这个"艺"，属于"手工"、"技能"的成分较多，属于"精神"、"思维"的成分较少，显已很被当时的知识分子所看不起了。

"艺"的原始本义应该是专指"技能"，到了春秋时代，称六经为六艺，已经是"艺"的引申了。

我们从西方的字源来看，Art这个字和中文的"艺"字十分类似，原来也专指人为的、手工的制作，包含着手的技能和技术的意义在内。柏拉图的对话录《伊安篇》（ION）中有许多处谈到"艺"（ART）这个字，也把它当一般"技能"来看，而与"灵感"（Divine）相对。[4] Art这个字，逐渐演变，技能的含义减低，精神上、观念上的创造，审美上的意义反而增强，形成了今天"艺术"的意义，已经与"艺"原始的含义十分不同。但是，保留在英文Artificial和法文Artificiel这两个字中，还可以追溯到"艺"的原意。"人工的"、"技能的"依然是"艺"这个字构成的基本。两三千年来，中国和西方一样，从"工"与"艺"的合一，到"工"与"艺"的分离，演变至今，几乎已经是"工"与"艺"的背道而驰，这一段演变的过程是值得研究艺术的人摸索一番的。

[3]《论语正义》，中华书局，1975年四版卷十，P.17。

[4] Plato: "ION" (*Collected Dialogues* P.222)，Lane Cooper英译本 "Because it is not by Art but by lot divine that you are eloquent in praise of Homer".

二、"工艺"与"艺术"

"艺"的原意是指"技艺"、"技能",它最初发生是和手工分不开的。

"艺",早期的意思,就是人类对于某一种物质特性的了解到利用。这种对物质的了解到利用,虽然包含了十分重要的观念、认识、思维的成分在内,但是,表现在可见的形式上,却是与人类的"手"发生了最密切的关系。所以这种"艺",一般指的便是:手对于某一种物质的控制(制作)的技能。是一个"手+物质=技能"的简单公式。

《周礼·考工记》里说:"知者创物,巧者述之,守之世,谓之工。"[5]

这一句话包含的意义十分广。"知者创物"是应用某一种物质为器具的创始者,有"创造"的意义在内,所以被称为"知(智)者",强调"创造"中的思维、观念的特性。"巧者述之"是在已经被创造出来的器物上做更为精巧的演进(述),这种人被称为"巧者",因为手工上的进步与思维、观念较无关系,主要是技能的继承与进步,也就是一般所谓"熟能生巧"的意思。

一种特殊的技能,成为世袭的职业("守之世"),由官方设置管理,才成为"工"。

这种"工",在春秋时代,地位低于大夫、士、庶人、商,但是高于"人臣隶圉"的奴隶。[6]

"工"可以倚恃自己的"技艺"向统治者进谏,如《左传·襄公十四年》中的记载:"大夫规诲,士传言,庶人谤,商旅于市,百工献艺,故《夏书》曰:'……官师相规,工执艺事以谏。'"[7]

"工执艺事以谏",提供我们两件事:其一,"工"与"艺"的最初关系;其二,"工"在春秋时代的社会地位。

依照《考工记》的分类,春秋时代的"工艺"已经划分得十分

- [5]《周礼·冬官考工记第六》,此句亦有断句为:"知者创物,巧者述之守之,世谓之工。"(见林尹《周礼今注今译》,P.419)

- [6] 童书业《中国手工业商业发展史》,齐鲁书社,P.21-P.22。

- [7]《十三经注疏》第六册《左传》,新文丰出版公司,P.563。

细密："凡攻木之工七，攻金之工六，攻皮之工五，设色之工五，刮摩之工五，搏埴之工二。"

攻木之工：轮、舆、弓、庐、匠、车、梓。

攻金之工：筑、冶、凫、㮚、段、桃。

攻皮之工：函、鲍、韗、韦、裘。

设色之工：画、缋（绘）、钟、筐、㡛。

刮摩之工：玉、榔、雕、矢、磬。

搏埴之工：陶、瓬（同瓶）。[8]

从这个分类表可以看出来，周代"工艺"的分类是以物质为基础，这种物质一直是中国工艺的主要类别，其中包括：木材、玉石、金属、皮革、陶瓷和色彩。

"工艺"的分类专指设官管辖的部分，所以上表所列的名称，不但是职业，也因为"世守其业"，变成了姓氏，如：有陶氏等等。

民间未设官管辖的工艺不在此列。《考工记》说："粤无镈，燕无函，秦无庐，胡无弓车。粤之无镈也，非无镈也，夫人而能为镈也。燕之无函也，非无函也，夫人而能为函也。秦之无庐也，非无庐也，夫人而能为庐也。胡之无弓车也，非无弓车也，夫人而能为弓车也。"[9]

可见有许多工艺技能虽然没有设官专管，但是在民间是十分普及的。

从以上的例子可以看出"工"与"艺"不可分割的关系，"工"是职业工匠，"艺"是他们世代所守的技能。

我们刚才举证过，在孔子时代，"艺"已经有被认为是"鄙事"的现象，也就是说，人类一旦觉察到"手工"与"观念"的不同，"知者创物"的地位就会逐渐被提高，而"巧者述之"的地位就逐渐降低；演变至今，一般书籍中所谓的"艺术"，一定是不同于"工艺"的，而所谓的艺术家，也绝不同于工匠。

[8]《周礼·冬官考工记第六》。

[9] 同注[8]。

[10] H. W. Janson: *History of Art*, P.12 ABRAMS/ PRENTICE-HALL（此处采曾堉先生译文，见幼狮文化事业公司《西洋艺术史》，P.4）

我们看H. W. Janson在他的《艺术史》序言中说的："当然，'创造'一件艺术品的过程，与我们平常所说的'制造'的意义并不相同。艺术品的产生是奇异而冒险的过程。因为在这过程中，制造者并不完全知道他所要造的是什么，除非到快完成的时候。……'铸造'，尤其是工匠所谓'制造'两字，是指一开始工匠们就知道要制造什么样形态的产品，因此他们有合适的工作工具，一步一步肯定地去完成。"[10]

《考工记》谈到"知者创物，巧者述之"，两者是相合的，是观念与手的合一，是创造与制造的合一，在Janson的书中，十分刻意强调"创造"（Artistic Creation）与"制造"（Making）的不同，十分刻意强调"艺术家"（Artist）与"匠人"（Craftsman, Manufacturer）之间的不同，都一再说明了今天西方"工艺"与"艺术"不但不像《考工记》的时代那样"知者"与"巧者"相互依傍的同胞兄弟关系，而且，几乎已经到了仇人相向、水火不容的地步了。（参考Janson原著 *History of Art* P.10–P.12）。

三、"工艺"与"艺术"分离的历史线索

要断然地划分开"工艺"与"艺术"，实在是非常困难的事。我们虽然看到，早在春秋的时代，就已经产生对"工艺"的鄙视，但是，纯粹脱离手工技艺，表现个人情感或观念的所谓"艺术"也并没有立即产生。工艺和艺术一直纠缠着，很难决然分开，似乎是一对血脉相连的连体婴，因为千丝万缕的牵连，找不到可以断然下刀的地方。

在中国的历史上，绘画是比较明显从"工艺"类别分离出来的一个项目。在五代以后，我们看到绘画者的名字逐渐出现在画面上就是一个线索。这个名字的出现，从隐晦到明显，从胆怯地隐藏在

树丛石隙,到明明白白写在空白显著的地方,中间正透露了从"工匠"到"艺术家"的自我认同过程。

绘画被文人认同以后,脱离了原来作为工艺时代对技巧的精雕细凿,一变而为文人画的洒脱与自由。意念的表达,情趣的掌握,境界的暗示,诗意的晕染,都远超过于"设色"、"勾勒"等"传移摹写"的工匠技法。甚至到元以后,要刻意破除匠气,逸笔草草,便是文人绘画与工艺脱离以后最高的追求了。

木、石、金属、陶瓷,几项艺术,由于物质特性与工作方法的限制,一直无缘与较上层的文人结合,所以也一直停留在工艺的层次上。但是,绝不是说这几项艺术就没有"观念"、"思维"的表达。例如宋代的瓷器,基本上仍然是一种窑业,是职业性工匠世代所守的工作,属于"工艺"范围,但是当时文人的理想、审美的精神全都灌注其中,这样的作品,是社会上一群动"手"的人,和另一群动"脑"的人,共同配合的结果,达到了"工"与"艺"结合的圆满的例子。

所以,要寻找"工艺"与"艺术"分离的历史线索是非常困难的事,抽象而且概念地解决这个问题,恐怕不如落实在每一时期的历史个例中来观察,更为可靠一点。

Anthony Blunt的《1450至1600年意大利艺术的理论》一书(*La theorie des Arts en Italie de 1450 à 1600*)第四章"艺术家的社会地位"中,对于文艺复兴时期意大利艺术工作者如何努力把大家看轻的"工艺"提高成"艺术",有非常详实的记录。

Blunt列举了当时包括达文西在内的各种争取艺术家地位提高的言论,他说:"所有以上的争论,都是为了支持他们心中没有明说的一种观点:即'心智观念的活动高于手工机械性的活动'。这种观点,使艺术家们努力想摆脱'工匠'的命运。——显然的,手工的劳动,在文艺复兴时期是和中古时代一样,被认为是低贱的。艺术家这种自傲,不做太多手工劳动的观念,在达文西对待画家与雕

[11] Anthony Blunt: *La theorie des Arts en Italie de 1450 à 1600*, P.98（Jacques Debouzy法译本，Gallimard, 1956）

[12] 同注［11］, P.99

刻家的双重待遇上被透露出来了。雕刻家必须以锤、凿来做精疲力竭的劳动苦工，他们浑身是汗水石屑，看来不像艺术家，倒更像一个面包厨工；而另一方面，达文西说：'画家可以舒服地坐在画布前，穿得漂漂亮亮，手拈一支蘸着美丽颜色的彩笔，他可以优雅地打扮自己，他的房间很干净，挂满了画，他一面画画，一面听音乐或听人念文学作品。这些美好的声音，不会被大铁锤的呼呼声或其他嘈杂声响所掩盖。'"[11]

我们看到，连达文西的时代，"艺术"尚且被视为低贱的工作。而他为绘画争取地位的理由，也恰恰说明，从"工艺"到"艺术"中隐藏的更为复杂的问题，不只是"创造"与"制造"，不只是"观念"与"手工"，更重要的，在社会上，一直有轻视体力劳动的观念，因此较粗重的"工艺"就一直无法像"绘画"那样幸运，从低等的"工艺"提升为"艺术"了。

Blunt在第四章最后说："这一连串的论战，造成了一个结果，使画家、雕刻家、建筑师终于被当做学者、文人阶层来看待。绘画和雕刻终于被接受为'自由艺术业'，从一般的手工劳作中区分开来……这样，才产生了"美艺"（Beaux Arts）的观念。"[12]

"工艺"、"艺术"、"美艺"，在漫长的人类文明史中，它们是血脉相连又时时发生对立争执的兄弟。有时甚至对立争执到反目成仇，使我们忘记了他们确实是骨肉相连的亲兄弟。在我们"沉思"之时，我便想，应该如何回到那血脉相连的源头，重新去审视人类的"手"与"脑"、"技术"与"思维"、"形式"与"精神"共同完成的伟大的"美"的事业。

蒋勋

中国美术简表与图片索引

朝代		美术史
旧石器时代	18000B.C.	山顶洞人遗物 P.006
新石器时代		玉石器P.009 玉斧 P.009
	5000－4800B.C.	半坡类型：彩陶人面鱼纹盆P.011 红陶尖底壶P.016 彩陶鹿纹盆P.017 彩陶鱼纹盆P.017 彩陶船形壶P.017
	5000B.C.	庙底沟类型：彩陶涡纹曲腹盆P.017 彩陶钵P.017 黑陶鹗尊P.018
	4300－2500B.C.	大汶口文化类型：彩陶三角纹壶P.020
	3400－2800B.C.	辛店文化类型：辛店双耳壶P.018
	3300－2900B.C.	马家窑类型：彩陶漩涡纹壶P.019 人首形陶器盖P.049
	3000－2500B.C.	秦王寨类型：彩陶双连壶P.018
	2000B.C.	齐家文化类型：甘肃齐家坪红陶罐P.018
	2500－2000B.C.	龙山文化类型：玉圭P.010 白陶鬶P.020 黑陶鼎P.031
夏（约2070－1600B.C.）	2000B.C.	郑州文化期：铜鼎P.031
商（1600－1046B.C.）	商前期（1600－1300 B.C.）	乳丁纹爵P.028 商早期的兽面纹觚P.032
	商后期（1300－1046 B.C.）	商晚期的兽面纹觚P.032 青铜四羊方尊P.033 人面杯P.049 青铜人面器盖P.049 青铜错金人像P.050 殷代青铜刀P.078 大理石虎形立雕P.125 大理石立枭P.125
西周（1046－771 B.C.）		青铜毛公鼎P.032 浮雕蟠龙环带纹壶P.032 玉人P.050 青铜乳雷纹簋P.055 玉琮P.087
东周（770－256B.C.）	春秋（770－476 B.C.）	有狩猎纹的青铜壶P.051 敦（春秋战国）P.058 青铜椭圆鼎P.058 青铜立鹤方壶P.059
战国（475－221 B.C.）		青铜嵌银云纹扁壶P.058 楚国木制彩漆耳杯P.062 中山国山形戟P.062 黑陶鸭尊P.062 中山王十五连盏烛台P.062

		青铜金银镶嵌云纹犀尊P.063
		陕西凤翔出土战国铜器铭文（拓本）P.077
		金银错蟠龙镜P.087
		青铜蟠螭纹镜P.087
		女子凤夔帛画P.214
		男子御龙帛画P.214
秦（221-206 B.C.）		秦俑（武士俑）P.050
		秦俑（武士跪射俑）P.051
		秦始皇兵马俑（局部）P.063
		四川青川县出土秦代隶书木牍P.074
汉	西汉（206 B.C.-25A.D.）	汉武帝太始三年隶书简P.074
		（宣帝）江苏邗江胡场五号汉墓出土隶书木牍（摹本）P.074
		元帝初元五年竹简P.074
		（景帝）马王堆汉墓出土漆耳杯上的书法（君幸食）P.075
		（景帝）马王堆汉墓出土漆耳杯上的书法（君幸酒）P.075
		河北定县四十号汉墓竹简（摹本）P.075
		（景帝）西汉居延汉简P.078、079
		汉代明器中的斜面"出檐"P.081
		汉镜铭纹 P.089
		陶井P.091
		收获画像砖P.093
		青铜牛虎祭盘P.103
		四牛饰铜贮贝器P.104
		（景帝）西汉轪侯夫人非衣彩绘帛画P.215、P.216
	王莽时代（9-23A.D）	汉镜P.087
	东汉（25-220A.D.）	石门颂P.071
		礼器碑P.071
		孔庙碑P.072
		西岳华山庙碑P.072
		史晨碑P.072
		熹平石经P.073
		曹全碑P.073
		张迁碑 P.073
		陶狗P.090
		陶羊P.090
		绿釉鸭池P.090
		灰陶城堡P.090
		陶井P.091
		陶水田（附船）P.091
		带圈陶屋P.091
		春播画像砖P.093
		庄园图壁画P.094

三国（220－280 A.D.）	魏（220－265 A.D.） 蜀（221－263 A.D.） 吴（222－280 A.D.）	出行图壁画P.094、P.095 乐舞百戏图壁画P.111 持锤杀牛图砖画（魏晋嘉峪关墓壁画）P.112 扬场（魏晋嘉峪关壁画）P.112
西晋（265－317 A.D.）		
十六国（304－439 A.D.）		（北凉）敦煌二七二窟壁画——《供养菩萨》P.134 （北凉）敦煌二七五窟壁画——《出游四门》P.137 （北凉）敦煌二七五窟壁画——《尸毗王割肉救鸽》P.138
东晋（317－420 A.D.）		王羲之（303－361）的《丧乱帖》P.105 《频有哀祸帖》P.105 《何如帖》P.110 《奉橘帖》P.110 王珣的《伯远帖》P.110 王献之（344－386）的《鸭头丸帖》P.111 《竹林七贤与荣启期图》P.113 顾恺之（约345－409）《女史箴图卷》 P.114、P.115、P.219 《洛神赋图卷》 P.179、P.219
南北朝（420－589 A.D.）	宋（420－479 A.D.） 齐（479－502 A.D.） 梁（502－557 A.D.） 陈（557－589 A.D.）	
	北魏（386－534A.D.）	云冈昙曜五窟（第二十窟）释迦本尊及东胁侍菩萨P.121 云冈第五窟外景P.122 云冈第五窟 已经汉化的佛教造像P.122 云冈第二十窟一景P.126 云冈第十五窟西壁 单元重复技法的运用P.126 云冈第十八窟北壁 佛弟子头像P.126 云冈第十九窟左壁 胁侍菩萨P.126 云冈第十七窟南壁 交脚菩萨与思维菩萨P.129 敦煌二五七窟壁画——《鹿王救溺者》P.138 敦煌二五四窟壁画——《萨埵那太子投身饲虎》P.139 敦煌二五七窟壁画——《鹿王本生变相图》P.220
	东魏（534－550 A.D.）	
	西魏（535－556A.D.）	西魏文帝大统二年的石刻造像P.129 敦煌二四九窟壁画——《流动飞扬的神话世界》P.141 敦煌二四九窟壁画——《白描野牛》P.142 敦煌二八五窟壁画——《伎乐天与箜篌》P.142

		敦煌二八五窟壁画——《供养菩萨的文人化》P.143
	北齐（550-577A.D.）	
	北周（557-581 A.D.）	敦煌四二八窟壁画——《涅槃变》P.144 敦煌二九六窟南壁腰壁壁画——《五百贼归佛因缘》P.226 敦煌四二八窟东壁南侧壁画——《萨埵那太子舍身饲虎》P.226
隋（581-618A.D.）		敦煌四〇四窟——飞天（局部）P.145 敦煌四二七窟的彩塑——阿难P.151 石雕佛像P.154 展子虔的《游春图》P.180
唐（618-907 A.D.）		彩塑类： 敦煌三八四窟的彩塑——菩萨P.149 敦煌四五窟的彩塑——天王 菩萨 阿难P.149 敦煌三八四窟的彩塑——菩萨与阿难P.150 敦煌四五窟的彩塑——迦叶、菩萨、天王P.150 敦煌二二〇的彩塑——迦叶P.151 敦煌四十五窟的彩塑——迦叶P.151 敦煌四二七窟的彩塑——阿难P.151 敦煌四十五窟的彩塑——阿难P.151
		三彩陶： 三彩镇墓兽P.160 三彩歌舞伎俑P.160 妇人俑P.160 三彩马P.161 三彩骆驼乐人俑P.161
		书画类： 欧阳询（557-641）的《千字文题跋卷》P.154、P.155 张旭的《冠军帖草书》P.155《草书古诗四帖》P.192 李思训（651-716）的《九成避暑图页》P.155 吴道子的《香月潮音纳扇》P.156 《送子天王图》P.170、P.192 怀素（725-785或737-799）的《小草千字文》P.156 颜真卿（708-784）的《多宝塔碑》P.157 敦煌帛画P.164 阎立本（约601-673）的《历代帝王图》（局部）P.165、P.169 《凌烟阁功臣图》P.168 《步辇图》P.169 《职贡图》P.169 《萧翼赚兰亭》P.170 敦煌一〇三窟——维摩诘像P.171 张萱的《捣练图》P.172、P.173 《虢国夫人

			游春图》P.225 周昉的《簪花仕女图》P.172、P.173　《挥扇仕女图》P.172、P.173 李昭道的《明皇幸蜀图》P.180 韩滉（723-787）的《五牛图》P.225
五代十国 （907- 960 A.D.）			董源（？-约962）的《寒林重汀图》P.182 《龙宿郊民图》P.183　《潇湘图》P.184 石恪（五代宋初）的《二祖调心图》P.201 顾闳中的《韩熙载夜宴图》P.227、P.282 贯休（832-912）的《十六罗汉像·阿氏多尊者》P.276　《十六罗汉像·半托迦尊者》P.277
辽（907- 1125 A.D.）			
北宋（960- 1127 A.D.）			范宽的《溪山行旅图》P.184 李唐（1066-1150）的《万壑松风图》P.186 《江山小景》P.201　《山水图》P.201 郭熙（1023-约1085）的《早春图》P.200 汝窑天青无纹水仙盆P.203 张择端的《清明上河图》（局部）P.275 闸口盘车图P.276 王居正的《纺车图卷》P.277
金（1115- 1234 A.D.）			
南宋（1127 -1279 A.D.）			马远的《山径春行图》P.187　《雪滩双鹭图》P.249　《踏歌图》P.249 夏圭（约1194-约1224）的《溪山清远》P.201 玉涧的《山市晴峦图》P.202 牧溪的《潇湘八景》P.202　《猿》P.202　《鹤》P.202 梁楷的《李白行吟图》P.202　《六祖截竹图》P.203　《泼墨仙人图》（册页）P.203 米友仁（1072-1153）的《云山图》（局部）P.248 赵孟坚（1199-1267前）的《墨兰图卷》P.250 李嵩（1166-1243）的《货郎图》P.276
元（1206- 1368 A.D.）			钱选（约1239-约1300）的《浮玉山居图》（局部）P.250 赵孟頫（1254-1322）的《鹊华秋色图》P.250　《调良图》P.259　《水村图卷》P.259　黄公望（1269-1354）的《富春山居图》P.253、P.259 倪瓒（1306-1374或1301-1374）的《容膝斋图》P.260　《幽涧寒松图》P.260

		王蒙（1308或1301－1385）的《秋山草堂图》P.261　《葛稚川移居图》P.281 吴镇（1280－1354）的《渔父图轴》P.261 李衎（1245－1320）的《四清图卷》P.263 龚开（1222－约1304）的《中山出游图》P.277
明（1368－1644 A.D.）		戴进（1388－1462）的《春耕图轴》P.267 李在（？－1431）的《圯上授书》P.267 吴伟（1459－1508）的《渔乐图轴》P.267 林良（约1416－约1480）的《灌槲禽图卷》P.267 沈周（1427－1509）的《写生册·猫》P.267 唐寅（1470－1523）的《山路松声图》P.268《溪山渔隐图》P.268　《仿韩熙载夜宴图》P.282 仇英（约1492－1552）的《梧竹书堂图》P.268 徐渭（1521－1593）的《杂花卷》P.268 石涛（1641－约1718）的《万点恶墨卷》P.269 朱耷（八大山人）（1626－1705）的《鱼图》P.269　《安晚帖》P.269 曾鲸（1568－1650）的《张卿子像》P.283 陈洪绶（1598－1652）的《杂画传：佛释人物》P.283　《斗草图》P.289 丁云鹏（1547－1628）的《五相观音图》P.289
清（1616－1911 A.D.）		金农（1687－1763）的《梅花》P.290　《采菱图》P.291《菩提古佛图》P.291 李鱓（1686－1762）的《花卉》P.290　《百事大吉图》P.291 黄慎（1687－1768后）的《紫阳问寿图》P.290 郑板桥（1693－1765）的《书法》P.291《竹》P.291 罗聘（1733－1799）的《寒山拾得图》P.292 虚谷的《金鱼图》P.292 任伯年（1840－1895或1896）的《梅花仕女图》P.292
近代		齐白石（1864－1957）的《金樽玉楼，蟹肥酒香》P.292

参考书目

美术丛书　邓实、黄宝虹编（共20册）　神州国光社　一九四七
中国美学史资料汇编（上、下）　明文　一九八三
中国画论类编（上、下）　河洛　一九七五
艺术丛编　杨家骆主编　世界　一九六七
中国绘画理论　傅抱石　里仁　一九八五
中国艺术精神　徐复观　学生　一九七六
中国古代美学史研究　复旦大学　一九八二
中国美术史论集　金维诺　明文　一九八四
中国绘画史　俞剑华　商务　一九六〇
中国绘画史　潘大寿　商务　一九三五
中国画学浅说　储宗元　商务　一九三九
中国美术史纲　李浴　华正　一九八三
中国美术史略　阎麓川　人民美术　一九八〇
中国绘画史图录　徐邦达编　上海人民美术　一九八一
中国绘画史James Cahill　李渝译　雄狮　一九八四
中国绘画美学史稿　郭因　人民美术　一九八一
中国历代绘画（四册）　人民美术　一九八一
美的历程　李泽厚　文物出版社　一九八一
美学论集　李泽厚　上海文艺　一九八〇
美学与美学史论集　北大哲学系　一九八〇
美学的散步　宗白华　世华
先秦诸子美学思想述评　施昌东　中华　一九七九
论形象思维　里仁　一九八五
书法美学简论　刘纲纪　湖北出版社　一九八二
中国画学全史　郑昶　中华　一九五九
中国画史研究论集　李霖灿　商务　一九七〇
中国文人画之研究　陈衡格　中华　一九四一

美的范畴论　姚一苇　开明　一九七八
美学与艺术批评　刘文潭　环宇　一九七二
中国画史研究　庄申　正中　一九五九
中国书画源流　吕佛庭　华正　一九七八
中国新石器时代论集　安志敏　文物
中国陶瓷史（上、下）　冯先铭　胡氏　一九八三
铜器概述　谭旦冏　故宫　一九八一
中华艺术史纲　谭旦冏　文星　一九六五
中国青铜器时代　郭宝钧　三联　一九七八
中国美术史　大村西崖　商务　一九八四
中国古代山水画史研究　傅抱石　学海　一九八二
故宫古玉图录　故宫　一九八二
中华五千年文物集刊（彩陶篇等）　故宫　一九八三
故宫名画三百种　故宫
宋画精华　故宫
元画精华　故宫
中国山水画的透视　王伯敏等　天津新华　一九八一
论山水画　伯精等　学生　一九七一
故宫书画录（三册）　中华丛书　一九五一
书画书录解题　余绍宋　中华　一九六八
大观录（四册）　吴升　"中央图书馆"　一九七〇
虚斋名画录（20册）　庞元济　氏自刊本
宋人画册（10册）　故宫　一九五八
佩文斋书画语（四册）　新兴　一九六九
墨缘汇观（四卷）　松泉老人　商务　一九五六
唐宋元明名画大观　成文　一九七六
历代花鸟集珍　成文　一九七七
汉画与汉代社会生活　何浩天　中华丛书　一九七九
宋元明清书画年表　文史哲　一九七五
历代著录画目　福开森　文史哲　一九八二
画史丛书（四册）　于安澜编　上海人民美术　一九六二
敦煌艺术　劳干　中华丛书　一九五八

敦煌研究论文集　敦煌文物研究所　一九八二
敦煌的艺术宝藏　香港三联　一九八一
书法研究　王壮为　商务　一九七九
中国书法理论体系　熊秉明　商务　一九八四
中国思想通史　侯外庐等　人民　一九五九
中国古代建筑史　刘敦桢编　明文
故宫季刊（1至17卷）　故宫　一九六六－一九八三（期刊）
故宫学术季刊（1至3卷）　故宫　一九八四－一九八五（期刊）
故宫文物月刊（1至34期）　故宫　一九八三－一九八六（期刊）
故宫历代法书（30册）　故宫
艺苑掇英（1至24期）　上海人民美术（期刊）
元朝书画史研究论集　张光宾　故宫　一九七九
元四大家　故宫　一九八四
南画大成（29册）　日本兴文社　昭和8年
书道全集（中国部分10册）　平凡社
世界陶瓷全集（中国部分）　小学馆　一九七七
支那古版画图录　青山新编　大冢社　昭和7年
中国美术（三册）　讲谈社　一九六四
中国的三彩陶瓷　太阳社　昭和14年

Chinese Painting Osvald Siren, Percy Lund, Humpheries and Company Ltd, London, 1956.
Art of Dynastic China, William Watson, Thames & Hudson, 1981.
Outlines of Chinese Art, John C. Ferguson, the University of Chicago Press, 1920.
Foundations of Chinese Art, William Willetts
The Art and Architecture of China, L. Sickman, A. Soper, Penguin Books Ltd, 1978.
Principles of Chinese Painting, George Rowley, Princeton University Press, 1970.
East-West in Art(Patterns of Cultural and Aesthetic Relationships), Theodore Bowie, etc. Indiana University Press, 1966.

Arts of China, Michael Sullivan University of California, 1984.

Chinese Watercolour, Josef Hejzier, Octopus Books Ltd, 1983.

Summer Mountain (the Timeless Landscape), Wen Fong, the Metropolitan Museum of Art, 1975.

The Single Brushstroke, Vancouver Art Galiery, 1985.

Reflections on Art, Susanne K. Langer, Johns Hopkins Press,1960.

Man and His Symbols, Carl G. Jung, Aldus Books Ltd. London, 1964.

In the Image of Man, Hayward Gallery, London, 1982.

Philosophies of Art & Beauty,Albert Hofstadter, University of Chicago Press, 1976.

Early Chinese Graphics, Dr. Josef Hejzler, Octopus Books, 1973.

Problems in Aesthetics, Morris Weitz,The Ohio State University, 1964.

La Philosophie de L'Art H. Taine（采傅雷译本）

What is Art? Leo Tolstoy

The world's Classics, 1969.

Proceedings of the International Symposium on Chinese Painting（故宫）,1970.

The Critical Historians of Art, Michael Pordro Yale University Press, 1983.

图书在版编目（CIP）数据

美的沉思 / 蒋勋著. -- 长沙：湖南美术出版社，2014.9（2024.1重印）
ISBN 978-7-5356-6959-9

Ⅰ. ①美… Ⅱ. ①蒋… Ⅲ. ①散文集－中国－当代
Ⅳ. ①I267

中国版本图书馆CIP数据核字（2014）第166788号
湖南省版权局著作权合同登记图字：18-2013-430

ⓒ中南博集天卷文化传媒有限公司。本书版权受法律保护。未经权利人许可，任何人不得以任何方式使用本书包括正文、插图、封面、版式等任何部分内容，违者将受到法律制裁。

上架建议：社科·文学

美的沉思 ◎
A Contemplation on Chinese Art

出版人：	黄　啸
著　者：	蒋　勋
策　划：	熊　英　　张抱朴　　郭　群
责任编辑：	张抱朴
版权引进：	张抱朴
特约监制：	秦　青
特约编辑：	郭　群　　张　卉
营销编辑：	刘晓晨　　刘　迪　　初　晨　　王　凤
责任校对：	徐　盾　　伍　兰　　谭　卉　　彭　慧
封面设计：	戴　宇
版式设计：	利　锐
出版发行：	湖南美术出版社
	（长沙市东二环一段622号）
经　销：	新华书店
印　刷：	北京市雅迪彩色印刷有限公司
开　本：	715mm×955mm 1/16
印　张：	21
版　次：	2014年9月第1版
	2020年1月第2版
印　次：	2024年1月第50次印刷
书　号：	ISBN 978-7-5356-6959-9
定　价：	78.00元

质量监督电话：010-59096394　团购电话：010-59320018